십자성-칠왕의 땅 12

허담 新무협 판타지 소설

초판 1쇄 찍은 날 § 2016년 9월 22일
초판 1쇄 펴낸 날 § 2016년 9월 29일

지은이 § 허담
펴낸이 § 서경석

편집책임 § 조현우
디자인 § 신현아

펴낸곳 § 도서출판 청어람
등록번호 § 제387-1999-000006호
등록일자 § 1999. 5. 31
어람번호 § 제2-2683호

주소 § 경기도 부천시 원미구 부일로 483번길 40 서경B/D 3F (우) 14640
전화 § 032-656-4452 팩스 § 032-656-4453
http://www.chungeoram.com
E-mail § chungeorambook@daum.net

ISBN 979-11-04-90976-4 04810
ISBN 979-11-04-90503-2 (세트)

12
신혈의 아바르
십자성
칠왕의 땅
도서출판 청어람
허담 新무협 판타지 소설
FANTASTIC ORIENTAL HEROES

目次

제1장
마룩의 정념(情念)

월문의 젊은 법사 수로가 세상의 모든 공기를 빨아들이려는 듯 크게 숨을 들이마셨다. 곁에서 보기에도 그의 가슴이 공기를 불어넣은 가죽 부대처럼 부풀어 올랐다.

그리고 다음 순간 폭풍이라도 만들 것처럼 세상을 향해 가슴에 품었던 숨을 토해냈다.

후우욱!

그가 뿜어내는 공기로 인해 그가 올라 있는 삼나무 가지들이 부르르 몸을 떨었다. 그렇다고 요란한 소리가 나는 것은 아니어서 성벽을 에워싼 자들 중 누구도 삼나무 위를 바라보는 자는 없었다.

월문의 젊은 법사 수로의 입에서 끊이지 않을 것처럼 계속해서 공기가 토해져 나왔다. 마르지 않는 샘처럼 그의 가슴 어디에 그렇게 많은 공기가 들어 있었는지 믿을 수 없을 정도였다.

그런데 더 놀라운 일이 일어났다.

그의 입에서 나온 공기들이 밤의 기운을 받아 검은 빛을 띠기 시작하다가, 그 공기들이 허공에서 몇 번 회오리처럼 회전하더니 갑자기 기이한 모양으로 뭉치기 시작했다.

검은 기운의 공기들은 사람 하나 통과할 수 있는 크기의 관 모양으로 허공에 모여들었다. 젊은 법사 수로의 입에서 흘러나오는 공기가 많아질수록 관이 점점 길어졌다.

물론 나무 아래에서 보기에는 그저 밤하늘에 떠 있는 구름으로 보일 뿐이었다.

"후웁!"

법사 수로가 마지막으로 숨을 뱉어내고는 재빨리 짧게 숨을 들이켜 말라 버린 공기를 보충한 후 그대로 몸을 날렸다.

스스스!

수로의 몸이 그가 허공에 만들어 놓은 공기의 관 속으로 부드럽게 파고들었다.

직후에 그의 모습이 허공에서 사라졌다.

탁!

성벽 위에서 작은 돌덩이가 떨어지는 소리가 들렸다. 그러자 성벽 주변에서 경계를 서고 있는 큰 체구의 인물들 중 한 명이 고개를 돌려 소리가 난 곳을 살폈다.

그러나 그의 눈에 보이는 것은 텅 빈 성벽과 그 안쪽에서 흘러나오는 빛뿐이었다.

사내가 다시 고개를 돌려 정면을 응시했다. 그러자 그의 시선이 닿았던 곳에서 두 개의 빛이 반짝였다.

"후우!"

작은 호흡 소리는 성벽 안에서 들려오는 괴이한 주문과 비원을 비는 듯한 괴성에 파묻혔다.

온몸을 검은 천으로 덮은 청년 법사 수로가 안도의 숨을 내쉬며 재차 자신의 기척을 느꼈던 자를 살폈다. 그러나 사내는 더 이상 수로의 기척에 관심이 없는 듯 보였다.

사내의 관심이 사라지자 청년 법사 수로가 검을 천을 뒤집어 쓴 채 몸의 방향을 틀었다.

그가 마치 그림자가 기어가듯 좁은 성벽 위를 기어가 몸을 가릴 수 있는 큰 돌 뒤에 도착해 반쯤 몸을 일으켰다. 그러자 좀 더 확연히 성벽 안쪽의 상황이 보였다.

제단 위에서 검은 옷을 입고 얼굴을 반쯤 가린 자가 계속해서 주술을 외우고 있었고, 그런 그를 돕기라도 하듯 제단 아래 둥글게 원을 그리며 무릎을 꿇은 자들이 연신 주문을 외고 있었다.

그 주문의 힘을 받아 생긴 것 같은 검은 기운들은 여전히 어둠과 같은 관 속으로 흘러 들어가고 있었다.

"대체 누굴 깨우려는 거냐?"

젊은 법사 수로가 나직하게 중얼거리면서 제단 위 검은 옷의 사내가 흘려내는 주문에 귀를 기울였다.

그러나 검은 옷의 사내가 흘려내는 말은 거의 알아들을 수가 없었다. 제단을 에워싼 자들이 외우는 주문 소리에 묻힌 탓도 있지만, 그의 말 자체가 젊은 법사 수로가 알아들을 수 없는 말이기 때문이었다.

술법을 쓴다는 자들의 비밀스러운 주문이거나 혹은 칠왕의 언어를 쓰지 않는 야수족 혹은 신비족의 잊힌 언어일 수도 있었다.

그런데 어느 한순간 청년 법사 수로의 눈이 번쩍였다. 알 수 없는 주문들 속에서 오직 한마디 단어가 선명하게 그의 귀로 파고들었기 때문이었다.

…마… 룩…….

콰직!

청년 법사 수로가 자신도 모르게 손에 힘을 주어 몸을 숨기고 있던 바위의 일부를 부줬다.

"마… 룩! 설마 정말 마룩인가?"

젊은 법사 수로가 두려운 얼굴로 중얼거렸다. 그러다가 결심이 선 표정으로 입술을 깨물었다.

"정말 마룩의 혼을 불러내려는 것이라면 이대로 두고 볼 수는 없다. 이것도 운명, 돌이켜 보면 검은 산에서 침묵의 바다 흑해를 감상하기 위한 여행이었지만, 결국 하늘이 날 이곳으로 오게 한 것은 모두 그 이유가 있었던 거야."

청년 법사 수로의 두 눈이 맑은 정기로 빛나가 시작했다. 그가 검은 천으로 몸을 단단히 가린 채 자리를 벗어났다.

수로의 움직임은 느렸다.

그사이 이 작은 성벽 안 제단에서 이뤄지는 귀혼술은 절정을 향해 치닫기 시작했다.

관 속으로 밀려 들어가는 검은 빛은 점점 더 강해졌고, 제단을 둘러싼 자들의 외침은 이제 성벽을 뒤흔들 정도로 커졌다.

그렇게 이성을 잃은 듯한 자들의 외침으로 소란스러운 그 혼란을 틈타, 어둠 속에서 검은 그림자가 나타나 주문을 외우며 광분하는 사람들 속으로 스며들어갔다.

청년 수로는 대담하게도 주문을 외는 자들 속에 들어왔다. 그리고 광신도 같은 자들의 정체를 확인한 후 그의 짐작이 맞음을 깨달았다.

마룩의 정념을 깨우려는 자들은 신비족 중 주술과 의술에 능한 것으로 알려진 드루족이었다.

드루족은 태어나면서부터 다른 생명과 소통하는 재주를 가지고 있다고 알려진 자들이었다.

칠왕의 시대 이전에는 각 종족에 주술사나 마법사로서 초청되어 길흉을 점치고 병을 고쳐주며 존경받던 종족이었는데, 칠왕의 시대 이후에는 칠왕 중 한 명인 정령의 왕에게 사이한 집단으로 지목되어 세상 밖으로 쫓겨난 종족이었다.

그들이 지금 칠왕의 시대 이전 가장 강력한 존재로 평가되는 마룩이란 자가 가졌던 힘을 탐내고 있는 것이다.

마룩은 자신의 법술과 무력의 원천이었던 마룡 우루노를 찾을 수 있는 방법을 글이나 말이 아닌 자신의 정념에 남겼다고 전해진다. 하지만 그가 죽은 이후 지금까지 그의 정념을 깨워 그 힘을 얻은 자는 없었다.

월문의 젊은 법사 수로가 알기로는 이십팔룡의 비사에 기록되어 있는 마인 토곤이 마룩의 후예를 자칭했지만 그조차도 마룩의 힘을 온전히 얻지는 못했었다고 전해지고 있었다.

그런데 오늘 이 변방의 오지 검은 산에서 마룩의 힘을 얻으려는 자들이 나타난 것이다.

그리고 마룩의 관을 찾아냈다는 것은 이자들의 준비가 결코 하루 이틀 사이에 이뤄진 것이 아니라는 것을 말해주고 있었다.

수로는 조금씩 다른 사람들이 눈치채지 않게 앞으로 전진했다. 현월문의 문도로서의 사명감이 그의 가슴을 뛰게 했다. 이 일은 그의 목숨을 내놓아야 할 수도 있는 일이지만 그렇다고 그만둘 수도 없는 일이었다.

그가 아는 현월문의 법사는 세상의 균형을 지키기 위해 자신의 목숨쯤은 언제든 내놓을 수 있어야 했다.

슥!

청년 법사 수로가 가볍게 손을 내려뜨렸다. 그러자 그의 손에 차가운 감촉이 느껴졌다.

날카로운 검 끝이 그의 손바닥을 가볍게 파고들어 상처가 났지만 그런 상처쯤 지금은 아무런 문제가 되지 않았다.

제단 위에서는 검은 옷으로 몸을 가리고 오직 두 눈만 혼령처럼 내놓은 사내가 계속해서 주문을 외우고 이었다.

그러던 어느 순간 갑자기 관이 들썩이기 시작했다.

"우우우!"

"…마룩… 우루노… 마룩……."

제단을 둘러싼 자들이 두려움과 환희가 뒤섞인 함성을 내질렀고, 제단 위 사내의 주문은 절정을 향해 치닫고 있었다.

스르르!

순간 들썩이던 관 속에서 짙은 묵 빛의 무엇인가가 천천히 떠오르기 시작했다.

사람의 머리 같기도 하고 혹은 아무짝에도 쓸모없는 검은 천 같기도 했지만, 그 모습을 보는 순간 장내의 사람들이 자지러질 듯 소리를 지르기 시작했다.

반면 제단 위에서 이 비밀스러운 의식을 주관하던 자의 눈에는 환희의 빛이 떠올랐다. 그리고 마치 이 세상에서 가장 존귀한 존재를 만난 것처럼 그 자리에 부복했다.

검은 기운이 사내를 굽어보듯 허공에 정지했다. 그러자 사내가 고개를 들고 검은 기운을 향해 경배하듯 주문을 외웠다. 순간 검은 기운이 허공에서 흩어지기 시작했다.

한순간 사내의 얼굴에 당혹스러운 표정이 나타나더니 더욱 강렬하게, 자신의 영혼을 모두 쏟아내듯 주문을 외쳐댔다.

순간 흩어지던 검은 기운들이 기이한 형태로 변하기 시작했다. 그건 마치 어떤 모양을 형상화한 그림 같기도 하고 또는 명계에서 아주 오래전에 쓰였다던 상형의 문자같기도 했다.

검은 기운이 만들어내는 형상들 하나하나 선명해질 때마다 주문을 외는 사내의 얼굴은 희열에 들떴다.

그러나 제단 밑에서 그 모습을 보고 있는 현월문의 젊은 법사 수로의 얼굴은 초조함으로 사색이 되어가고 있었다.

그러던 한순간, 검은 기운들이 만들어내는 형상들이 거의 백여 개에 이르렀을 때 수로가 결심한 듯 입술을 깨물며 허공으로 치솟았다.

"사악한 마인의 요사한 사술은 깨져 버려라!"

수로의 외침이 제단을 뒤흔들었다.

호리해 보이는 그의 몸 어디에 이런 강력한 기운이 숨어 있었는지 의문이 들 정도였다.

무림에서 사자후라고 불릴 만한 고함에 제단 위 사내의 황홀한 얼굴이 급변했다. 그리고 자신을 향해 날아드는 은빛 찬란한 작은 검을 발견했다.

그가 알 수 없는 소리를 내질렀다. 그러자 제단 아래 있던 자들 중 넷이 급하게 제단을 향해 뛰어올랐다.

무공을 수련한 것 같지는 않은데 특별한 능력을 가지고 태어난 건지 네 사내는 단번에 청년 법사 수로를 따라붙었다.

"갈(喝)!"

수로의 입에서 법문의 승려들이나 외칠 만한 호통이 터져 나왔다. 순간 그의 몸으로부터 차갑게 빛나는 청색 기운이 퍼져 나왔다.

쿵!

쿠쿵!

검을 들고 수로를 노리던 사인이 그 청색 기운에 튕겨나가 제단 아래로 굴러떨어졌다.

그러자 제단 아래에 있던 다른 자들이 당황하기 시작했다.

"넌 누구냐?"

수로를 공격하던 자들이 밀려난 그 잠깐의 시간, 제단 위에서 주문을 외워 저 공포스러운 전설의 마인 마룩의 정념을 깨운 자가 불안한 기색으로 물었다.

"칠왕의 말을 하는구나. 너야 말로 뭘 하는 작자인데 감히 사악한 법술을 이용해 죽은 자의 영혼을 깨우려하느냐?"

"귀혼술을 아는구나."

"정말 귀혼술이었군. 거기에 칠왕의 말을 안다면 넌 혼마의 후예겠구나!"

수로가 차갑게 중얼거렸다.

"대체… 넌……?"

단번에 자신의 정체를 알아 챈 수로를 사내가 경계하는 시선으로 노려보며 중얼거렸다.

"사악자의 무공을 배웠고, 사악한 자의 영혼을 깨웠으니 하려는 일 역시 사악할 것! 불법을 배우는 자로서 이를 용납할 수는 없는 일이다. 오늘 파사(破邪)의 검으로 사악한 자를 베겠다!"

수로의 눈이 정광으로 가득 찼다. 그리고 마치 그 정광을 토해내듯 검을 들어 사내를 찔렀다.

"커엉!"

그 순간 사내가 짐승 같은 소리를 내질렀다. 그러자 사내의 몸에서 검은 기운이 밀려 나와 수로를 향해 밀려들었다.

파아악!

검은 기운에 막혀 잠시 멈추는 듯했던 수로의 단검이 찰나의 순간 다시 힘을 내 사내가 뿜어내는 검은 기운을 가르며 앞으로 전진했다.

사내가 몸을 틀었다. 그러나 수로의 검은 여지없이 사내를 파고들었다.

퍽!

사내의 몸 왼쪽 가슴에 수로의 검이 박혔다.

"끄아악!"

사내의 입에서 고통스러운 외침이 터져 나왔다.

치이익!

수로의 검이 꽂힌 사내의 몸이 불에 타는 듯한 소리를 냈다.

"사악한 기운으로 가득한 자로구나!"

수로가 타들어가는 사내를 보며 소리쳤다. 그런데 그때 수로의 등 뒤에서 수십 개의 검은 인영이 떠올랐다. 제단 아래에 있던 자들이 정신을 차리고 제단 위로 날아오르며 수로를 공격한 것이다.

"젠장!"

수로가 이대로는 사내를 죽일 수 없다는 것을 깨닫고 욕설을 내뻗었다. 검 끝에 느껴지는 느낌으로 사내의 심장을 정확히 찌르지 못한 것 같았다.

그렇다고 다시 공격하자니 사내를 죽이기 전에 자신이 이 기이한 자들에게 깔려 죽을 판이었다.

이젠 떠나야 한다. 이대로 사내를 공격하다가는 허탈하게 목숨만 잃을 수도 있었다.

"간다. 가! 하지만 그대로는 못가지."

수로가 재빨리 사내의 가슴에서 검을 뽑았다.

파앗!

사내의 가슴에서 뜨거운 피가 솟구쳤다.

"크으으!"

사내가 신음을 흘리며 수로를 노려봤다. 그 순간 수로가 몸을 틀어 여전히 허공에 검을 문양을 만들고 있는 관 속의 존재, 정확히는 마른 뼈만 남아 있는 관 속 시신을 향해 주먹을 휘둘렀다.

퍼엉!

수로의 주먹에서 일어난 강력한 기운이 그대로 검은색 관과 그 안의 뼈만 남은 시신을 박살 냈다.

"안 돼!"

가슴에서 피를 흘리면서도 사내가 경악한 목소리로 소리쳤다.

"이런 마물은 세상에 있어선 안 돼. 그만 안녕이다. 생각 같아서는 당신의 생명도 거두고 싶지만 내가 죽겠으니 그건 안 되겠고… 기억하라. 현월문의 눈이 천하에 있음을! 또다시 이런 사악한 짓을 벌이면 현월문이 널 찾아가리라!"

한 줄기 경고를 남기고 어느새 수로는 제단에서 벗어나 성벽을 넘고 있었다. 그리고 순식간에 어둠 속으로 사라졌다.

"현… 월문… 그자들이 어떻게 여길! 설마… 알고 있었다는 건가? 아니야. 알고 있었다면 이토록 허술하게 공격했을 리가 없다."

사내가 한 손으로 가슴을 부여잡으며 중얼거렸다.

그러자 그의 앞으로 다가온 청년 한 명이 물었다.

"스승님!"

"죽지 않아. 후욱후욱… 다행히… 심장을 비껴갔다."

"말씀을 많이 하지 마십시오."

"괜찮다. 그런데 관과 시신은?"

"파괴되었습니다."

"음……!"

사내, 아니 사내라기보다는 노인이라고 불러야 어울릴 자가 신음소리를 냈다.

그의 가슴에서 흘러나오던 피는 어느새 서서히 잦아들고 있었다.

"그자… 현월문에서 왔다고 했지?"

"그렇습니다."

노인이 다시 한 번 확인하자 청년이 대답했다.

"운이 없군. 정말……."

"알고 있었던 걸까요?"

"아니다. 이건 우연이었을 거야. 공격이 허술했어."

노인이 고개를 저었다.

"하지만 어떻게 공교롭게……."

"후후후, 그래서 운명이 얄궂은 거지. 아무튼 좋다. 완전히 성공하지는 못했어도 절반의 성공은 했으니. 놈을 추격해. 우 구족도 동원해라. 반드시 죽여야 한다. 이 소식이 칠왕의 땅에 전해지면 안 돼. 아직은……."

"알겠습니다. 그런데 절반의 성공이란 무슨 뜻입니까?"

"마룡 우루노를 찾아 부릴 수는 없다. 그러나… 마룩 법술의 절반 이상은 얻었다."

"정말이십니까? 어떻게 그 와중에……?"

청년이 믿지 못하겠다는 듯 물었다.

"그걸 위해 난 심장을 내줄 뻔했다. 마룩의 정념이 만들어낸 글씨들을 외우느라 놈의 공격에 제대로 대응하지 못한 것이다. 그렇지 않았다면… 그따위 애송이 놈에게 당할 일은 없지."

"그렇다면 정말 다행입니다. 마룩의 법술이라면 능히 칠왕을 상대할 수 있지 않겠습니까?"

청년이 말했다.

"어리석은 소리, 과거 마룩은 흑백, 양 법술에 능하고도 칠왕 에게 패했다. 더군다나 그는 당시 마룡 우루노도 데리고 있었 다. 그런데 겨우 흑법술을 가지고 칠왕 모두를 상대할 수 있을 거라 생각하느냐?"

"하지만 지금의 칠왕은 그 당시의 칠왕이 아니지 않습니까? 특히 무색의 술사 차요담도 없는 시대입니다."

"그는 없지만 그의 법이 어딘가에 살아 있을 수는 있다."

"그랬다면 수백 년 동안 그 후예가 나타나지 않았을 리 있겠습니까?"

청년이 불신의 빛을 보였다.

"눈으로 확인하지 않은 사실을 단지 짐작으로 확신하지 말거라. 그렇게 해서는 필패다. 마인 토곤께서 실패한 이유가 바로 그 때문이다."

"그건 이십팔룡의 출현 때문이 아닙니까?"

청년이 되물었다.

"문제는 당시 이십팔룡을 불러온 자가 누구냐는 거지."

"현월문 아닙니까?"

"그것 역시 추측일 뿐이다."

"현월문이 아니라면 누가 이십팔룡을 불러올 수 있단 말입니까?"

"만약 그렇다면 마인 토곤께서 패하신 후 이십팔룡의 분열을 어찌 설명할 것이냐? 현월문이 이십팔룡을 불러왔다면 당연히 그들을 통제할 수도 있어야 했다. 그런데⋯ 이십팔룡은 마치 전혀 다른 목적을 지닌 사람들처럼 뿔뿔이 흩어졌다. 현월문은 그 모습을 지켜만 보았고."

노인의 말에 청년이 잠시 생각에 잠겼다가 고개를 끄떡였다.

"생각해 보니 스승님 말씀이 맞습니다. 그렇다면 이십팔룡을 불러온 자가 따로 있다는 말인데… 혹, 그자가 차요담의 법을 이은 자일까요?"

청년의 눈에 두려움이 떠올랐다.

"모르는 일이지. 그러나 가능성이 없지는 않아. 하지만 그렇다고 칠왕을 공격하는 대업을 멈출 수는 없다. 이제 내게 혼마의 환술과 마룩의 흑법술이 있으니 이 힘으로 먼저 야수족과 신비족을 복종시킬 것이다. 그 이후에 칠왕을 하나씩 공격하면 승산은 충분하다. 오랜 세월이 지나는 동안 그들은 분열했으니까."

"그렇지요. 듣자 하니 아바르의 제왕인 무황이 칠왕의 세력을 일통하려 한다더군요."

"후후후, 내겐 고마운 일이지. 스스로 분열하여 칠왕의 힘이 약해지고, 또한 서로 싸우는 동안 야수족과 신비족을 아우를 시간을 벌게 될 테니까. 단 하나 걱정은 방금 전 도주한 그놈이지. 그놈만 잡는다면… 후후 우린 칠왕의 후손을 노예로 부릴 수 있을 것이다. 먼 옛날 우리 선조들의 땅이었던 곳에서……"

노인이 가슴이 난 깊은 상처에 아랑곳하지 않고 묘한 웃음을 흘려냈다.

*   *   *

일단 해독에 성공하자 와한은 빠르게 기운을 회복했다.

그래도 적풍은 와한을 위해 길을 서두르지 않았다. 하루에 정확히 세 시진만 이동했고, 나머지 시간은 마령의 계곡 안에서 쉴 곳을 찾아 휴식을 취했다.

그리고 그때가 되면 이위령은 간혹 숙영지에서 한두 시진 정도 사라졌다 돌아오곤 했는데, 적풍을 제외하고는 누구도 이위령이 다녀온 곳을 알지 못했다.

항복한 아바르의 전사들은 물론 십자성의 무사들도 이위령의 행보가 궁금했지만 이위령이 적풍의 명대로 입을 열지 않아서 더 이상 다녀온 곳을 묻는 사람은 없었다.

오늘도 이위령은 숙영지가 정해지자 한동안 모습을 감췄다가 모두가 잠든 시간에 숙영지로 돌아왔다. 숙영지로 돌아온 그는 즉시 적풍을 찾아갔다.

"어떤가?"

적풍과 설루 그리고 적사몽이 함께 쓰는 천막으로 이위령이 들어오자 적풍이 물었다. 적사몽은 잠들어 있었고, 설루는 적풍과 함께 이위령을 기다리고 있었다.

"여전합니다."

"얼마나 되지?"

"정확히는 알 수 없으나 적어도 세 무리는 확실합니다. 물론 먼 곳에서 기운이 느껴지는 자들도 있기는 한데 멀리까지 갈 수는 없어서… 아무튼 그중 오손의 전사들은 굳이 자신들의 신분을 숨기지 않으니 알아보기 쉬웠습니다만 다른 곳은… 특이한 것은 그 계집이 속해 있는 무리가 새로 나타났다는 겁

니다."

"계집?"

적풍이 되물었다.

"왜 그 사막의 끝자락 사구에서 흑상들을 상대로 싸울 때 도망간 계집말입니다."

"귀모라… 라고 했던?"

"그렇습니다."

"이상한 일이군. 당시 그녀는 수하들을 모두 잃고 도주했는데 어떻게 우리를 추격할 무리를 꾸린 거지?"

"저도 그게 이상해서 좀 자세히 살펴보았지요. 그런데 보니까 자신의 무리가 아닌 것 같더군요. 다른 사람 밑에 있는 것 같았습니다,."

"다른 사람이라……."

"기이한 자들이더군요. 야성이 강해보였는데 마치 늑대 무리를 보는 듯했습니다."

"늑대?"

"예."

이위령이 대답했다.

"누굴까?"

설루가 걱정스러운 표정으로 적풍에게 물었다.

"글쎄……."

적풍이 대답을 미루며 잠든 적사몽을 바라봤다.

"혹, 사몽을 쫓는 사람이 아직도 있다고 생각하는 거야?"

"귀모라를 앞세웠다니까."

"하지만 그 일을 주도한 자는 하사랍이란 자였잖아? 그는 죽었고……."

"그렇긴 하지만 하사랍도 사몽을 거래하려던 흑상이었을 뿐이야. 결국 여전히 십면불 도광이란 자는 사몽을 원하고 있을 것이고, 그렇다면 누구라도 그와 거래할 수 있지. 하사랍과 십면불 고광 사이의 거래를 알고 있는 자라면."

"그렇다면 걱정이네."

설루가 근심스러운 표정으로 말하며 잠든 적사몽을 바라봤다.

"걱정 마. 사몽을 누군가에게 빼앗기는 일은 없을 테니까. 아무튼 그 외에 신경 써야 할 자들이 있었나?"

"제 생각에는 오손의 전사들과 귀모라가 포함된 자들이 가장 위험한 것 같았습니다."

"확실하게 발견된 자들이 세 무리라고 하지 않으셨나요?"

설루가 물었다.

"그렇습니다. 그런데 다른 한 무리는 굳이 신경 쓰지 않아도 될 거 같습니다. 사실… 우릴 추격하는 자들인지도 확실치 않습니다."

"왜죠?"

"인원이 겨우 세 명이더군요."

"셋이라……."

"우릴 추격하기에는 너무 적은 숫자지요. 어쩌면 우연히 우리와 같은 길로 여행을 하는 자들인지도 모릅니다. 그러다가 이 추격전을 눈치채고 구경이나 할 심산일 수도 있지요."

"그럴 수도 있겠군요. 아무튼 이 대협께서 고생이 많으세요. 잠도 못 주무시고……."

"하하 걱정 마십시오. 제가 아니면 누가 계곡 위로 올라가 주위를 살피겠습니까? 더군다나 혼자 마음껏 돌아다닐 수 있으니 저야 즐거운 일이지요."

이위령이 기회다 싶은지 자기 자랑을 늘어놓았다. 물론 적풍과 설루의 마음을 편하게 해주려는 마음도 있을 것이다.

"위험한 일을 하고 계신 걸 알아요. 이 땅에 익숙하지도 않으신데……."

설루가 다시 이위령을 위로했다. 그러자 적풍이 입을 열었다.

"타르두 노인의 말에 따르면 우린 곧 이 마령의 계곡을 벗어날 거야. 그럼 아바르 강과 붙어 있는 작은 야산으로 나가게 될 텐데 그 산을 넘으면 바로 강이지."

"산을 넘는 게 문제겠군요. 사몽을 노리는 자나, 혹은 우리 일행의 아바르 진입을 막으려는 자들, 그도 아니면 성주님의 불의 검을 탐하는 자들이라면 모두가 그 야산이 마지막 기회라는 것을 알 테니까요."

이위령이 심각한 표정으로 말했다.

"그렇겠지."

"마령의 계곡처럼 험하더라도 조용히 갈 수 있는 길이 없을까?"

설루가 물었다.

"마르두 노인도 그런 길은 모른다고 하더군. 그리고 설혹 그곳을 조용히 지나갈 비도가 있다고 해도 난 그럴 생각이 없어."

적풍이 말했다.

"무슨 뜻이야?"

"그곳에서… 제대로 싸워보겠다는 뜻이지."

"대체 왜?"

설루는 이해할 수가 없었다.

물론 적풍이 싸움을 피하지 않는 사람이란 건 오래전부터 알고 있었다. 아니 오히려 싸움을 즐기는 쪽에 가까운 사람이었다. 그것이 신혈을 지닌 자들의 특징이니까.

하지만 지금 이 새로운 땅에서 정체 모를 자들을 상대로 싸움을 하겠다니 설루로선 도저히 용납할 수 없는 일이었다. 적풍 혼자라면 모를까 지금은 그가 지켜야 할 일행이 있었다.

"감정적으로 결정한 문제가 아니야."

적풍이 화가 난 듯한 설루를 진정시켰다.

"이유가 있다는 거야?"

"음……."

"어떤 이유?"

타당한 이유를 대지 못하면 절대 용납할 수 없다는 듯 설루가 물었다.

"강 하나를 앞에 두겠지만 그 야산에 도착하는 순간 난 아바르에 도착한 것과 같다고 생각해. 그렇다면 아바르에서의 일을 준비하지 않을 수 없어."

"아바르에서의 일? 강을 건너기 전 누군가와 싸우는 것이 아바르에서의 일과 상관이 있다는 거야?"

"무척 중요한 문제지. 마령의 계곡에서 다른 형제들이 보낸 자들을 만나고 난 후에 결심한 거야. 애초에 난 조용히 아바르를 다녀갈 생각이었어. 그 양반을 만나고, 그 양반에게 전왕의 검을 건네는 정도에서 이곳 일을 마무리 할 생각이었지. 그 일이 끝나면 즉시 아바르를 떠나 다음 교벽이 열릴 때까지 오지에 은거해 있을 생각이었어. 처음부터 이 땅의 권력 다툼 따위에는 관여할 생각이 없었어."

"그런데?"

설루가 적풍의 말을 재촉했다.

"그런데 만나지도 않은, 혹은 능력도 확인되지 않은 나를 공격할 정도라면 아바르의 권력자들은 내가 어떤 태도를 취해도 날 죽이려 할 거란 생각이 들었어. 아바르에 도착해서 그 양반을 만나 공식적으로 무황의 아들로 인정받는다면 더더욱 살벌하게 공격하겠지. 내 의사와 상관없이… 그런 공격을 소나기처럼 맞을 수는 없어."

적풍이 단호하게 말했다.

"그러니까 강을 건너기 전 당신과 십자성의 힘을 보여줘서 아바르의 야심가들이 함부로 도발하지 못하게 하겠다는 거로군."

"그래. 날 공격하려면 그들 자신도 모든 걸 걸어야 한다는 걸 보여 주고 나서 아바르로 들어가겠어. 물론… 그렇게 되면 다른 문제가 생기겠지만…….

"다른 문제? 어떤?"

설루가 의아한 표정으로 물었다.

"그 양반이 전왕의 검으로 만족하지 못하고 날 원할 수도 있다는 거지."

"그야… 아니지, 그것도 심각한 문제네."

설루의 얼굴색도 변했다. 다른 사람에겐 당연한 일이라고 생각되어지는 일이 두 사람에겐 무척 곤욕스러운 문제였던 것이다.

적풍을 욕심내어 적풍이 아바르의 후계자로 거론된다면 이들이 아바르에 머무는 시간이 아주 오래 지속될 수도 있었다. 혹은 영원히…….

그들이 떠나온 땅에는 그들의 고향과도 같은 사람들이 있었다. 십자성의 무사들과 십자성 그 자체, 그 뿌리로 돌아가야지만 결국 행복할 거란 생각이 적풍과 설루의 마음 깊은 곳에 본능처럼 존재했다.

"그래도 어쩔 수 없는 일 아닐까요? 아바르에서 겪을 위험을 고려하면 나중 일은…….

이위령이 말했다.

"물론 선택은 이미 끝났어. 다만… 조금 우울할 뿐이지."

"머물라고 하면… 아바르를 부탁하신다면 머물 수밖에 없을까?"

설루가 물었다.

"그 양반의 부탁 정도는 걱정할 바가 아니지."

"그럼 뭐가 걱정이야?"

"그 양반이 아닌 다른 누군가가 내 도움을 바랄까봐 그게 문제지."

"다른 누구?"

설루가 이 낯선 땅에서 적풍에게 도움을 청할 사람이 언뜻 떠오르지 않자 의아한 표정으로 되물었다.

"이 땅에 힘들게 정착해 살아가는 또 다른 신혈족들, 그들 중 누군가가 도움을 청한다면, 신혈의 아바르를 잃고 싶지 않다고 내게 의지하려 하면 어떻게 하지?"

적풍이 설루에게 물었다.

"그런 사람이 있을까? 당신은 이곳에선 이방인 같은 사람이잖아?"

"단 노사의 말에 의하면, 그리고 내가 그동안 들은 아바르에 대한 평가를 생각하면 아바르의 신혈족들은 지금 무척 불안해하고 있을 거야. 초기 신혈족의 자립을 위해 모두가 힘을 합쳤던 시절은 오래전 이야기야. 개중 권력자들이 나타났고, 그들은 자신들의 권력을 유지하기 위해 신력이 발현되지 않았거나 혹은 신력을 가졌어도 무공을 수련하지 못한 보통의 신혈족들을 동족이 아닌 자신들이 다스려야 할 대상으로 생각하고 있는 것 같아. 이건 무척 큰 변수지."

"하긴 나도 그렇게 느꼈어. 과거와 같은 노예 상태는 아니지만… 영주나 성주들의 지배를 받는 것 같아. 자신의 의지대로 살지 못하고……."

"더군다나 그 영주와 성주들이 그나마 신혈의 아바르를 지켜낼 수 있다면 모를까 그럴 힘이 없다고 생각하면 그들은 다른 대안을 찾으려하겠지."

"그게 당신일 수도 있다는 거네?"

"사람은 본래 새로운 강자에 열광하는 법이지요."

이위령이 말했다.

설루도 고개를 끄떡였다. 신혈의 아바르가 아닌 아바르의 신혈족들이 생존하기 위해 적풍을 필요로 할 수도 있었다.

그건 무황이 적풍을 자신의 후계자로 지목하는 것과는 전혀 다른 의미를 가지는 일이었다.

적풍이 강호에 십자성을 세운 이유, 신혈족들의 자립을 위한 싸움이 이 땅에서도 필요하다면 적풍은 그 요구를 거절할 수 있을까. 만약 거절한다면 그건 적풍이 강호무림에서 걸어온 길을 부정하는 것이 될 것이다.

"에이, 일단 결정한 일 더 고민하지 마."

설루가 고개를 저으며 말했다.

"고민이 아니라 당신의 동의가 필요한 거야."

적풍이 말했다.

"동의는 무슨… 당신이 하고 싶으면 하는 거지. 이봐요. 십자성주님, 우리 너무 깊게 생각하지는 말아요. 일단 당신이 계획한 방식대로 아바르로 들어가. 그리고 그곳에서 벌어지는 일

을 보고 그때 생각하자. 지금은 결국 아무 일도 일어나지 않았
잖아?"

"후후, 그렇긴 하지."

"그럼 이제 우리도 잠이나 자요. 시간이 많이 늦었어. 이 대
협도 피곤하실 테고……."

설루가 이위령을 보며 말했다.

"알겠습니다. 전 그만 물러가겠습니다."

이위령이 자리에서 일어나 고개를 숙여 보인 후 적풍의 천막
을 벗어났다.

그러자 적풍이 물끄러미 이위령의 뒷모습을 바라보고 있다
가 중얼거렸다.

"사실 걱정은 다른 데 있어."

"나도 알아. 십자성의 식구들을 잃을까봐 두려운 거지?"

"음……."

적풍이 고개를 끄떡였다.

"하지만 그건 이곳에 오지 않았다고 해도, 당신이 다른 선택
을 한다 해도 일어날 수 있는 일이야. 사고 같은 거지. 사는 건
뜻하지 않은 사고의 연속이니까. 그걸 두려워해서는 세상을 살
수 없는 거지."

설루의 말에 적풍이 설루를 빤히 바라봤다.

"왜? 내 얼굴에 뭐 묻었어요?"

"아니, 당신은 왜 이렇게 현명할까 하고……."

"그런 말씀 마세요. 골치 아픈 남자를 선택해 평생 고생하는

바보 같은 사람이니까."

설루의 핀잔에 적풍이 대꾸를 하는 대신 가볍게 미소를 지어 보였다. 그 미소 속에서 설루는 적풍이 모든 고민을 끝내고 이제 다시 그 무엇으로부터도 물러서지 않는 십자성의 주인 적풍으로 돌아왔음을 깨달았다.

마령의 계곡에선 드물게 아침부터 햇살이 들었다. 사람들은 오랜만에 보는 아침 햇살을 가뭄에 단비 만난 듯 그렇게 받아들였다.

그래서 다른 때보다 일찍 자리를 털고 일어났고, 활기차게 여행 준비를 시작했다.

아니 여행 준비를 서두는 데는 사실 다른 이유가 있었다. 오늘이야말로 드디어 길었던 이 어둠의 계곡을 벗어나는 날이기 때문이었다.

마르두는 오늘 오후에 마령의 계곡을 벗어날 것이라도 말했다. 그리고 그건 곧 아바르를 향한 마지막 여행이 시작되었다는 것을 의미했다.

일찍 서둔 덕에 출발도 다른 때보다 빨랐다. 말과 사람이 모두 경쾌하게 숙영지를 떠나 서서히 넓어지는 계곡을 달렸다.

일행은 쉬지 않고 한나절을 이동했다. 그리고 드디어 그들의 눈앞에 아주 작은 산, 그럼에도 불구하고 그들이 지나왔던 마령의 계곡과는 너무 다른 푸른 산을 눈앞에 두고 걸음을 멈췄다.

드디어 일행이 마령의 계곡을 완전히 벗어난 것이다.

"산 이름이 뭐라고?"

잠시 길을 멈추고 계곡 앞쪽에 자리 잡은 초록의 산을 바라보며 이위령이 파묵에게 물었다.

"산 이름은 없어요."

"그래? 무명산이군."

"산 같지도 않군."

옆에서 감문이 대화에 끼어들었다.

그러자 파묵이 대답했다.

"산이야 보잘 것 없지만 그 위치를 생각하면 제법 중요한 산이지요. 저기 보이시죠? 산 뒤쪽… 멀리."

파묵의 말에 사람들이 태양을 손으로 가리며 산 너머 먼 지평선을 응시했다.

"강… 인가?"

감문이 확신이 없는 말투로 물었다.

"맞습니다. 강입니다."

"그럼 저 강이……?"

"맞습니다. 사자들의 강이자 축복의 강이라 불리는 아바르의 강입니다. 이 산은 바로 아바르의 시작을 볼 수 있는 요충지인 것이죠. 공격하는 자들에게나 방어하는 자들에게나."

파묵의 말에 사람들이 감개무량한 시선으로 새삼스레 아스라이 보이는 강과 눈앞의 산을 번갈아 바라봤다.

"이제… 여행은 끝난 건가?"

소두괴가 혼잣말을 중얼거렸다.

그러자 단우하가 입을 열었다.

"아닐세. 새로운 여행의 시작이지. 아바르에서의 여행, 길 위
의 여행이 아닌 사람과 전사들 속에서의 여행 말일세."

제2장
도하(渡河) 전(前)

　모든 것이 열렸다. 지금까지의 비밀스러운 여행은 한순간에 무의미해졌다.

　아니, 어제까지의 여행이 무의미한 것은 아니었다. 적어도 지금 그들은 아바르의 강 앞에 와 있으니까.

　그런데 마지막 문을 앞두고 적풍은 자신들의 모든 문을 열었다. 어떤 이유의 적이든 그에게 올 수 있게 그는 자신과 일행을 세상에 드러냈다.

　적풍 일행은 아스라이 아바르 강이 보이는 지점에 위치한 작은 야산의 정상을 향해 몸을 숨기거나 혹은 세심한 경계도 없이 느리게 오르고 있었다.

　그들을 추격하던 자들이라면 그 누구라도 그들을 볼 수 있었고, 힘을 내 말을 달리면 단숨에 그들을 따라잡을 수 있었으며, 제대로 전략을 짠다면 이 작은 야산에 그들을 몰아넣고 고립시킬 수도 있었다.

그러나 아무도 그런 시도를 하지 않았다. 모든 것을 노출한 적풍의 행동이 오히려 그를 노리거나, 혹은 그의 손에 있을 불의 검을 노리는 자들에겐 큰 부담으로 다가왔던 것이다.

"에혀, 겁쟁이들!"

장창을 어깨에 둘러매고 일행의 앞뒤를 빠르게 오가면서 주변을 살피던 이위령이 멀리서 그들을 보고 있으면서도 다가오지 않는 추격자들을 보며 혀를 찼다.

"좋은 일 아니오? 애초에 이런 효과를 노린 것 아니오?"

타르두는 여전히 이 행보가 걱정스러운 모양이었다.

타르두 같은 사람에겐 적풍의 행동이 도저히 이해가 되지 않았다. 수많은 추격자들이 있는 와중에 일행의 행보를 숨기지 않고 노출하는 것은 흑수족의 노련한 길잡이에겐 도저히 이해도, 동의도 할 수 없는 행동이었다.

그런데 오히려 그런 행보가 추격자들의 발을 묶는 효과를 내자 애초에 적풍이 이런 효과를 노린 것이 아닌가 하는 생각을 하고 있었던 차였다.

그러나 이위령의 대답은 그의 예상을 벗어났다.

"무슨 소리요? 우린 지금 저자들이 오길 바라고 있소."

"…그게 정말이오?"

타르두가 당황한 표정으로 되물었다.

"우리 성주님은 말이오. 머리가 나쁘신 것은 아니지만, 그렇다고 복잡한 술책은 쓰지 않으신다오. 한마디로 사내다운 분이지."

"너무 무모한 것 아니오?"

타르두가 신중하게 물었다. 그로선 아바르에서의 행보를 위해 이곳에서 세상에 자신의 힘을 보여주려는 적풍의 의도를 알리 없었다.

"지금까지 우리 실력을 보고도 그런 말을 하시오?"

"하지만… 추격자들이 한둘이 아니오."

"다다익선, 이곳에서 저들의 추격을 물리치고 강을 건넌다면 아바르에선 그 누구도 감히 우리를 업신여기지 못할 것이오. 그러니 많으면 많을수록 좋소."

"설마 아바르에서의 안전을 위해서……?"

"맞소. 그 이유요. 조용히 빠르게 강을 건너도 되겠지만, 이곳에서 한판 드잡이질을 하려는 이유 말이오. 그런 면에서 운이 없다고 할 수 있지. 우릴 공격하는 자들은……."

"지금 그들을 걱정할 때요? 잘못하면 전멸을 당할 수도 있소."

타르두가 질린 표정으로 말했다.

"전멸? 후후후, 노인장은 아직 우리 성주님을 제대로 보지 못하셨구만… 저놈들쯤 우리 성주님 혼자서도 상대할 수 있소. 지금까지 비밀스레 이동한 것은 시간이 단축하기 위해서였을 뿐이오. 그렇지 않았다면 감히 우릴 쫓는 자들을 그대로 두었을 성주님이 아니오. 하지만 이젠 여행도 끝나가니 제대로 한번 버릇을 고쳐줘야 할 때인 거요. 그나저나… 어디쯤에서 머무실라나? 벌써 정상인데…….”

이위령이 말을 몰아 적풍 곁으로 다가갔다.

그러자 타르두가 황망한 표정으로 중얼거렸다.

“대체 난 어떤 사람들과 있는 것인가?”

“성주님을 믿으세요.”

옆에서 파묵이 말했다.

“넌 이 일이 가능하다고 생각하는 거냐?”

“오손의 전선들도 물리친 성주님이십니다.”

“하지만 그들은…….”

타르두가 말을 하다 말고 입을 닫았다. 생각해 보면 세 어머니의 호수에서 오손의 전선을 물리칠 때의 적풍과 십자성 고수들의 위용은 능히 이곳에서 추격자들을 상대할 만했다.

“그때도 위험하긴 마찬가지였어요. 더군다나 그곳은 오손의 안방인 제왕의 호수였습니다. 물 위에서 오손의 전사들을 물리친 사람들이라면 땅 위에서 추격자들을 상대하지 못하겠어요?”

“하아… 그렇긴 하지만.”

“기다려 보자구요. 더구나 성주님께는 그 특별한 검이 있지 않습니까?”

“그래봐야 겨우 검 한 자루다.”

“겨우 검 한 자루가 아니죠. 칠왕의 검 중 하나인데요.”

"칠왕의 검이라……."

타르두가 선두에서 산 정상에 이르고 있는 적풍을 보며 나직하게 중얼거렸다.

산 정상에 오르자 적풍이 잠시 말을 세웠다.

"여기서 하시게요?"

소두괴가 못마땅한 표정으로 물었다.

"나쁘지 않잖아?"

"웬걸요. 아주 나쁜 장소죠. 여러 명의 적을 맞아 싸우기에는… 산을 등져 자연스럽게 후방을 방비한 후 싸울 수 있는 곳이 좋습니다."

"모르는 소리, 이곳에서 싸워야 모두가 볼 수 있다."

"싸움의 승패 따위는 안중에도 없으시군요?"

고개를 저으며 말했다.

"그건 그대가 걱정할 일이고."

"아이고 이번엔 저도 모르겠습니다. 성주께서 알아서 하세요."

"그것도 좋지. 오랜 만에 이 망할 놈의 기운을 시원하게 풀어내는 것도 말이야. 모두 반경 십 장을 기준으로 원진(圓陣)을 만든다. 몽금! 금화! 두 사람은 설루와 사몽을 지킨다."

적풍이 빠르게 명을 내렸다.

"예. 성주!"

십자성의 고수들이 적풍의 명에 일사불란하게 움직였다.

그러자 단우하가 다가와 물었다.

"저희들은 어찌할까요?"

단우하와 항복한 아바르의 전사들의 대응을 묻는 것이다.

"싸우고 싶소?"

"……."

적풍의 질문에 단우하가 대답하지 않았다.

그렇다고 싸움을 거부하는 것은 아닌데, 적극적으로 싸움에 관여하고 싶지도 않은 어색한 모양이었다.

"원진 안으로 들어와 설루나 지켜주시오."

"믿으시는군요. 고맙습니다. 소공자!"

단우하가 고개를 숙여 대답했다. 적풍이 아바르의 전사들을 진 안에 들인다는 것은 그들을 신뢰하지 않으면 어려운 결정이었다.

"그들조차 믿지 못하면 앞으로 아바르에서 아무도 믿을 수 없을 것이오. 하지만 이것이 내게 도박임은 알고 있소. 그러니… 오늘 그들에게 자신들의 마음을 증명하라 하시오."

적풍의 냉정한 말에 단우하가 고개를 숙이고 뒤로 물러났다.

"두 사람도 이리 와 보시오."

이번에는 적풍이 타르두와 파묵을 불렀다. 그러자 두 사람이 얼른 적풍 앞으로 다가왔다.

"이곳에서 내가 하려는 일을 알 거요."

"물론이지요. 전 반대합니다만……."

타르두가 말했다. 그러자 적풍이 잠시 타르두를 보고 있다가
물었다.

"이젠 내가 누군지 아시오?"

"……."

적풍의 질문에 타르두가 바로 대답하지 않았다.

사실 그동안 동행을 하면서도 적풍과 십자성의 고수 그 누
구도 이들 두 사람에게 적풍의 진실한 신분, 무황의 드러나지
않았던 네 번째 혈육이란 사실을 말하지 않았다. 그러나 눈치
빠른 두 사람이 그 사실을 알아챌 만한 순간은 많았다.

특히 마령의 계곡에서 아바르의 전사들과 싸운 날 이후에는
아무리 무딘 사람이라도 적풍의 신분을 추측할 수 있었을 것
이다.

하지만 그렇다고 해도 두 사람은 적풍이 무황 적황의 아들이
란 결론은 함부로 내릴 수는 없었다. 그 신분의 가지는 엄청난
의미를 모르지 않기 때문이었다.

그리고 적풍이 무황의 혈육이라면 너무 많은 의혹들이 생긴
다.

그동안 어디에서 살았고, 어디에 십자성을 지었으며, 또 왜
그렇게 오랫동안 세상에 드러나지 않았는지. 그리고 지금은 왜
아바르를 향해 가고 있으며 그를 막으려고 전사들을 보낸 다른
황자 황녀들의 행보는 뭘 의미하는지…….

그런 모든 의문들에 대한 대답이 필요한 일이기에 마르두는
적풍의 신분에 대한 확신을 의도적으로 뒤로 미루고 있었다.

"짐작하고 있으리라 생각하오."

마르두가 대답을 하지 않자 적풍이 말했다.

"그럼 제 짐작이 맞습니까?"

마르두가 물었다.

"맞소."

"아!"

마르두와 파묵이 동시에 탄성을 터뜨렸다.

적풍의 엄청난 신분이 확인되는 순간 갑자기 적풍이 지금까지 그들이 알던 사람과는 전혀 다른 사람처럼 느껴졌다.

"하지만 내 신분 따위는 중요치 않소. 우린 거래를 했고, 난 그 거래를 충실히 이행할 거요."

"믿고 있습니다."

타르두가 대답했다.

"믿어도 좋소. 그런데 우리의 거래에서 내가 할 일은 남아 있지만 그대들이 할 일은 끝난 것 같소. 그대들은 그동안 충실하게 거래의 조건을 이행했소. 날 여기까지 데려온 것으로 그대들의 일은 끝났소. 그러니… 이제 안전한 곳으로 피해 있으시오. 따님의 일은 내가 분명히 해결하겠소. 알겠지만 지금이 마지막 기회요."

"성주! 어찌 그런 말씀을!"

파묵이 서운한 표정으로 대답했다.

"그럼 나와 함께 아바르로 가겠소?"

"지켜주실 수 있으시겠습니까?"

"내가 살아 있는 한은."

"그럼 가겠습니다. 그곳에 제 딸이 있지 않습니까?"

타르두가 말했다.

"좋소. 그럼 이제 그대들도 길 안내자가 아닌 십자성의 사람들이오. 진 안에 머무시오."

적풍의 말에 타르두와 파묵이 기쁜 표정으로 고개를 숙여 보이고는 십자성 무사들이 만든 원형의 진 안쪽으로 들어갔다.

그러자 적풍이 십자성의 고수들을 보며 말했다.

"이따위 싸움에서 죽는 사람이 나올 수는 없는 일이다."

"알겠습니다. 성주!"

십자성의 고수들이 한목소리로 대답했다.

"죽는 자가 나온다면 그건 십자성의 무사로서 자격이 없는 것이다. 맞는가?"

"그렇습니다. 성주!"

"좋아. 그럼 이제 싸움을 즐긴다."

적풍이 그 말을 하고는 말에서 내려 원형진 앞쪽으로 나가더니 청룡검을 빼들고 자신의 발 앞에 깊이 박아 넣었다.

그러고는 팔짱을 낀 채 추격자들이 산에 오르기를 기다리기 시작했다.

제법 긴 시간이 흘렀다.

그러나 추격자들은 서로 미룰 뿐 아무도 먼저 적풍 일행이 머물고 있는 야산에 오를 생각을 하지 않았다.

섣부른 움직임이 치명적인 결과를 초래할 수 있다는 것을 누구나 알고 있기 때문이었다.

그러나 결국 기다림에 지치는 자들은 나타나게 마련이었다.

야산을 멀리서 에워싸고 있던 무리 중 하나가 갑자기 말을 달려 적풍이 머물고 있는 야산을 치달아 오르기 시작했다.

"누군가?"

적풍이 고개도 돌리지 않고 물었다.

그러자 타르두가 대답했다.

"짐작컨대 천인총의 마전사들인 듯합니다."

"천인총! 그럼 불의 검을 보고 온 것이겠군."

오손의 전사들은 복수의 목적이 있을 수 있고, 흑상 귀모라가 속한 무리는 적사몽을 욕심낼 수 있었다. 그러나 천인총의 마전사들이라면 불의 검 말고는 달리 적풍을 찾아올 이유가 없었다.

"제길… 저놈들이 천인총의 마전사들이었군. 난 도적떼인 줄 알고 신경 쓰지 않았는데……."

이위령이 투덜거렸다.

그는 마령의 계곡을 지나면서 밤마다 숙영지를 벗어나 계곡 위 사정을 살펴 적풍에게 보고하곤 했었다.

그때 다른 추격자들에 비해 멀리 떨어져 있는 천인총 마전사들을 보긴 했지만, 설마하니 그들이 천인총의 마전사들일 줄은 생각지 못했던 것이다.

"죄송합니다, 성주!"

이위령이 적풍을 돌아보며 고개를 숙였다.

"상관있나?"

"하긴 그렇군요. 어차피 싸울 텐데. 그래도 천인총이라면 조심해야겠죠?"

"숫자가 그리 많지는 않군."

적풍은 천인총의 마전사들에 대해 별반 걱정이 되지 않는 모습이었다.

"그래도 조심하십시오. 천인총의 마전사들은 아시다시피 죽음의 무공을 수련한 자들입니다. 이십팔룡 중 천인총을 택한 자들이 있었습니다."

뒤쪽에서 단우하가 충고했다.

그러거나 말거나 적풍은 팔짱을 낀 채 야산을 치달아 오르는 천인총의 마전사들을 흥미롭게 바라볼 뿐이었다. 그러다가 문득 뭔가를 깨달았는지 고개를 돌려 마르두를 찾았다.

마르두가 적풍과 시선이 마주쳤다.

"그대는 얼굴을 가려야겠지?"

"알겠습니다."

마르두가 얼른 고개를 끄떡이고는 머리 뒤쪽 두건을 끌어와 얼굴을 가렸다.

과거 그가 천인총 십이영주 중 한명이 괴력 난신을 암살한 일로 천인총의 추격을 받는 신분이기 때문이었다. 물론 이미 오래전 일이라 천인총에서 아직까지 그를 찾고 있는지는 알 수 없었지만.

그렇게 이런저런 준비를 하는 사이 천인총의 마전사들이 바람처럼 달려와 적풍 일행의 십여 장 앞에서 말을 멈췄다.

천인총 마전사들은 한눈에 봐도 살기가 강한 자들임을 알수 있었다. 여러 형태의 갑주와 다양한 종류의 병기를 들고 있었지만, 그들의 뿜어내는 기운은 하나같이 진득한 살기였다.

죽음의 땅에서 갓 올라온 듯한 천인총 마전사들은 담력이 강한 사람이 아니면 마주 대하는 순간 싸울 의지가 사라질 정도로 귀기가 흘렀다.

천인총의 마전사들은 걸음을 멈춘 후 잠시 적풍 일행을 주시했다. 그러다가 그중 한 명이 앞으로 나서며 입을 열었다.

"그대들이 오손의 호수에서 분란을 일으킨 자들인가?"

위압적인 기운이 묻어나는 질문이었지만 적풍 일행은 아무런 대답을 하지 않았다.

순간 가죽 위에 검은 색 쇠을 붙여 만든 투구를 쓴 자가 두툼한 손가락으로 투구를 살짝 밀어 올리며 다시 물었다.

"누가 일행의 우두머리냐? 난 천인총의 제삼영주 샤파다. 우두머리는 앞으로 나서라!"

사내가 외치는 순간 파묵과 타르두 그리고 단우하와 아바르의 전사들 눈이 커졌다.

천인총 수천의 마전사들 중 가장 중요한 인물들은 천인총의 제왕인 사혼왕 사삼우와 천인총의 영역을 구성하는 열두 개성의 성주들인 십이영주들이다.

그중에서도 일, 이, 삼영주는 사혼왕의 유고시 그를 대신할 수 있는 권한이 부여되어 있는 막강한 자들이었다.

그런 자가 아직은 소문에 불과한 불의 검을 찾아왔다는 것은 놀라운 일이 아닐 수 없었다.

아니 그 사실만으로 이 땅에서 칠왕의 검이 얼마나 중요한 물건인지가 여실히 드러난다고 할 수 있었다.

"내가 이들을 이끈다. 천인총에서 무슨 일로 날 찾아 왔는가?"

적풍이 여전히 팔짱을 낀 채 물었다.

그러자 천인총 삼영주 샤파의 눈빛이 번쩍였다. 마치 부싯돌을 부딪쳐 만들어낸 듯한 그의 안광이 전광석화처럼 적풍의 동공을 뚫고 지나갔다.

그러나 적풍은 날카로운 샤파의 안광에도 아무런 반응도 보이지 않았다. 그저 묵묵히 처음 그대로 샤파를 응시할 뿐이었다.

그러자 샤파의 표정이 살짝 변했다. 그도 그럴 것이 지금까지 그가 뿜어내는 안광을 이렇게 아무렇지도 않게 받아낸 사람은 거의 없었기 때문이었다.

"어디 출신인가?"

만만찮은 적풍의 기세에 천인총의 삼영주 샤파가 신중해졌다. 천인총에서 다섯 손가락 안에 꼽히는 권력자답게 신중할 때를 아는 자였다.

"날 찾아온 자는 그 이유를 먼저 설명해야 한다. 이유를 듣고 친구라면 친구로서 적이라면 적으로서 대해주지. 내 이름과 내력을 알 수 있는 자는 둘 중 친구뿐이다. 다시 묻지. 날 찾아온 이유가 뭐냐?"

적풍의 오만한 대답에 샤파가 흥분할 듯도 했지만 그의 인내심은 생각보다 강했다. 샤파가 잠시 적풍을 바라보다 다시 입을 열었다.

"오손의 호수에서 그대가 그들의 전선을 파괴했다는데 그게 사실인가?"

"……"

적풍이 샤파의 말에 아무런 대답을 하지 않았다. 이미 선언했듯 그런 이야기는 오직 친구에게만 할 수 있다는 무언의 시위다.

그러자 샤파가 다시 물었다.

"그 싸움에서 불의 검… 칠왕의 신검으로 알려진 일곱 개의 성스러운 검 중 하나를 사용했다던데 맞는가?"

적풍은 여전히 답을 하지 않았다.

"불의 검을 가지고 있느냐고 물었다."

샤파가 조금 더 강한 어조로 물었다.

"가지고 있다면?"

"정말이군. 어떻게 그 검을 손에 넣었는가?"

샤파의 질문이 계속됐다. 그러자 적풍이 대답 대신 땅에 꽂아 넣었던 청룡검을 빼들며 말했다.

"질문은 여기까지. 말했듯이 친구가 아니라면 나에 대한 이야기 할 생각이 없다. 만약… 불의 검이 필요하다면 와서 가져 가라."

적풍이 청룡검을 회초리처럼 몇 차례 가볍게 휘두르며 말했다.

"그 검은 불의 검이 아니다."

샤파가 적풍의 들고 있는 청룡검을 보며 말했다.

"물론, 그런 귀한 검은 쓸 시간은 따로 있는 법이니까."

적풍의 말에 샤파의 얼굴이 꿈틀거렸다. 그건 모욕이었다. 그 자신이 불의 검을 꺼내 상대할 만한 상대가 아니라는 뜻이기 때문이었다.

"네가 오손의 대선장 중 한 명인 해걸루를 죽였다는 소문은 들었다. 그러나 난 오손의 뱃사람들과는 다른 종류의 사람이다. 그러니 조심하라. 내 분노를 감당하지 않으려면……!"

"충고 고맙군. 보답으로 나도 충고하지. 난 내게 도전하는 자는 누구도 살려주지 않아."

적풍의 말에 샤파의 얼굴에 살짝 갈등의 빛이 보였다. 적풍의 말이 그저 허장성세만은 아닌 듯하기 때문이었다.

더군다나 산 정상을 둥글게 둘러싸고 있는 십자성의 고수들 역시 결코 무시할 수 없는 강자들로 보였다.

샤파가 데려온 천인총의 마전사들은 모두 십여 명, 이 숫자의 마전사들로 적풍 일행을 굴복시킬 확신이 없는 샤파였다.

설혹 그가 적풍 일행을 굴복시키고 그에게서 불의 검을 빼앗는다 해도, 적풍 일행을 상대하느라 힘이 빠진 마전사들로 야산 주변에 진을 치고 있는 여러 부류의 추격자들에게서 불의 검을 지키는 일은 결코 쉽지 않을 터였다.

그래서 샤파는 쉽사리 적풍을 공격하지 못하고 그를 상대할 방법을 고민할 수밖에 없었다.

그런데 그러는 사이 기다림이 지루해진 자들이 또 나타났다. 그리고 이번에는 적풍 일행에 대해 좀 더 명확한 적의를 가진 자들이었다.

두두두!

산 아래에서 다시 말발굽 소리가 일어나더니 불쑥 숲을 뚫고 나타난 오손의 전사들이 산 정상에 나타났다.

*   *   *

"참 곤란한 일이군."

구트족의 카르 모독이 말 위에서 산 정상을 바라보며 중얼거렸다.

"오손과 천인총이라면 아쉽지만 물러나시는 것이⋯⋯."

모독의 곁에서 중년 사내가 조심스럽게 말했다.

"그게 맞는 것 같기는 한데 미련을 버리지 못하겠군. 소노자! 자네 생각은 어때. 오손과 천인총 무리라야 겨우 이십여 명이 조금 넘는데, 모두 죽여 버리고 놈에게서 아이와 불의 검을 취하는 것이 나은 결정 아닐까?"

"보는 눈이 많습니다. 위험한 자들은 아니지만 입을 모두 막을 수는 없지요."

"그도 그렇군."

모독이 야산 주변을 죽 둘러보며 중얼거렸다.

야산 주변에는 그동안 모습을 숨기고 있던 자들이 하나 둘 모습을 드러내고 있었다.

모독이 모두 죽일 수는 없는 숫자였다.

"카르의 존재가 알려지면, 그리고 카르께서 아바르 강 유역까지 오셨다는 것을 알게 되면 필시 신검의 주인들과 아바르는 분쟁을 멈추고 쿰을 넘어 카르를 추격하게 될 것입니다. 그것이 그들의 불문율 아닙니까?"

소노자라 불린 사내가 냉정하게 말했다.

"그대의 판단은 언제나 옳다."

"불쾌하셨다면 용서하시길!"

소노자란 자가 고개를 숙여 보였다.

"무슨 소린가? 나에게 그런 정확한 충고를 해줄 수 있는 인물이 그대밖에 더 있는가? 그래서 그대가 내게 소중한 것이고……."

"감사합니다."

"그런데 말이야. 그래도 내가 욕심난다면? 방책이 없겠는가?"

카르 모독이 마치 반드시 방책을 내놓아야 한다는 듯 물었다. 그러자 소노자란 자가 곤혹스러운 표정을 짓다가 입을 열었다.

"한 가지 방법이 있긴 합니다만… 운이 따라야 가능한 일입

니다."

"뭔가?"

"일단 싸움의 승패가 결정된 이후를 노리는 겁니다. 누가 승자가 될지는 몰라도 저 싸움에서 이긴 자에게 도전할 자들은 많지 않을 겁니다."

"그렇긴 하지. 오손과 천인총 중 하나가 승자가 된다면 감히 칠왕의 전사들에게 도전할 자가 없을 테고, 만에 하나 쫓기던 자들이 승리한다면 그땐 칠왕의 전사들을 물리친 그들에게 도전하려는 자들도 사라지겠지."

"그때를 노리는 겁니다. 싸움의 승패가 결정되고 하루 이틀 정도의 시간이 지나 각 무리가 뿔뿔이 흩어지면 그때……."

"후후! 난 무슨 대단한 계책이라도 있는 줄 알았더니 그냥 때를 기다리자는 거군."

"지금으로선 그게 상책이지요."

"하긴… 시간이 모든 걸 해결해 주는 경우가 종종 있으니까. 하지만 불의 검을 가지고 있는 저 이상한 놈이 이긴다면 하루 안에 아바르 강을 건널 거야. 우리에게 기회가 있을까?"

"그래서 운이 따라줘야 한다고 말씀드린 겁니다."

"그런 뜻이었군."

"가능성은 희박하지만 만약 그가 승리한다면 산과 강 사이의 숲에서 그를 기다리는 것이 좋겠지요."

소노자란 자가 말했다.

"좋아. 그럼 산을 우회해 강 쪽으로 이동한다."

"설마 그가 이기리라 보시는 겁니까?"

"그래서가 아니야. 천인총과 오손의 전사들이 승리하면 그들이 본거지로 돌아가는 동안 추격할 시간이 충분하지만, 불의 검을 가진 자가 승리하면 자네 말대로 아바르 강에 도착하기 전에 승부를 봐야 하니까 하루 정도의 시간밖에 없어. 그러니 일단 그쪽에서 기다리자는 거지."

"알겠습니다. 모두 카르의 말씀대로 산을 우회해 강 쪽으로 이동한다."

소노자란 자가 수하들을 말하자 모독의 수하들이 신속하게 이동하기 시작했다.

"정말 대담하군. 야수족이 칠왕의 땅 한가운데까지 들어오다니."

오손의 성 외곽 마을부터 줄곧 여곽에서 만난 야수족의 뒤를 쫓아 온 명월문의 대법사 을보륵이 감탄과 우려를 함께 드러내며 말했다.

그러자 그의 제자이자 충실한 현월문의 법사인 파윤이 물었다.

"무슨 생각일까요? 불의 검에 욕심을 내는 걸까요?"

"야수족은 인간이냐 짐승이냐?"

을보륵이 갑자기 엉뚱한 질문을 던졌다. 그러나 그의 제자 파윤은 망설이지 않고 대답했다.

"칠왕의 땅에 사는 인간들에게 그들을 짐승처럼 여겨지지만 우리 현월문의 법사들에겐 부인할 수 없는 인간이지요. 단지, 칠왕의 땅에 사는 사람들과 달리 연원을 알 수 없는 시간 동안 이 땅에 살면서 명계의 사람들과 조금 다른 특징을 가지게 된 것일 뿐……."

"맞다. 그들 역시 인간이다. 그러니 어찌 불의 검에 대한 욕심이 없겠느냐?"

"그럼 저 싸움에 뛰어들겠군요."

"글쎄. 그렇다면 두려워할 것이 없겠지. 야수족 특유의 저돌성을 가지고는 있으나 현명하지 못하다는 것을 의미하니까. 그런데 지금 보니 두려워해야 할 것 같구나."

"싸움을 피한다고 보시나요?"

"아니다. 싸움의 장소와 때를 자신들이 정하려는 것으로 보인다. 그래서 두렵다는 거야. 본래 칠왕의 땅에 정착한 사람들과 야수족을 구분하는 것은 다른 무엇보다 문명과 비문명의 차이에 의한 구분이다. 그건 곧 본능과 이성 중 무엇이 그 종족을 지배하느냐의 문제지. 그런데 저자들은 본능을 억제하고 이성을 쫓아 행동하는 것으로 보인다. 그건… 아주 위험한 야수족이란 뜻이다. 더군다나……."

"달리 걱정되시는 것이라도……."

"심상치가 않구나. 저자!"

"족장으로 보이는 자 말입니까?"

"음… 오손의 성에서 보았을 때도 특별해 보였지만, 지금 보니 마치 당대 칠왕들을 보는 것 같구나."

"그렇게까지야……."

어린 법사 파윤은 동의하기 어려운 모양이었다.

"그렇지가 않아. 오손의 성에서도 분명 무공의 기운을 느꼈지. 그런데 그를 따라오다 보니 그 무공이 보통 무공이 아닐 것 같다는 생각이 드는구나. 이십팔룡의 무공을 그 정수까지 깨우친 것이 아닌 지 걱정이로구나."

"이십팔룡 중 일부가 칠왕의 땅을 떠나 야수족이 사는 오지로 들어가 그들에게 무공을 전수했다지만 설마 자신들 무공의 정수를 전수했을 리가 있을까요?"

"아니다. 충분히 가능한 일이다."

현월문의 대법사 을보륵이 파윤의 생각을 반박했다.

"그러나 이십팔룡은 야수족의 발호를 막기 위해 이 땅에 온 사람들이잖습니까. 그런 사람들이 그런 일을 했을까요? 야수족에게 무공의 정수까지 건네면 이후 이 땅에서 어떤 일이 벌어질지 모르지 않을 텐데……."

"그들이 이 땅에 왔을 때와 마인 토곤의 발호를 잠재운 이후의 사정을 고려해 보면 가능성은 충분하다."

"그들에 대한 홀대를 말씀하시는 건가요?"

"단지 홀대가 서운해서는 아닐 것이다. 아마도 야수족도 결국 인간이라는 것을 받아들였기 때문일 것이다. 마인 토곤과의 싸움이 끝날 때쯤 이십팔룡이 그 싸움에 대해 의문을 가졌던 것은 사실이니까. 월문에서 그들을 데려올 땐 야수족이 인간의 존망을 위협하는 괴족의 무리라고 했었는데, 정작 야수족의 대부분은 인간과 같은 피를 가지고 있었지."

"그야… 생각하기 나름인 거죠."

파윤의 시무룩한 표정으로 말했다.

"어쨌든 야수족을 인간으로 인정하는 순간 이십팔룡 중 사마(邪魔) 계열의 무공을 수련한 자들에게 야수족은 전혀 다른 의미가 되었을 것이다."

"다른 의미요?"

파윤이 되물었다.

"그렇다. 어떤 면에서는 동류의 인간들처럼 느껴졌겠지. 본래 사마의 무공을 수련한 자들은 강호에서 비인간 취급을 받으며 살아온 존재들이니까. 그래서 일단 야수족이 인간이라는 것을 받아들이면 그들에 대한 적대감보다는 친밀감을 느꼈을 수도 있다. 그럼 자신들 무공의 정수를 전수하는 데 망설일 이유가 없었겠지. 제자를 둘 수도 있고."

"그렇다면 정말 문제네요. 야수족이 이십팔룡의 정수를 깨우친다면… 그들은 사실 무공이 없어도 상대하기 쉬운 자들이 아니지 않습니까?"

파윤의 얼굴이 어두워졌다. 대법사 을보륵 역시 심각한 표정으로 말했다.

"애초에 현월문을 나설 때 문주께서 걱정하셨던 것이 어쩌면 이것이었는지도 모르겠구나. 요즘 들어 변방 각지에 그동안에는 보이지 않았던 정체 모를 기운들이 나타나고 있다고 하셨지. 보이지 않는 위협이 야수족이나 신비족으로부터 시작되는 것이라면… 이 땅은 다시 큰 위험에 처하게 될 것이다. 예전처럼 이십팔룡의 초대 같은 일은 할 수 없는 것이고……."

"그 와중에 이 땅에선 아바르의 무황과 신검을 가진 왕들이 큰 싸움을 앞두고 있으니까요."

"후우… 현월문이 다시 세상일에 나서야 하는 건가?"

대법사 을보륵이 근심어린 표정으로 말했다.

"대화합은 불가능할까요?"

"무황과 칠왕의?"

"예. 그걸 위해 문주께서 그를 만나시러 가신 것 아닌가요?"

"글쎄. 가능성이 아주 없지는 않겠지만 어려운 일이지. 아바르의 신혈족은 오랫동안 칠왕의 노예로 살았던 사람들이다. 한쪽에선 원한, 한쪽에선 멸시의 마음을 가지고 있지. 화합하기 쉽지 않을 것이다. 신화지왕의 경우 아바르의 무황에게 멸망당하기까지 했으니까."

"화합하지 않으면 공멸할 수도 있는데요?"

"위험이 눈앞에 닥쳐온 것은 아니니까. 사람이란 어쨌거나 먼 곳보다는 가까운 곳을 보게 마련이란다. 보이지 않는 미지의 적보다는 눈앞의 적이나 현실의 이득에 몰두하지."

을보륵의 대답히 파윤이 되물었다.

"본문이 경고를 해도 마찬가질까요?"

"글쎄… 어찌될지. 문제는 지난번 아바르의 무황이 문주께 아바르의 미래와 후계자를 정하는 것에 대해 도움을 청했을 때, 문주께서 거절하신 일이 있단 것이다."

"서운하겠지만 그래도 무황은 큰 사람이잖아요?"

"그렇게 보느냐?"

을보륵이 물었다.

"이 땅에서 그만큼 큰 인물이 또 있나요?"

"허허, 넌 그가 마음에 드는 모양이구나."

"마음에 들고 안 들고의 문제가 아니라 그저 인물을 평하자면 그렇다는 거지요."

"그래. 나도 그 생각에 반대하지는 않는다. 그의 그릇에 기대를 걸어보는 것도 나쁘지는 않지. 어쨌거나 당장의 문제는 저들이다."

을보륵이 산 위 정상에서 대치하고 있는 적풍과 오손, 천인총의 사람들을 보며 말했다.

"대체 저자는 어디서 튀어나온 자일까요? 정말 명계에서 왔을까요?"

"불의 검을 가지고 목적지가 아바르인 것을 보면 그런 것 같기는 하구나. 그러니 신혈족의 땅인 아바르로 가는 거겠지."

"어쩌실 거예요?"

파윤이 물었다.

"일단 저 싸움의 결과를 보겠다."

"말리실 생각은 없으시군요?"

"현월문은 이 땅에서 벌어지는 사사로운 분쟁에 개입하지 않는다."

"그렇긴 하지요."

파윤이 고개를 끄떡였다.

"싸움 끝에 불의 검의 주인이 승리한다면, 그를 만나 이곳에 온 이유를 들을 것이고, 오손이나 천인총에서 불의 검을 차지한다면 벽루의 맹약대로 불의 검을 요구할 것이다."

"지금 벽루의 맹약을 지키는 왕국이 어디 있어요?"

"그럼 빼앗아야겠지."

"대법사님!"

"현월문이 양보할 수 없는 일이 있다. 그중 하나가 한 왕국이 신검을 두 개 이상 소유하는 것이다. 그건 곧 이 땅의 균형을 깨는 일이니까."

현월문의 대법사 을보륵이 단호하게 말했다. 그 서슬 퍼런 선언에 파윤이 아무런 대답도 하지 못했다.

"일단 좀 더 가까이 가서 저들의 싸움을 지켜보자꾸나. 궁금하긴 해. 과연 불의 검을 가지고 이 땅에 온 자가 어떤 자인지……."

을보륵이 천천히 걸음을 옮겨 야산을 오르기 시작했다.

*　　　　*　　　　*

적풍은 자신 앞에 서 있는 두 무리의 전사들을 흥미로운 표정으로 바라보고 있었다.

한쪽은 뾰족한 투구에 번쩍이는 은갑을, 다른 한쪽은 대부분 가죽으로 된 투구에 사발을 엎어 놓은 듯한 쇠로 마무리한 투구에 가볍고 날렵한 검은색 갑주를 걸치고 있었다.

생김새도 은빛 갑주를 걸친 오손의 전사들은 후리후리한 신장에 시원한 인상을 지니고 있었고, 검은색 갑주를 걸친 천인총의 마전사들은 다양한 체구에 길들여지지 않은 야수의 눈빛을 지니고 있었다.

다만 모두 칠왕의 세력에 속한 자들이라 그런지 도도하기는 마찬가지였는데, 그래서 서로가 서로를 경계하느라 정작 적풍은 한순간에 뒤로 밀려난 느낌이었다.

"천인총의 삼영주께서 이 먼 곳까지 어인 일이시오?"

오손의 전사들을 이끌고 온 자가 먼저 천인총의 삼영주 샤파에게 물었다.

"그런 오손의 대장군들께선 어쩐 일이시오? 여긴 아바르와 칠왕의 약속에 따라 서로 전사를 들이지 않은 완충지대인데……?"

"우리에겐 이곳에 올 명분이 분명이 있었소. 그런데 천인총은 어떤 명분도 없지 않소?"

오손의 대장군이라 불린 자가 차갑게 물었다. 그러자 천인총의 삼영주 샤파가 고개를 저으며 말했다.

"모두가 아는 사실을 두고 이렇게 말다툼을 할 필요는 없을 것 같소. 불의 검, 그 하나만으로 우리가 이곳에 오기에 충분한 이유가 아니오? 사실, 오손에서도 그 이유 때문에 대장군을 두 분이나 보낸 것 아니오?"

샤파의 물음에 오손의 대장군이란 자가 고개를 저었다.

"우리 오손에겐 불의 검보다 형제를 죽인 자를 벌하는 것이 더 중요하오."

"그렇소? 그럼 이건 어떻소. 오손의 복수를 우리 천인총이 도와주겠소. 대신 저자가 가지고 있다는 불의 검을 천인총에 양보하겠소?"

"우린 그대의 도움을 청할 만큼 약하지 않소."

"좋소. 그럼 오손의 복수에 관여치 않겠소. 이후 불의 검은 양보할 수 있소?"

샤파가 다시 물었다.

"그의 모든 것은 오손에서 취하게 될 거요."

오손의 대장군이 단호하게 대답했다.

"크크크, 그것 보시오. 결국 오손도 불의 검에 욕심이 있는 것 아니오."

샤파의 말에 오손의 대장군은 더 이상 대답을 하지 않았다. 대신 그는 시선을 적풍에게 돌렸다.

적풍은 여전히 팔짱을 낀 채 두 사람을 지켜보고 있었다.

그런 적풍과 시선이 마주친 오손의 대장군은 무슨 말인가를 꺼내려다 말고 잠시 더 적풍을 응시했다. 그러면서 조금씩 표정이 변했다. 그러다 결국 나직한 탄식과 함께 고개를 저으며 중얼거렸다.

"대선장이 방심한 것이 아니었군. 상대를 잘못 만났어."

그의 말을 들은 천인총의 샤파가 이번만큼은 조롱이나 견제의 느낌 없이 진지한 표정으로 말했다.

"맞소. 저자는 결코 만만한 자가 아니오. 그래서… 우린 힘을 합칠 필요가 있소."

"그전에 그와 대화를 좀 나눠야겠소."

오손의 대장군이 샤파의 제안을 거절하고 앞으로 걸어 나갔다. 그리고 적풍에게 물었다.

"그대가 불의 검으로 오손 왕국의 대선장을 죽였는가?"

"그런 일이 있었지."

적풍이 망설이지 않고 대답했다.

"감히 오손 왕국의 사람을 해치고도 무사할 거라 생각했는가?"

"물론, 난 자신 없는 일을 할 사람은 아니야."

적풍이 역시 한 올의 긴장도 느껴지지 않는 표정으로 대답했다.

"오만하구나. 대체 이 땅에서 오손의 대선장을 살해하고도 무사할 거라 자신하는 넌 누구냐?"

"난 십자성주 적풍이다. 난 내게 도전하는 자를 결코 살려두지 않아. 그게 오손이든 누구든 말이야."

말을 하는 적풍의 등을 타고 갑자기 검은 기운이 태산처럼 일어나기 시작했다.

제3장
무황의 혈통

오손과 천인총의 고수들이 급히 뒤로 물러났다. 샤파와 오손의 대장군도 마찬가지였다. 그들의 눈에 자신들도 모르는 사이은은한 두려움이 떠올랐다.

산악 같은 거대한 검은 기운을 일으키고 있는 사내에 대한두려움도 두려움이지만, 그 사내가 만들어 내는 검은 기운이의미하는 사실에 대한 두려움이 그들을 두렵게 만드는 실질적인 이유였다.

"신혈……."

오손 대장군의 입에서 나직한 음성이 흘러나왔다.

한때 잡혈의 인간으로 불리던 자들이 있었다. 칠왕의 시대가시작되고 칠왕의 혈족들이 인간 중의 신인(神人)으로 스스로를 자리매김하던 시절, 그들에게는 충실하고 튼튼한 노예가 필요했다.

그래서 그들은 평범한 인간의 여인들을 취해 칠왕의 전사들로 하여금 아이들을 낳게 했다.

그 아이들은 칠왕의 정통 후예들과 달리 칠왕의 신성한 피를 부분적으로만 물려받았으나, 그것만으로도 보통 사람들보다 근골이 튼튼하고 강인한 생명력을 지니고 있어서 왕국의 노예로 부리기에 적당했다.

그렇게 태어난 자들은 칠왕의 영지 곳곳에서 칠왕의 군림을 위한 충실한 노예들로 쓰였다.

혈족 내 혼인을 강제해 칠왕의 순수한 피를 이어가는 칠왕의 후예들에게 그들은 잡혈의 인간들로 불렸다.

그렇게 잡혈로 불리는 노예들은 삼십 여 년에 걸쳐 태어났다. 그리고 시간이 흘러 잡혈의 아이들이 성장하여 혼인을 하고 후손을 볼 수 있는 나이가 된 후부터는 다시는 잡혈의 인간과 순수한 칠왕의 혈통간의 혼인이 허락되지 않았다.

노예는 노예로서의 혈통을 가지게 되었고, 세대가 바뀔 때마다 칠왕의 혈통과는 서서히 멀어지게 되었다.

그리고 언제부터인가 그들은 칠왕의 피가 전혀 섞이지 않은 보통의 사람들보다도 못한 취급을 받기 시작했다.

그들이 인위적인 목적에 따라 태어난 자들이어서는 아니었다. 그보다는 그들의 피 속에 흐르는 칠왕의 피가 언제든 칠왕의 정통 후예들에게 위협이 될 수도 있다는 것을 칠왕의 후예들도 알고 있기 때문이었다.

그래서 잡혈의 인간들이라 불린 자들은 보통의 사람보다 뛰어난 힘과 자질을 가지고 있으면서도 태어나면서부터 노예가 되었고, 글과 병장기를 다루는 법, 그리고 세상에 대한 지식조차도 배울 수 없었다.

그들은 철저하게 칠왕의 혈족들에게 노동력을 제공하는 노예로 키워졌고, 감시당하고 통제되었다.

결국 칠왕의 피가 섞인 것이 축복이 아닌 천형이 된 잡혈의 인간들은 칠왕의 노예로서 수백 년을 살아왔다.

그런데 자연의 섭리라는 것은 참으로 신기해서 그렇게 잡혈의 피를 이어가던 노예 중에 칠왕의 정통 후예들에 버금가는 능력을 지니고 태어나는 자들이 생겨났다.

칠왕 일족은 특별한 신력을 지닌 잡혈의 인간이 태어나면 발견되는 즉시 죽였다. 자신들을 위협할 수 있는 신력을 지닌 자들을 살려둘 만큼 칠왕의 혈족들이 너그럽지는 않았던 것이다.

그러나 흐르는 물을 막을 수 없는 것처럼, 사람의 운명은 사람이 가로막을 수 없었다.

잡혈의 인간 중에 칠왕의 후예들조차도 감당할 수 없는 힘을 가진 자가 나타난 것이다.

무황 적황과 그를 추종하는 검은 사자들, 첫 봉기에서 철저하게 실패한 그들은 이 땅의 현자들만이 알고 있다는 신비로운 문을 통해 다른 세계로 떠났다가 십여 년 후 다시 이 땅으로 돌아왔다.

그리고 다시 돌아온 그들은 첫 번째 봉기 때의 그들이 아니었다.

칠왕의 한 축을 이루는 불의 성이 그들의 손에 무너졌고, 이 땅에서 가장 비옥한 아바르가 그들의 수중에 떨어졌다.

그러나 그보다 더 심각한 것은 그들이 아바르에 잡혈의 나라, 그들 스스로는 신혈이라 부르는 노예족의 나라를 건설한 것이다.

칠왕의 땅에서 필요한 거의 모든 노동력을 제공하던 잡혈인들은 아바르에 신혈의 나라가 서자 강물이 바다로 모여들 듯 그렇게 아바르로 탈출했다.

칠왕의 전사들도 쉽사리 잡혈인들의 탈주를 막을 수 없었다.

그들의 탈출을 가로막는 자들은 아바르의 전사들에게 철저한 보복을 당하자 칠왕의 전사들은 잡혈인들의 탈주를 막는 것을 두려워하기 시작했던 것이다.

잡혈의 노예들이 빠져나간 칠왕의 왕국들은 급격하게 세력이 약해지기 시작했다. 잡혈인들이 제공하는 노동력으로 지탱되던 왕국의 재정이 무너지기 시작했기 때문이었다.

그렇게 축소되기 시작한 칠왕의 왕국들은 급기야 아바르의 무황 적황을 칠왕과 동등한 권력자로 인정할 수밖에 없는 지경에 처했고, 신혈의 독립을 묵인할 수밖에 없었다.

그리고 당대에 와서는 무황의 대원정을 걱정해야 하는 지경에까지 이르러 있었던 것이다.

그런 그들이기에 아바르를 대표하는 무황 적황의 충실한 전사들, 검은 사자들에게 근원적인 두려움과 적대감을 가지고 있었다.

그런데 오늘 불의 검을 쫓아온 이 작은 야산에서 뜻밖에도 그 검은 사자들의 특별한 기운과 조우하게 된 것이다.

"역시 아바르에서 왔느냐?"

이미 무황이 칠왕의 땅에 대한 대원정을 계획하고 있다는 것은 더 이상 비밀이 아니었다.

아바르의 전사들이 신혈제일성이라 불리는 아바르 강 중류의 거성(巨城)에 모여들고 있다는 것도 확인된 사실이다.

그래서 칠왕, 이제는 다섯 왕국만 남은 이 땅의 왕국들은 아바르의 공격에 대비해 모든 전력을 왕국의 중심성으로 끌어 모은 채 아바르의 움직임을 주시하고 있었다.

이런 시절에 아바르 강 인근의 야산에서 검은 사자들의 특유의 기운을 만난다면 당연히 아바르의 검은 사자들을 떠올릴 수밖에 없었다.

"우릴 따라 왔다면 우리가 쿰 너머에서 오지의 숲에서 출발해 사막을 지나 세 어머니의 호수를 건넜다는 것을 알 텐데?"

적풍이 구름에 휩싸인 듯 검은 기운에 둘러싸인 채 대답했다.

"아바르와 관계가 없다는 말인가?"

"아주 인연이 없는 것은 아니지."

"적인가 친구인가?"

천인총의 샤파가 긴장한 모습으로 물었다. 대답 여하에 따라 이곳에서의 행보가 결정될 것이다.

"나와 아바르의 운명은 아직 결정되지 않았다."

적풍이 대답했다.

"곤란한 대답이군."

천인총의 샤파가 중얼거리면서 오손의 대장군을 슬쩍 돌아왔다.

오손이 대장군 역시 고민스러운 모습이었다. 대선장 해걸루의 복수를 하는 것은 당연한 일이다. 더군다나 아직 이들은 아바르의 사람들도 아니다.

만약 이들이 아바르의 전사이었다면 이들을 공격하는 것은 곧 아바르와의 전쟁을 뜻하므로 망설일 수밖에 없었다. 그러나 이자들이 아바르의 사람이 아닌 것으로 확인된 이상 공격을 망설일 이유는 없었다.

그러나 적풍과 십자성의 고수들을 휘감고 있는 저 특별한 검은 기운은 오손 왕국의 대장군이 결정을 내리는데 계속해서 방해가 되고 있었다.

"어쨌거나… 신혈의 피를 가진 건가?"

오손의 대장군이 확인하듯 물었다.

"그렇게들 말하더군."

적풍이 덤덤한 표정으로 대답했다. 그러자 오손의 대장군 표정이 더욱 곤혹스러워졌다.

비록 아바르의 사람은 아니더라도 아바르는 이 땅에 존재하는 모든 신혈족들의 대변자다. 이렇게 모두에게 열려 있는 야산, 그것도 수많은 사람들이 지켜보는 와중에 신혈족을 공격하는 것은 아바르의 전사들을 공격하는 것과 마찬가지 결과로 이어질 수 있었다.

그러나 그렇다고 오손의 대선장을 죽인 자를 그대로 보낼 수는 없다.

"한 가지 제안을 하지."

오손의 대장군이 적풍을 보며 말했다.

적풍이 말없이 오손의 대장군을 바라봤다. 그러자 오손의 대장군이 다시 입을 열었다.

"난 오손이 대장군 하일이라 한다. 내 말은 곧 오손의 약속을 의미한다."

"그래서?"

상대의 신분 따위에는 별 관심이 없다는 표정으로 적풍이 되물었다.

그러자 오손의 대장군 하일의 잠시 불쾌한 표정을 지었지만, 이내 진지한 표정으로 입을 열었다.

"그대의 신분이 무엇이든, 혹은 어느 곳의 사람이든, 우리 오손의 대선장을 죽인 일은 묵과할 수 없다. 하지만 그 일이 서로 간의 오해에서 발생한 사고였다면 검이 아닌 다른 방식으로 문제를 해결할 수도 있다는 생각이다. 그대가 가지고 있는 불의 검… 그걸 사과의 표시로 내놓는다면 대선장 해결루의 죽음을 더 이상 문제 삼지 않겠다. 그 정도 대가는 치러야 나도 위대한 오손의 대왕님과 전사들을 설득할 수 있으니까."

어찌 보면 대단한 양보일 수도 있고, 또 어찌 보면 대단한 욕심이다.

오손의 대선장은 곧 오손의 자존심, 그 목숨을 검과 바꾸는 것은 대단한 양보다. 그러나 그 대가가 불의 검이라면 대단한 욕심일 수도 있었다. 왜냐하면 칠왕의 검은 곧 이 땅에서 하나의 왕국을 세울 수 있는 자격을 의미하기 때문이었다.

그런데 적풍은 오손이 대장군 하일의 제안이 마음에 들지 않는 모양이었다.

적풍이 자신의 대답을 기다리는 하일에게 대답을 하는 대신 팔짱을 풀고 발 앞에 꽂아 두었던 청룡검을 빼들었다. 그리고 청룡검의 검신을 바라보며 천천히 입을 열었다.

"내가 듣기로 칠왕의 전사들은 하늘로부터 특별한 피를 이어받아 두려움을 모른다고 하더군. 그런데… 그대들은 왜 검이 아니라 말로 이 문제를 해결하려하지?"

적풍의 말은 결국 조롱이었다. 싸움을 회피하는 오손의 대장군 하일뿐 아니라 살기 가득한 샤파에 대한 조롱이기도 했다.

그 의미를 알아듣지 못할 두 사람이 아니었기에 그들의 얼굴이 차갑게 굳었다.

"감히… 신성한 칠왕의 혈통을 비웃는가?"

"그 혈통다운 행동을 하라는 거다."

적풍이 검을 이리저리 휘두르며 말했다.

"싸움을 원한다면 원하는 대로 해주마!"

천인총의 삼영주 샤파가 살기를 드러내며 말했다.

"좋아. 그렇게 나와야지. 기다리고 있던 바다. 강을 건너기 전 나를 증명하고 싶었거든."

적풍이 한 줄기 가벼운 미소를 지었다.

"널 증명하는 대신 이곳이 너의 무덤이 될 것이다."

"그것도 나쁘지 않고… 좋은 산이니까."

적풍이 대답했다.

"모두 준비하라!"

하일이 먼저 오손의 전사들에게 명을 내렸다. 그런데 천인총의 삼영주 샤파의 움직임은 말보다 빨랐다.

"전부 죽여라!"

팟!

천인총의 삼영주 샤파가 명을 내리는 순간 벌써 몸을 움직이고 있었다.

적풍은 야수가 자신을 향해 달려드는 듯한 느낌을 받았다. 그것도 원초적인 파괴의 본능을 지닌 야수였다.

샤파는 일단 싸움을 시작하자 그는 세상의 그 어떤 존재보다 두려운 존재로 느껴졌다. 단언컨대 강호에 십자성을 세우고 무수히 많은 강적들을 상대해온 적풍에게도 샤파와 같은 기운을 드러내는 자는 처음이었다.

그건 마치 어둠을 상대하는 것 같았다. 금세 샤파의 기운이 적풍을 삼켜버릴 것 같았다.

어떤 면에서는 적풍과 신혈족이 가진 검은 기운과 흡사했지만, 사실은 전혀 다른 어둠이었다. 마치 근원적인 그 무엇처럼 느껴지는 기운.

'이게 칠왕의 기운인가? 그들이 잡혈이라 부르는 신혈의 기운과는 전혀 다른… 순수한 그 무엇을 보는 것 같아.'

적풍이 다가오는 샤파의 어둠을 보며 생각했다.

그사이 샤파는 그 어둠 속에서 붉은 눈을 드러내고 있었다.

두 개의 눈동자가 어둠에 밀려오는 형상은 그야말로 이 세상의 존재가 아닌 다른 차원에서 온 나타난 존재가 다가오는 것 같았다.

그런데 그 순간 갑자기 적풍의 몸 깊은 곳에서 불쑥 반발심이 솟구쳤다. 그건 자신을 물들이려는 샤파의 어둠에 대한 본능적이 반발심이었다.

그것이 신혈에 의한 것이든 적풍이 가지고 있는 특별한 본능이든 그것은 상관없었다. 그 힘이 일어나자 적풍은 금세 샤파가 만들어내는 어둠을 감탄의 대상이 아닌 파괴해야 할 적으로 인식했다.

"좋아!"

적풍이 입에서 강렬한 외침이 터져 나오고 그를 휘감고 있던 검은 기운들이 거인처럼 일어서기 시작했다. 그리고 그대로 샤파의 어둠을 덮쳤다.

콰아아!

적풍의 검은 기운과 파샤의 어둠이 섞여들며 파도 소리 같은 소음을 만들어 냈다.

그 속에서 적풍이 붉게 빛나는 샤파의 두 눈 사이를 청룡검으로 강하게 찔렀다.

번쩍!

청룡검이 한 줄기 섬광을 만들어내며 샤파의 미간을 뚫고 지나갔다. 그러나 그 순간 적풍은 자신의 검이 허공을 갈랐다는 것을 깨달았다. 그의 손에 어떤 느낌도 전해지지 않았다.

적풍이 본능적으로 몸을 오른쪽으로 틀었다. 실체를 찾을 수 없지만 적이 반격을 가할 것이 분명하기 때문이었다.

"지옥을 맛보아라!"

어둠 속에서 샤파의 음울한 경고가 들렸다. 그리고 회전하는 적풍을 향해 검기가 소낙비처럼 쏟아져 내렸다.

파파팟!

샤파가 일으킨 어둠의 기운이 마치 소나기같은 검기를 쏟아냈다. 적풍이 질풍처럼 움직였지만 그의 옷자락을 검기의 가닥 몇 개가 훑고 지나갔다.

펄럭!

적풍의 어깨어림 옷자락이 베어져 나가면서 그의 몸에 가는 혈선이 만들어졌다.

아마도 적풍이 십자성주로 군림한 이후 처음 몸에 상처를 입는 순간이었을 것이다.

'과연 강하구나. 칠왕의 피는……!'

적풍이 연이어 몸을 날려 샤파가 만들어내는 어둠의 그늘에서 벗어나며 생각했다.

샤파의 무공이 적풍 자신을 능가하는 것은 아니었다. 그를 위기에 밀어 넣은 것은 샤파의 무공이 아니라 그의 신력이었다.

신혈족의 뿌리이기도 했을 칠왕의 신력, 그것도 신혈족처럼 잡혈로 불리는 방계의 신력이 아닌 칠왕의 본맥을 이은 신력의 힘은 이렇게 신비롭고 놀라운 것이었다.

왜 이 땅이 다른 누구도 아닌 칠왕의 땅으로 불리는지 그 이유를 확실히 알 수 있는 샤파의 힘이었다.

적풍이 자신도 모르게 전왕의 검, 그가 사자검이라고 부르는 놈을 잡아갔다.

그건 거의 본능적이 움직임이었다. 전왕의 검이든 불의 검이든 칠왕의 검만이 샤파를 상대할 수 있을 것 같았다.

그러나 다음 순간 적풍이 잡았던 사자검을 놓았다. 겨우 천인총의 영주 한 명을 상대로 사자검까지 동원한다는 사실이 그를 못마땅하게 만들었다.

누구든 단 한 사람을 상대하는 일에 신검을 동원해야 한다면 그건 오직 칠왕을 상대할 때나 허락되는 일이었다. 그것이 십자성주 적풍이 가진 자존감이었다.

"승부해 주지!"

잠시 깃들었던 신병에 대한 유혹을 떨쳐낸 적풍이 전의를 불살랐다. 칠왕의 혈통을 지닌 자를 오직 자신의 힘으로 깨뜨리고 싶다는 욕망도 불길처럼 이어졌다.

"후욱!"

적풍이 크게 숨을 들이쉬었다.

그러자 그의 단전에서 그의 옛 사부 유령마군 사혼이 전수한 천지밀법위에 그가 강호에서 모아들인 심법들로 만들어낸 강력한 진기가 용솟음치기 시작했다.

적풍이 진기를 청룡검에 밀어 넣으며 그대로 사파가 만든 어둠을 향해 뛰어들었다.

그 순간부터 사파의 어둠 속에서 마른하늘에 치는 천둥처럼 격렬한 굉음과 번쩍이는 벽력들이 일어나기 시작했다.

"이놈!"

굉음 속에서 사파의 괴이한 고함 소리가 들려왔다.

사람들 눈에는 검은 구름의 충돌로 보이는 그 강렬한 충돌이 일어난 시간은 실제로는 아주 짧은 시간이었지만, 그걸 보고 듣는 사람들에게는 아주 길게 느껴졌다.

주위에서 싸움을 벌이고 있던 자들조차 적풍과 사파의 어둠이 만들어 내는 파멸적인 충돌에 손을 놓고 그 싸움을 바라볼 정도였다.

그리고 그 혼돈 같은 싸움은 놀랍게도 한순간에 끝났다.

갑자기 어둠이 걷히고 그 안에서 서로에게 검을 겨누고 있는 두 사람이 마치 아무 일도 없다는 듯 서로를 바라보고 있었다.

"이노옴……"

샤파가 찢어질 듯 부릅떠진 눈으로 적풍을 노려보며 나직하게 으르렁거렸다.

"과연 칠왕의 피는 다르군. 좋은 경험이었어."

적풍이 샤파를 보며 말했다.

그의 청룡검이 샤파의 가슴 바로 앞을 겨누고 있었다.

"왜… 왜 불의 검을 뽑지 않은 거냐? 그랬다면 훨씬 쉬웠을 텐데."

샤파가 분노가 섞인 표정으로 물었다.

"백 사람, 천 사람을 상대하는 것도 아니고 겨우 한 명의 적을 상대하는 데 칠왕의 검을 쓸 수 있나. 그건 내 자존심이 허락지 않지. 신검을 쓰려면 적어도 신검을 든 적이어야 하지 않겠나?"

적풍이 샤파를 보며 말했다.

"광오하구나. 너 스스로를 칠왕에 견주다니!"

"난 십자성주니까."

"십자성… 대체 십자성은 어디에 있는 성이란 말이냐?"

샤파가 고함처럼 물었다.

그런데 말을 끝내는 순간 그의 몸이 한차례 흔들거렸다. 그러자 적풍이 재빨리 샤파의 눈앞에 다가들며 귓속말을 하듯 나직하게 말했다.

"십자성은… 명계 무렵에 있는 나의 성(城)이지."

순간 샤파의 얼굴이 얼어붙은 듯 굳어졌다.

"너… 너… 그럼……?"

"맞아. 난 그곳에서 온 사람이야."

적풍이 가볍게 미소를 지으며 말했다.

순간 샤파가 입을 열어 뭔가를 다시 물으려다 말고 고목이 쓰러지듯 그 자리에서 그대로 무너져 내렸다.

쿵!

땅에 무너진 샤파의 몸이 비탈을 타고 얼마간 굴러 내려가다 그의 수하 중 한 명에 의해 멈췄다.

그러자 적풍이 십자성의 고수들을 공격했던 천인총의 마전사들에게 경고했다.

"십자성의 무사를 공격한 자들은 대가를 치른다. 하지만 오늘을 사정을 보아주지. 너희 우두머리의 시신을 가지고 지금 즉시 이곳을 떠나라. 우두머리를 잃은 자들의 슬픔을 생각해 오늘 하루 너희들에게 떠날 기회를 준다. 기억하라. 난 십자성 주 적풍이다! 가서 천인총의 왕과 영주들에게 전하라. 난 이제 아바르의 강을 건널 것이다. 빚을 갚고 싶다면 언제든 환영이다. 그들에게 아바르의 강을 건널 용기가 있다면 말이다! 떠날 기회는 지금뿐이다. 선택하라!"

적풍의 호통에 천인총의 마전사들이 잠시 망설이는 듯하다 이내 샤파와 그사이 죽은 동료 몇의 시신을 말에 얹고 야산을 달려 내려갔다.

천인총의 마전사들이 떠나자 적풍이 그와 샤파의 싸움을 관망하며 잠시 뒤로 물러나 있던 오손의 대장군 하일에게 물었다.

"그대에게도 기회가 있다. 내게 도전할 기회와 이대로 오손 전사들을 데리고 물러날 기회! 선택은 그대의 몫이다. 나로선… 도전을 원한다. 아바르의 강을 건너기 전에 그 강 너머에 있는 자들에게 나 적풍이 어떤 사람인지 보여줄 필요가 있으니까. 천인총의 삼영주에 더해 오손의 대장군이라면… 아주 좋은 상대지!"

적풍의 찢겨진 옷자락 사이에서 살짝 혈선이 비쳤지만 그 부상은 그를 약하게 보이게 만드는 대신, 오히려 그를 더욱 강한 전사로 보이게 만들었다.

그 모습을 보고 있던 오손의 대장군 하일이 망설이는 듯하다가 갑자기 무슨 생각이 떠올랐는지 떨리는 목소리로 물었다.

"한 가지 물음에 답을 해준다면 이대로 돌아가겠다."

하일의 말에 적풍이 묵묵부답 대답을 하지 않았다.

그러나 하일은 갑자기 그의 머릿속에 떠오른 놀라운 의문을 물어볼 수밖에 없었다.

"오래전 난 성주님을 따라 아바르의 평원에서 무황의 전사들과 싸운 적이 있다. 그때 무황의 그 놀라운 투지와 힘을 보았지. 그런데… 오늘 갑자기 이런 생각이 들었다. 그때의 그와 지금의 그대는 너무 닮았다는 생각이… 거기에 무황과 그대는 성도 같군. 그대는 무황과 어떤 사인가?"

하일의 질문에 적풍은 쉽게 대답을 하지 않았다.

그러자 어느새 그의 등 뒤로 다가온 단우하가 주위를 주듯 나직하게 적풍을 불렀다.

"소공자… 아직은……."

그 순간 적풍이 손을 들어 단우하의 입을 막았다. 그리고 장내의 모든 사람이 들을 수 있을 만큼 명료한 목소리로 말했다.

"내 이름은 적풍이다. 십자성의 성주 이전에 아바르의 제왕 무황의 아들이다. 이제 난 아바르의 강을 넘는다. 그러니 날 쫓아온 모든 자들은 선택하라. 날 막을 자는 지금 이곳에서 막으라! 이후에 날 만나려면 아바르로 와야 할 것이다!"

"소공자!"

단우하가 경악스러운 얼굴로 적풍을 불렀다. 하지만 적풍은 그런 그를 더욱 당황시키는 말을 입에 올렸다.

"나의 신분에 의문이 있는 자, 여기 무황의 의제이자, 아바르의 검은 사자인 전사 단우하에게 물으라. 그가 날 증명할 것이다!"

"소공자!"

단우하의 입에서 비명 같은 외침이 다시 터져 나왔다.

그러자 적풍이 시선을 단우하에게 돌렸다.

"이제 두건 따위는 거둬내시구려. 집 앞까지 와서 얼굴을 가릴 필요가 있겠소? 이제 강 하나 건너면 아바르인데……."

적풍이 퉁명스럽게 말을 내뱉고는 천천히 걸음을 옮겨 설루와 적사몽이 있는 곳으로 걸어갔다.

"그의 말이… 사실이오?"

적풍이 물러나고 대신 얼떨결에 그 자리를 물려받은 단우하를 보며 오손의 대장군 하일이 물었다.

그러자 정신을 차린 단우하가 천천히 얼굴의 반을 가리고 있던 두건을 머리 뒤로 넘겼다. 그러자 신비스러운 그의 백색의 머리카락과 깊고 날카로운 눈빛, 그리고 차갑게 굳은 얼굴이 드러났다.

"아!"

오손의 대장군 하일의 입에서 탄식이 흘러나왔다.

그는 분명히 기억하고 있었다. 아바르를 두고 벌어진 신혈족과의 싸움에서 무황을 호위하며 사자처럼 전장을 질주하던 신비스러운 백발의 전사를, 단우하의 특별한 외모와 강렬한 투지는 당시에도 칠왕의 전사들에게 깊은 인상을 남겼었다.

그러니 그 전쟁에 참여했던 하일이 단우하를 알아보지 못할 리 없었다.

"정말 당신이었군!"

"맞소. 난 아바르의 단우하요. 그러니 이제 그대가 선택하시오. 무황의 황자님과 싸울지 아니면 이대로 돌아갈지!"

기왕에 정체가 드러난 이상 단우하는 아바르 최고의 전사로 불리는 검은 사자로서의 기세를 숨기지 않았다.

그가 비록 지난 세월 다른 검은 사자들과 다른 삶을 살아왔다 해도 그의 내부 깊숙한 곳에 들어 있는 검은 사자의 기백은 사라질 수 없는 것이었다.

"정말 그가 무황의 아들이오?"

하일이 확인하듯 물었다.

"맞소."

단우하가 대답했다.

"그런데… 왜?"

"사정이 있어 사람들 눈이 미치지 못하는 곳에 살고 계셨소. 그러다 아바르와 칠왕이 싸움이 다시 시작될지도 모른다는 소식을 듣고 무황님을 돕기 위해 세상에 나오신 것이오."

"아바르는 정말 대원정을 시작할 거요?"

하일이 물었다.

사실 그것이 무황의 사황자가 등장한 것보다 더 중요한 일일지도 모른다.

"그건 오직 무황께서 선택하실 일이오. 최근 들어 칠왕, 아니 이젠 오왕이라 불러야 할 이 왕들이 무황님의 쇠락을 예상하고 아바르 변경에서 각종 도발을 시도했었소. 무황께선 그런 도발을 용납할 분이 아니오. 그래서 대원정이 계획되었던 것이오."

"그건 오해요. 오손은 아바르의 영역을 침범한 적이 없소."

하일이 즉시 단우하의 말을 부인했다.

그러자 단우하가 차갑게 되물었다.

"이 땅, 이 산은 어떻소?"

"무슨 말씀이시오?"

"이유야 어쨌든 이 야산은 아바르강과 인접해 있고, 신혈의 아바르가 세워진 이후 줄곧 그대들 칠왕의 왕국과 아바르의 완충지대 역할을 해왔소. 그래서 이곳에 각 왕국의 전사들이 들어오는 일은 금기시되어 왔던 것이오. 그런데 당신들은 지금 이곳에 있지 않소? 천인총의 마전사들도 나타났고, 또 저 들판에 또 다른 칠왕의 전사들이 숨어 있을지도 모르는 일 아니겠소?"

"그… 건 그럴 만한 이유가 있기 때문 아니오?"

하일이 변명하듯 말했다.

"만약 신혈의 아바르가 세워졌던 바로 그 시절이라면 이렇게 아바르 서안까지 오손의 대장군과 천인총의 삼영주가 전사들을 데리고 왔겠소? 그게 무슨 이유에서건 말이오. 아마 감히 그런 행동을 하지 못했을 것이오. 사람을 보내 무황께 일의 자초지정을 묻는 것이 최선이었을 것이오. 아니오?"

단우하의 추궁에 하일이 아무런 대답을 하지 못했다. 그러자 단우하가 한숨을 쉬며 말했다.

"오늘 이 자리에서 아바르에 대한 칠왕의 행보를 따질 생각은 없소. 단지, 오늘은 그대의 행보만 결정하면 되오. 돌아갈 것인지 아니면… 불의 검을 놓고 겨뤄보든지."

"오손의 대선장이 죽은 일에 대한 해명은 들어야겠소."

"그렇소? 그렇다면 싸우자는 말이군. 싸움이라면 알다시피 우리 아바르의 전사들이 피할 일이 아니오. 아바르의 전사들은 적을 맞을 준비를 하라!"

단우하의 호령에 이 싸움에서 빠져 있던 자들, 마령의 계곡에서 적풍에게 항복한 유리사와 아바르의 전사들이 몸에 걸치고 있던 천을 벗고 갑주를 입은 모습으로 단우하 뒤에 도열했다.

갑주를 입은 아바르 전사들의 모습은 마령의 계곡에서 볼 때와는 또 달랐다. 밝은 태양 아래서 적을 마주한 아바르 전사들은 마령의 계곡에서 보다 훨씬 도도해 보였고, 싸움을 주도할 힘을 가진 것처럼 느껴졌다. 그 기세에 적풍 역시 새삼스러운 시선으로 그들을 보게 만들 정도였다.

그러나 적풍 일행보다 더 놀란 사람이 있었다. 그건 바로 오손의 대장군 하일이었다.

하일은 비록 적풍이 무황의 아들이란 사실에 경악했지만, 그가 이끄는 십자성의 무사들의 옷차림에서 이들이 아바르의 정예 전사들이 아니라고 생각하고 있었다.

그래서 비록 단우하가 있다지만, 죽은 대선장 해걸루의 일에 대한 사과정도는 받아낼 수 있을 거라 생각했던 것이다.

그러나 아바르의 전사들이 감추고 있던 모습을 드러내는 순간 하일은 그가 오늘 얻을 수 있는 것이 아무것도 없다는 것을 깨달았다.

아바르의 전사들이 오손의 전사들에 비해 월등한 실력을 지니고 있기 때문은 아니었다.

실력으로 보자면 이곳에 데리고 온 오손의 전자들이야말로 정예중의 정예였다. 더군다나 아바르의 전사들 숫자는 겨우 예닐곱 남짓, 단우하가 있다고 해도 충분히 감당할 수 있는 숫자였다.

그럼에도 불구하고 하일이 오늘 아무것도 할 수 없다고 생각한 것은 이 자리에서 아바르의 전사들과 생사의 대결을 펼칠 수 없기 때문이었다.

아바르의 전사들은 싸움에 임해 물러서는 법이 없다. 죽음이 그들을 남김없이 전장에 눕히기 전에는 절대 항복하는 법이 없는 그들이었다.

그 치열함이 신의 피를 지녔다는 칠왕의 전사들을 아바르에서 물러나게 만든 이유였다.

더군다나 천인총의 삼영주 샤파를 베어 버린 무황의 사황자란 자의 힘도 하일에게는 큰 부담이었다.

그러나 사실 하일은 가장 중요한 사실을 간과하고 있었다.

적풍을 따르는 십자성의 고수들, 그들이 싸움 초기에 천인총의 마전사 여럿을 죽였다는 사실을 하일은 잊고 있었다. 만약 그 사실을 기억하고 있었다면 하일은 정작 두려운 것은 아바르의 전사들이 아니라 십자성의 무사들임을 깨달았을 것이다.

하지만 어쨌든 하일의 도발을 멈추게 하기엔 아바르의 전사들의 등장만으로도 충분했다.

"좋소. 오손은 오늘 이곳에서 아바르의 전사들과 싸울 생각이 없소. 사과를 하지 않겠다면 그도 좋소. 하지만 이 일은 나중에라도 정식으로 무황께 오손 왕의 사자를 보내 따질 것이오."

"잘 생각하셨소."

단우하가 그제야 가벼운 미소를 지으며 대답했다.

"그런데 한 가지만 더 물어봅시다."

하일이 물러나려다 말고 단우하에게 말했다.

"말해보시오."

"무황의 사황자란 저 사람이… 무황의 후계자가 되는 것이오?"

오랜 세월 세상에 드러나지 않았던 무황의 넷째 아들이 갑자기 세상에 나온 것이 단순히 아바르의 대원정 때문이란 것을 노련한 하일을 믿지 않았다. 분명 그 이상의 특별한 이유가 있을 거란 것이 하일의 생각이었다.

"글쎄… 그건 나도 잘 모르겠소. 그건 오직 무황께서만 결정하실 수 있는 일이니까."

"그럼 다르게 물어보겠소. 그가 세상에 나온 것은 무황의 명에 의한 것이오?"

"그렇다고도 아니라고도 할 수 있소."

"……?"

"사황자께선 무황의 명을 받는 분이 아니시란 뜻이오."

"그게 대체 무슨……?"

무황의 아들이 무황의 명을 받지 않는다면 누구의 명을 따른단 말인가.

"사황자께선 무황의 아들이란 이름보다 십자성의 성주라 불리시는 것이 더 정확하단 뜻이오."

"어렵구려. 하지만 알겠소. 부자지간이라도 남모를 사정이 있는 법이니까. 아무튼… 부디 대원정의 전장에서 보는 일이 없기를 바라겠소."

"나 역시 그렇소. 대장군께서도 오손의 왕께 잘 말씀드려주시구려."

"알겠소. 양쪽에서 서로 노력하다 보면 전쟁은 피할 수 있을 거요. 잘 가시오! 돌아간다."

오손의 대장군 하일이 훌쩍 말에 오르며 소리쳤다. 그러자 장신의 오손 전사들이 일제히 말에 올라 하일의 곁으로 모여들었다.

수하들이 모이자 하일이 시선을 돌려 적풍을 한 번 바라보고는 이내 산 밑으로 달려 내려가기 시작했다.

"갔습니다."

단우하가 적풍 앞으로 다가서며 말했다.

오손의 전사들이 물러갔지만 그의 표정을 결코 밝지 않았다. 아니 오히려 불만이 가득해 보였다. 적풍의 예상치 못한 행동이 그를 불편하게 만들었기 때문이었다.

"좀… 약하군."

"오손의 물러갔다고 그들이 약한 것은 결코 아닙니다. 누가 뭐래도 칠왕은 이 땅의 주인입니다."

"그런 뜻이 아니오."

"그럼……?"

"오늘 이 산에서의 싸움이 너무 약하다는 뜻이오. 이래서는 아바르에 나와 십자성 형제들의 힘이 제대로 알려지겠소?"

"소공자… 너무 급하신 듯합니다."

"난 그렇게 생각하지 않소."

적풍이 고개를 저었다.

그러자 단우하가 설득하듯 말했다.

"충고 드리자면 신혈의 아바르는 강합니다. 단지 무황께서 계시기 때문이 아닙니다. 두 분의 황자님과 한 분의 황녀님 그리고 검은 사자의 힘을 모을 수 있는 삼후, 이들을 아바르에선 아바르의 육성주라 부르지요. 이들의 힘은… 결코 약하지 않습니다. 이곳에서 그 어떤 적을 물리치시더라도 그들은 쉽게 소공자님을 인정하려하지 않을 겁니다."

"그래서 더욱 강한 충격이 필요한 것이오. 난 아바르에 들어가 그곳에 있는 모든 사람들을 설득하거나 제압할 생각이 없소. 이곳에서의 싸움은 아바르의 야심가들이 감히 날 시험하지 못하게 하려 함이었소. 물론 그대의 말대로 여전히 그들, 육성주란 자들은 날 시험할 수도 있소. 하지만 분명 그런 자들의 숫자는 적어질 거요."

"그렇긴 하지만… 소공자님을 너무 드러내는 것은 결국……."

"내가 감춰야 할 게 뭐 있기나 하오? 무황의 넷째 아들, 그게 세상에 알려지면 다 드러난 것이지."

적풍이 말에 단우하가 자신도 모르게 고개를 끄떡였다. 무황의 넷째 아들, 그 이상 적풍이 지켜야 할 비밀은 없다.

어쩌면 적풍의 말처럼 이제부턴 그 누구도 함부로 도전할 수 없는 힘을 보여줘야 할 때인지도 몰랐다.

"알겠습니다. 듣고 보니 정말 더 숨길 것도 없군요. 명계의 이야기 말고는……."

"명계에 대해 알고 있는 사람은 얼마나 되오?"

적풍이 물었다.

강호에서 교벽과 밀교의 문이 가진 진실한 의미를 아는 사람은 월문의 문도들과 십자성의 일부 고수들에 지나지 않았다.

하지만 이 땅에 들어와서는 명계에 대해 아는 사람이 제법 여럿 있는 듯 보였다.

"칠왕의 수뇌들은 모두 알고 있지요. 아바르만 말하자면 검은 사자들이야 당연히 알고 있고, 삼황자를 따르는 사람들 중 일부도 알고 있을 겁니다. 그리고 변경 쪽에 은거하는 몇몇 현자나 술사들은 알고 있을 겁니다. 특히 이십팔룡의 분열 이후엔 사실 밀교의 문에 대한 비밀은 더 이상 지킬 수 없는 것이 되었지요. 그저… 알고 있는 자들 스스로 침묵하길 바랄 뿐."

단우하의 말에 적풍이 고개를 끄떡였다.

이십팔룡은 밀교의 문을 통해 이 땅에 왔다가 사방으로 흩어졌다. 그들의 후예들이 존재한다면 그들은 당연히 밀교의 문과 명계에 대해 알고 있을 것이다.

그런데 그때 문득 감문이 다가와 적풍에게 물었다.

"성주님, 어떻게 할까요? 이젠 산으로 오르는 자들이 없는 것 같습니다만. 오손의 전사들과 천인총의 마전사들이 물러간 이상 다른 자들이 올라올 것 같지는 않습니다."

"일단 진은 유지한 채 휴식을 취하시오. 저녁까지는 이곳에 머물도록 합시다. 그때까지도 도전하는 자가 없다면 그때 하산해 강변에서 숙영한 후 내일 강을 건넙시다."

"알겠습니다."

감문이 대답을 하고는 서둘러 십사성의 고수들에게로 달려갔다.

기이한 대치가 이어졌다.

제법 많은 수의 추격자들이 모습을 드러냈던 야산 근방엔 이제 일부의 사람들만이 남아서 적풍 일행을 지켜보고 있었다.

물론 남은 자들이 적풍에게서 불의 검을 빼앗을 욕심이 있는 것은 아닌 듯 보였다. 그들 대부분은 그저 적풍, 스스로 무황의 혈육이라고 밝힌 이 특별한 인물의 다음 행보가 궁금해서 야산 주변에 남은 듯 보였다.

두어 시진이 더 지나자 야산 주변으로 서서히 노을이 지기 시작했다. 그리고 그 즈음 적풍은 산을 떠날 준비를 하라는 명했다.

적풍의 명에 따라 십자성의 고수들과 항복한 아바르의 전사들이 쉬고 있던 말을 끌어내 산을 내려갈 준비를 시작했다.

그런데 그 즈음 뒤늦게 적풍을 찾아 야산을 오른 자가 있었다.

처음 새로운 인물들이 산 위로 올라오자 적풍 일행은 떠날 준비를 멈추고 다가오는 자를 경계했으나 그들이 겨우 세 명에 지나지 않자 이내 경계를 풀었다.

그리고 다가오는 자들을 감문이 막아섰다.

"무슨 일이오?"

감문이 산 정상에 이른 세 사람 중 노인을 보며 물었다. 강호에서 만났다면 선풍도골, 도가의 선술을 수련하는 도사쯤으로 보일 노인이었다.

"무황의 사황자라 자칭하신 분을 만나러 왔소."

"물론 산에 오른 것은 성주님을 만나려는 거겠지. 그런데 왜 성주님을 만나려고 하느냔 말이오?"

감문의 말투가 조금 거칠어 졌다.

"몇 가지 여쭐 말이 있어 찾아오긴 했으나, 가장 중요한 일은 인사를 드리는 일이오."

"인사……?"

"그렇소."

"우리 성주님을 아시오?"

"음… 만나 뵌 적은 없지만 십자성에 대한 이야기는 들었소."

순간 감문의 눈빛이 번쩍였다. 십자성을 안다는 것은 오직 하나의 경우만을 의미한다. 이 자가 명계의 존재와 강호무림의 소식을 접할 수 있는 인물이란 뜻이다.

"어디서 왔소?"

감문이 풀어놨던 경계심을 드러내며 물었다.

그러나 노인이 갑자기 무림에서나 하는 포권을 하며 말했다.

"현월문의 대법사 을보륵이 십자성주를 뵙기를 청하오!"

제4장
대법사 을보륵

　십자성의 고수들 모두가 놀라운 신분을 담담하게 말하는 노인에게 시선을 돌리지 않을 수 없었다.

　당연한 일이었다. 노인 스스로 현월문의 대법사라 말했으니 누구든 그에게 관심을 갖지 않을 수 없었다.

　'소월이… 아니면 의천노공이 소식을 전한 걸까?'

　적풍도 명계의 월문과 이 땅의 현월문이 수문(水文)을 통해 양쪽 세계의 중요한 일들을 서로 주고받는 것을 알고 있었다.

　처음 수문을 쓴다는 사실을 들었을 때 크게 놀랐던 일이라 새삼스레 자신의 소식이 현월문에 전해졌다는 사실이 놀라운 것은 아니었다.

　다만 그 일을 허소월이 했는지, 혹은 의천노공 우서한이 한 것인지가 궁금할 뿐이었다.

"어찌할까요?"

조어장이 조심스레 물었다.

십자성의 고수들은 이 세계든 무림이든 누구도 두려워하지 않지만 월문은 조금 다른 문제였다.

월문은 십자성의 신혈족들에게 애증의 존재이며, 두려움의 존재였다. 그들의 운명이 월문에 의해 크게 변할 수 있다는 것을 누구보다 잘 알고 있기 때문이었다.

"월문이라면 만나지 않을 수 없지."

적풍이 대답했다.

그러자 사람들이 떠날 준비를 잠시 멈추고 적풍 주위로 모여 들었다. 그사이 조어장이 감문 옆으로 다가갔다.

"성주께서 만나시겠답니다."

조어장이 감문에게 나직하게 말했다.

그러자 감문이 고개를 끄떡였다.

"그렇겠지. 현월문의 대법사라면 안 만날 수 없는 일이지. 가십시다."

감문이 현월문의 대법사 을보륵에게 말했다.

"고맙소."

을보륵이 가볍게 고개를 까딱였다.

감문이 을보륵에 대한 경계를 늦추지 않으면서 그를 적풍이 있는 곳으로 안내했다.

그러는 사이 단우하가 적풍 옆으로 빠르게 다가섰다. 그는 다가오는 을보륵을 보며 묘한 표정을 짓고 있다가 그가 적풍 앞에 다가서자 먼저 입을 열었다.

"대법사, 오랜만에 뵙는구려."

단우하가 을보륵에게 말을 건네자 을보륵 역시 미소로 단우 하의 인사를 받았다.

"그렇구려. 단 노사께서 그간 모습이 보이시지 않더니 이제 보니 명계에 다녀오셨구려."

"어쩔 수 없는 선택이었소이다."

단우하가 변명 아닌 변명을 했다.

"물론 이해하오."

을보륵이 고개를 끄떡였다.

"그런데 어떻게 소공자께서 이곳에 오신 것을 아셨소? 아무 리 현월문이라 해도… 혹 명월문의 연락을 받은 것이오?"

단우하가 물었다.

그러자 을보륵이 고개를 저었다.

"그렇지는 않소. 사실 그래서 조금 서운하긴 하오. 아무리 명현, 양 월문의 교류가 적어졌다고 해도 이런 중요한 소식을 전하지 않다니 말이오."

을보륵이 살짝 이마에 주름을 만들었다. 진심으로 명월문의 행동에 불만을 느끼는 모양이었다.

그런 을보륵을 보며 적풍이 불쑥 입을 열었다.

"그래서 날 보고자 한 이유가 뭐요?"

적풍의 물음에 을보륵이 순간 당황한 표정을 지었다.

자신이 현월문의 대법사임을 알았다면 의례적인 인사라도 건네야 하는 것이 당연한 일인데, 적풍은 인사도 없이 을보륵이 자신을 찾아온 이유를 물은 것이다.

이건 달리 생각하면 현월문에 대한 무시, 혹은 적대감일 수도 있었다.

그러나 대법사 을보륵은 현월문에서 문주 가륵을 제외하고 가장 중요한 인물이었다.

그런 그가 자신의 기분에 따라 반응할 사람은 아니었다.

"먼저 무황의 사황자께, 아니 십자성주께 인사드리겠소. 난 현월문의 대법사 을보륵이라 하오. 십자성주께서 명계 무림에서 이룩하신 일에 대해선 이미 들어 알고 있소. 강호무림의 대영웅을 이렇게 직접 만나 뵙게 되어 큰 영광이오!"

을보륵이 정중하게 포권을 해보였다.

무림의 예법을 아는 것을 보면 확실히 현월문이 비록 현계에 속해 있다지만 강호무림에 뿌리를 두고 있고, 무림의 방식에서 완전히 벗어나 있는 것은 아님이 확실했다.

"현월문의 대법사를 만나는 일 역시 흔치 않은 일이지. 나도 만나서 반갑소. 그런데 월문 법황의 소식이 없었다면서 어떻게 날 찾았소?"

단우하가 했던 질문을 적풍이 다시 했다.

"교벽이 쿰 넘어 카말 인근에 열렸고, 그곳에서 특별한 기운들이 나타났기에 그걸 조사하러 갔었소. 이후 성주의 행적을 따라 이곳까지 왔는데 설마 불의 검을 지닌 사람이 십자성일

거라고는 생각지 못했소. 그런데 오늘 성주께서 스스로 그 신분을 밝히시니 만나 뵙지 않을 수 없었소이다."

"그러니까 오늘에서야 내 정체를 알았단 거구려."

"그렇소이다."

"알겠소. 명월문에서 연락한 자가 없었다면 다행이군. 아무튼 만나서 반가웠소. 보아하니 단 노사와 친분이 있는 것 같으니 서로 담소나 나누시고 돌아가시구려. 다른 사람들은 떠날 준비를 서둘라!"

적풍이 신형을 돌리며 명을 내렸다.

그러자 십자성의 고수들이 당황한 표정을 지으면서도 적풍의 명에 따라 다시 산을 내려갈 준비를 하기 시작했다.

물론 을보륵이 더 당황한 것은 당연한 일이었다.

"참, 힘든 사람이구려."

적풍이 설루와 적사몽이 있는 곳으로 멀어지자 을보륵이 단우하에게 말했다.

"혹 불쾌하셨다면 내가 대신 사과하리다."

"아니, 그런 건 아니오. 단지… 종잡을 수 없는 사람이란 뜻이오."

"글쎄. 사황자께서 그런 분은 아니오."

"……?"

을보륵이 더 설명을 해달라는 듯 단우하를 바라봤다. 그러자 단우하가 다시 말했다.

"사황자님의 행보는 확고하오. 적에게는 칼을, 친구에겐 신뢰를… 이 기준에서 벗어나는 행동을 하는 걸 보지 못했소."

"음……."

"물론 조금 오만하신 면은 있소. 하지만 그건 무황의 피를 이은 사람이라면 누구나 그렇지 않겠소?"

"적아의 구분이 선명하다라……."

"그렇소."

"그렇다면 위험한 인물이란 뜻이구려."

"적어도 적에게는 그렇소. 아마… 가장 위험한 인물일 것이오."

"후우… 큰 풍파를 일으킬 수 있겠구려."

"언제는 이 땅이 조용했소?"

"하지만 적어도 칠왕의 땅에 대한 대원정 같은 일은 없었지 않소?"

을보륵이 따지듯 물었다.

그 일을 주도하는 것이 아바르가 아니냐는 뜻이었다.

"신혈의 아바르는 단지 현 상태가 유지되길 바랄 뿐이오. 지금도 그리고 무황의 사후에도 말이오. 신혈의 아바르가 안전하다는 보장이 있다면 대원정 같이 위험한 일을 무황께서 시도하셨겠소? 그럼에도 불구하고 대원정이 계획된 것은 여전히 칠왕의 후예들이 신혈의 아바르를 인정하지 않기 때문이오. 더불어 현월문도 무황 사후 아바르의 안전을 돕지 않기 때문이기도 하고 말이오. 이 상황에서 무황께서 무엇을 선택할 수 있으시겠소. 당신의 사후 칠왕의 전사들에게 무너질 아바르를 그냥 두고 보셔야겠소? 그래서 다시 우리 후손들이 칠왕의 노예로 살아가는 것을 말이오?"

"그건……."

"무황께서 이 땅의 혈난을 막기 위해 도움을 청했을 때, 먼저 거절한 것은 바로 현월문이오."

단우하가 냉정하게 말했다.

"하지만 그건 어쩔 수 없다는 걸 아시지 않소? 현월문은 칠왕의 땅 내부의 싸움에는 관여치 않는 것이 오랜 율법이오."

"알고 있소. 그래서 현월문을 원망하지도 않소. 다만 그렇다면 무황의 대원정에도 관여치 말라는 말을 하는 거요. 이 또한 칠왕의 땅 내부의 싸움 아니겠소?"

"그러나 이건… 보통의 싸움과는 다른 문제요."

단우하의 추궁에 을보륵이 나직하게 말했다.

"뭐가 다른 문제요? 칠왕이 아바르를 정벌하는 것은 괜찮고, 무황께서 칠왕을 정벌하는 것은 안 된다는 것이오? 그 말은 결국 우리 신혈족은 여전히 칠왕이 만들어낸 노예족으로 살아야 한다는 뜻 아니오?"

단우하가 분노를 드러내자 을보륵이 즉시 고개를 저었다.

"오해 마시오. 그런 뜻은 아니오."

"됐소. 칠왕의 족속들과 월문의 생각을 모르는 바 아니오. 지금이야 무황께서 건재하시니 신혈의 아바르를 인정하고 있지만, 마음속에는 여전히 신혈족을 잡혈의 피로 여긴다는 것을 알고 있소! 하지만 당신들이 생각하는 것처럼 신혈의 아바르는 약하지 않소. 신혈의 아바르는 수백 년 간 이어온 참혹한 노예의 삶을 끝내고 이룩된 왕국이오. 다시 말해 고난을 먹고 자란 왕국이란 뜻이오. 안일한 평온 속에 머물러 있던 칠왕의 후예들과는 전혀 다른 힘을 가지고 있소."

"음… 물론 나도 신혈의 아바르가 강하다는 것은 알고 있소. 하지만 과연 칠왕의 후예들 전부를 상대로 싸워 이길 수 있겠소?"

"세상일이란 건 모르는 일 아니겠소?"

"후우… 그만합시다. 이 일을 우리 두 사람이 논쟁한들 무슨 소용이 있겠소. 이야말로 무황과 본 문의 문주님이 나눠야 할 대화인 듯싶소. 오늘은 그저 명계의 전설이 되셨다는 십자성주를 뵌 것으로 만족하겠소. 그 기념으로 한 가지 선물을 드리리다."

"선물?"

"그렇소. 산 아래 강변에 야수족, 정확히는 구트족인 것 같은데, 구트족의 고수가 그대들을 기다리고 있소. 아마도 불의 검에 욕심이 난 듯하오만……"

"구트족의 고수? 그 말은 야수족임에도 무공을 수련했다는 뜻이오?"

단우하가 경계심을 드러내며 되물었다.

"그렇소. 한눈에 보기에도 보통 인물은 아니었소. 부디 조심하시오."

을보륵이 진심으로 충고했다.

그러자 단우하가 시선을 돌려 야산과 아바르 강 사이의 숲을 잠시 바라봤다.

그 모습을 잠시 보고 있던 을보륵이 인사를 건넸다.

"난 이만 가보겠소. 부디… 이 땅에 큰 혈난이 없기를 바라오. 단 노사도 평안하시길!"

"잠깐 기다려주시오."

떠나려는 을보륵의 발걸음을 단우하가 잡았다.

"더 하실 말씀이라도……?"

"충고는 아니지만 한 가지 말해둘 것이 있소. 어쩌면 현월문의 향후 행보에 도움이 될지 모르겠소."

"무엇이오?"

현월문의 행보까지 거론하는 것이 마음에 들지 않았는지, 을보륵이 조금 차가워진 표정으로 되물었다.

"명계 월문으로 부터 소식을 전해 들었을 수도 있겠지만 소공자께선 사적(私的)인 신분을 하나 더 가지고 계시오."

단우하의 말에 을보륵의 얼굴에 호기심이 드러났다.

"무황의 아들, 명계 십자성의 성주 말고 다른 신분이 있단 거요?"

"그렇소."

"궁금하구려. 어떤 신분이기에 현월문의 행보에까지 영향을 미친다고 하는지……."

"역시 모르시는구려."

단우하가 고개를 끄떡였다.

그러자 을보륵이 눈빛으로 단우하의 말을 재촉했다. 그러나 단우하는 서둘지 않고 천천히 말을 이었다.

"명계 무림에서 십자성이 자립을 인정받을 때 제법 복잡한 사건들이 있었소. 밀교의 문을 두고 벌어진 천하 무림인과 월문의 싸움이었소. 알고 계시오?"

"약간의 분란이 있었던 것은 알고 있소."

"후후, 약간의 분란이라… 결코 그렇지가 않소. 천하의 모든 고수들이 의천노공을 공격했다고 하더이다. 그런데 그때 그 일을 종결시키고 밀교의 문이 가지고 있는 비밀을 지켜낸 사람이 바로 사황자시오."

순간 을보륵의 눈이 흔들렸다.

"설마… 십자성주가 밀교의 문을 지켰다는 뜻이오? 월문을 도와서……?"

"월문을 돕자고 한 일은 아니지만 결과적으론 그렇게 되었다고 할 수 있소."

"…그래서 월문의 업을 도왔으니 현월문도 은혜를 갚으라는 것이오?"

을보륵의 표정이 다시 차가워졌다.

"아니오. 단지 난 충고를 하고 싶을 뿐이오."

"충고라……."

"당시 밀교의 문 앞에서 사황자께서는 의천노공과 일수를 겨뤘다고 하오. 사황자께서도 일단은 밀교의 문이 가진 비밀의 실체를 확인하려 하셨기 때문이오. 그 싸움이 어떻게 되었을 것 같소?"

"......"

을보륵이 대답을 하지 못했다.

물론 머릿속에 단우하의 질문에 대한 답이 없는 것은 아니었다. 그러나 그 대답을 자신의 입으로 하기에는 너무 두려웠다. 설마 월문 법황의 패배라니…….

그러나 언제나 불길한 예감을 현실이 된다. 단우하가 다시 입을 열었다.

"그 싸움에서 사황자께서는 의천노공을 꺾었소. 그 싸움의 과정 따윈 대법사께도 중요치 않을 거요. 어쨌든 사황자는 의천노공을 꺾었고, 밀교의 문을 열었으며 아주 잠시 밀교의 문 안쪽의 세계, 곧 이 현계의 모습을 보셨소. 그리고 그 즉시 밀교의 문을 닫아 버리셨소. 물론 무림에는 사황자께서 보신 바를 비밀로 하셨고 말이오."

"음…….'

을보륵이 나직하게 신음을 흘렸다. 결국 오늘 날 밀교의 문이 건재한 것은 십자성주 때문이라는 말이 아닌가.

"그러니 어쨌든 앞서 물었듯이 현월문도 십자성주를 은인으로 대하라는 거요?"

모든 것이 사실이라 해도 월문은 월문이다. 법황이 패한 것은 경천동지할 일이지만 그렇다고 월문이 승자의 발밑에 웅크리지는 않는다. 그것이 월문 법사들의 자존감이었다.

"분명히 말하지 않았소. 그건 아니라고 난 그저 충고를 하고 싶다고."

"대체 그 충고가 뭐요?"

을보륵이 차갑게 물었다.

겨우 세속의 일개 무인에게 패한 월문 법황에 대한 원망이 새삼스레 일어나 그의 심장을 차갑게 식혔다.

"충고라고 하기도 뭣하지만 단지 그 이후의 일에 대해 이야기를 해줘야 할 것 같았소."

"그 이후의 일도 들어야 하오?"

"그렇소. 들어야 하오. 비록 소공자께서 의천노공에게 승리를 거뒀지만 이후 월문과 십자성은 밀접한 협력관계를 유지했소. 월문은 교벽과 밀교의 문을 통제하는데 십자성 무사들의 힘을 사용했소. 물론 소공자께서 기꺼이 그 일에 동의했소."

"월문을 도왔다기보단 월문의 일에 간섭한 것이 아니오? 법황을 꺾었으니 십자성주의 요구를 법황께서도 거부하기 힘들었던 모양이구려."

"그래서가 아니오. 그보다 더 중요한 인연이 월문과 십자성 사이에 있었기 때문이오."

단우하가 끈기를 갖고 이야기를 이어갔다.

"나로선 법황과의 싸움 이상보다 더 중요한 인연이 있다는 사실을 믿기 힘들구려."

을보륵이 말했다.

"길게 말하지 않겠소. 믿고 안 믿고는 그대의 몫이고, 나로선

이 이야기를 해줘야 할 것 같아 말을 꺼낸 것이니까. 사황자께서 강호에 십자성을 세우기 전, 또 당대 법황께서 의천노공에 이어 월문의 법황이 되시기 전, 이미 두 분은 의형제를 맺은 사이였소. 십자성주께서 월문의 일을 도운 이유는 바로 그 인연 때문이오."

"법황과 십자성주가 의형제란 말이오? 어떻게 그런 일이……"

을보륵에겐 고귀한 월문의 법황이 속세의 십자성주와 의형제 사이라는 것이 믿기지 않는 모습이었다.

하지만 단우하는 을보륵의 반응에 신경 쓰지 않고 자신의 말을 이어갔다.

"사사로이 전대 월문의 법황이 무황께 큰 죄를 범했기에 본래 사황자께서 월문을 도울 일은 없었소. 그러나 결국 월문의 일을 도운 것은 결국 당대 법황과의 인연 때문이었던 거요. 하지만 현월문까지 그 인연의 범주에 포함되는 것은 아니오. 그러니 현월문은 사황자님과 어떤 관계를 맺을지 신중하게 판단해야 할 거요. 이 말을 하는 것은 사황자님을 위해서가 아니라 현월문을 위해서요. 현월문은 명월문과 달리 사황자님과 의형제라는 인연조차 없으니 말이오."

단우하가 그가 충고를 하는 내내 불쾌한 표정을 보인 을보륵의 행동에 화가 났는지, 그 말을 끝으로 미련 없이 걸음을 옮겨 적풍이 있는 곳으로 걸어갔다.

그러자 적풍이 단우하에게 몇 마디 말을 물어 보곤 이내 십자성의 고수들에게 명을 내렸다.

"준비가 끝났으면 산을 내려간다."

적풍의 명이 떨어지자 십자성의 고수들이 일제히 말에 올라 칠왕의 두 세력, 천인총과 오손의 전사들을 상대했던 야산을 내려가기 시작했다.

을보륵과 그를 수행해온 월문이 법사들은 적풍 일행이 산 아래에 도착해 숲으로 사라질 때까지 그 모습을 지켜보고 있었다.

그러다가 그들의 모습이 더 이상 보이지 않자 제자 파윤이 물었다.

"그의 말이 사실일까요?"

"믿기 힘들지만 사실이겠지. 수문을 통해 확인하면 바로 드러날 일, 굳이 거짓말을 할 이유가 없지 않느냐?"

"그렇긴 하지요. 하지만… 대월문의 법황께서 잡혈로 불리던 신혈족의 인물과 의형제라는 것은……."

"그곳은 이곳과 다르니까."

"그런가요?"

"그리고 또 다른 가정도 가능하겠지."

"……?"

"바로 현 법황의 인품에 대한 것이다. 좋은 쪽으로 생각하면 신분의 귀천에 상관없이 사람을 사귈 아량을 가졌다고 할 수 있을 테고, 안 좋은 쪽으로 해석하면 혹여라도 세속의 일에 너무 깊게 관심을 둔 것이 아닐까 하는 생각이 드는구나."

"후자라면 걱정이군요. 월문의 법이 무너질 수도 있습니다."

"그렇지. 하지만 너무 걱정 말거라. 비록 지금은 우리 현월문과 소원한 관계가 되었지만, 그렇다고 전대 법황께서 대월문의 법황을 함부로 지명할 분은 아니다."

"하긴… 역대 법황님 중 가장 뛰어난 분이라고 알려진 분이니까요."

"후우… 그러나 어쩌다 현명 양 월문이 서로의 소식을 다른 사람에게 들어야 한단 말인가!"

을보륵이 나직하게 탄식했다.

"관계가 회복될 여지는 없습니까?"

"글쎄… 전대 법황의 노여움이 풀리지 않는 이상 어렵겠지. 그렇다고 문주께서 대법사들을 이끌고 가 죄를 청할 것 같지도 않고……."

"쉽지 않은 일이군요."

"그렇구나. 느낌으로는 법황의 도움이 필요한 시절이 온 것 같은데……."

을보륵이 어두운 표정으로 말했다.

"그는 어찌 대해야 할까요?"

"십자성주 말이냐?"

을보륵이 되물었다.

"예, 그의 신분이 정말 법황님의 의형제라면 함부로 대할 수는 없는 일 아닙니까?"

"그렇긴 하지. 만약 본문이 그를 적대시하면 그건 이대(二代)에 걸쳐 현월문과 명월문의 관계에 금이 간다는 뜻이다. 그러다간 영원히 서로 다른 길을 가게 될지도 모르지."

을보륵이 우울한 표정으로 말했다.

"일단 문주님을 봬야겠지요?"

"그래야지."

"그럼 좋으나 싫으나 저들의 뒤를 따라 가야겠군요. 문주께선 신혈제일성근처에 계신다고 하니……."

"그러거나 아니면 앞서가거나……."

파윤의 말에 을보륵이 대답했다.

두 사람 더 이상 대화를 나누지 않았다. 대신 묵묵히 말에 올라 적풍 일행이 내려간 산길을 내려가기 시작했다.

*   *   *

"누구라고?"

구트족의 카르 모독이 그답지 않게 놀란 얼굴로 물었다. 그러자 야산 인근으로 나가 적풍 일행의 행보를 살펴보고 돌아온 모독의 심복 돌룩이 대답했다.

"무황의 아들이라고 했습니다."

"정확히 들었느냐?"

"그렇습니다. 몇 번 확인했습니다. 무황의 감춰진 사황자라 했습니다."

"놀라운 일이군. 정말 놀라운 일이야. 하긴 이해가 되지 않는 것도 아니다. 불의 검을 가지고 있었으니까. 신혈의 아바르가 서기 전 무황은 먼저 신화지왕의 불의 성을 멸했지. 당시 불의 검은 신화지왕의 후손들이 가지고 달아난 것으로 알려졌었는데, 이제 보니 무황의 손에 들어간 것이었구나."

"그런데 왜 그 사황자란 자는 지금껏 세상에 모습을 드러내지 않은 걸까요?"

모독의 충실한 수하이자 구트족 삼인의 두맘 중 한 명인 모추람이 물었다.

두맘은 구트족 내에서 최고의 전사를 뜻하는 말이었다.

"이유가 있겠지. 그것까지야 알 바 없지만, 무황이 그에게 불의 검을 맡겼다면 절대 소외된 자가 아니다. 음… 어쩌면 그자가 진정한 무황의 후계자일 수도 있다. 불의 검을 맡기고 세상의 시선으로부터 감춰두었다는 것은 그만큼 아낀다는 뜻이 아니겠느냐?"

모독이 진실과는 동떨어졌지만, 그가 생각할 수 있는 최선의 추론을 해냈다.

"카르의 짐작이 맞을 듯합니다."

모추람이 모독의 생각에 동의했다. 그러자 모추람과 더불어 삼대 두만 중 한 명인 투랑이 물었다.

"그럼 이제 어찌해야 합니까? 그가 무황의 아들임이 드러난 이상 그를 공격하는 일은 단순한 일이 아닙니다만……."

투랑의 물음에 모독 잠시 생각에 잠겼다. 그리고 고개를 들어 어두워진 숲을 보며 중얼거렸다.

"해가 언제 졌지?"

"벌써 한 차간이 지났습니다만……."

"그랬군. 어느새 밤이었군. 밤은… 독과 어울리지."

"그럼……?"

투랑이 뭔가 짐작을 한 듯 되물었다.

그러자 모독이 대답했다.

"그가 무황의 아들인 이상 직접 공격할 수는 없다. 우리의 정체가 알려지면 세상에서 우릴 추격할 것이다. 하물며 무황의 아들을 공격했다는 것까지 더해지면 카말의 숲까지도 쫓아오겠지. 그럼 난 어둠의 연대에서 궁지에 몰리게 될 거야. 모임이 얼마 남지 않았으니 조심할 필요가 있다."

"옳으신 결정이십니다."

투랑이 대답했다.

"주변에 독을 풀어 놓겠다. 물론 극독을 쓰진 않겠다. 어쨌거나 무황의 아들이 죽으면 추격은 계속될 테니까."

"그럼 무슨 독을……?"

"그들 일행을 잠들게 만들겠다. 그리고… 불의 검만 회수해서 퇴각한다. 불의 검이라면… 어둠의 연대에서 원주족 카르들의 복종을 받아낼 수 있을 테니까. 신비족의 그자가 아무리 대단한 것을 가지고 나오더라도……."

"알겠습니다."

"하독은 내가 직접 하겠다. 모두 물러나라."

"예, 카르!"

모독을 따르는 구트족의 전사들이 일제히 대답을 하고는 숲 안쪽으로 물러났다.

"언제 쉴 겁니까?"

일행의 뒤쪽에서 밤길이 지루한지 이위령이 소리쳐 물었다. 그러자 앞서가던 타르두가 대답했다.

"강변에 적당한 장소가 있소이다."

"얼마나 걸리오?"

이위령이 다시 물었다.

"반 차간이 걸리지 않을 테니 걱정 마시오."

"보자… 반 차간이라면… 이각인가?"

이위령이 옆에서 말을 타고 이동하는 소두괴에게 물었다.

"형님도 참… 몇 번을 말해줘도 다시 묻소?"

소두괴가 퉁명스레 대답했다.

"제길, 이 땅의 말들은 쉽게 익숙해지지가 않아. 아무튼 이 각이란 말이지?"

"예."

소두괴가 짧게 대답했다.

"그 정도라면야 뭐… 그런데 참 대단하긴 대단하군."

"또 뭐가요?"

"무황님 말이야. 성주님의 아버님이신… 그 이름 하나로 추격자들이 다 떨어져 나갔잖아? 추격자가 더 이상은 없지?"

"그걸 왜 내게 물어요? 주위를 살피는 일은 형님 몫이잖아요?"

"내가 보기엔 그래. 하지만 아우의 날카로운 눈으로 확인받고 싶군."

이위령이 장난스레 말했다. 그러자 소두괴가 시선을 좌우로 돌리며 말했다.

"형님 말씀대로 추격자들이 사라진 것 같기는 한데… 이상하게 느낌이 좋지 않군요."

"그래? 사실은 나도 그래서 아우에게 물어본 거야. 분명 오감에는 잡히는 자들이 없는데 육감으론 위험이 느껴진단 말이야."

신혈족의 육감은 강호에서도 특별했다. 사실 그들이 가진 신력보다도 이 본능적인 육감이 신혈족을 더 보통 사람과 다르게 만드는 것인지도 몰랐다.

하지만 육감의 경고야 어찌되었든 일행은 타르두를 선두로 계속해서 전진했다.

그리고 타르두의 말대로 이각이 채 지나기 전에 그들은 거대한 강, 누군가에게는 축복으로 불리고, 누군가에게는 죽음의 강으로 불리기도 하며, 또 지금은 신혈의 땅 아바르를 지키는 거대한 자연의 장벽으로 불리는 아바르 강과 마주하게 되었다.

"숙영지를 구축해!"

타르두가 지목한 아바르 강변에 도착하자 감문이 십자성 고수들에게 소리쳤다.

그의 말에 따라 십자성 고수들이 능숙하게 천막을 치고 숙영지를 꾸리기 시작했다.

몽금은 언제나처럼 말에서 식량을 내려 요리를 시작했다. 어둠을 타고 불 냄새와 음식 냄새가 퍼져나갔다.

몽금은 때와 장소에 맞는 요리를 할 줄 아는 훌륭한 요리사였다. 그녀는 오늘 십자성의 형제들이 한바탕 싸움으로 인해 무척 시장하다는 것을 알고 있었기에 빠르게 만들 수 있는 음식들로 늦은 저녁을 준비했다.

일행은 그렇게 몽금이 급히 준비한 음식으로 요기를 하고 고단했던 하루의 일정에서 벗어났다.

요기가 끝난 십자성의 고수들은 각자 자신의 천막으로 들어가 잠을 청하거나 혹은 오늘 있었던 일을 동료들과 이야기하며 휴식을 취했다.

피곤은 마약처럼 깊은 잠을 부른다.

두런두런 이야기를 나누던 사람들조차도 채 이각을 넘기지 못하고 결국 깊은 잠에 빠져들었다.

이제 숙영지에서 움직이는 물체는 오직 하나.

숙영지 중앙에 거대하게 피워놓은 모닥불밖에 없었다.

그런데 잠시 후 놀라운 일이 벌어졌다.

아무리 걱정 없는 잠자리라도 노숙을 하는 무사들이 번을 서지 않을 리 없었다.

적풍 일행 역시 두 사람씩 시간마다 번을 설 계획을 세웠고,

가장 먼저 항복한 아바르의 전사 두 사람이 숙영지를 주변을 지키고 있었다.

그런데 어느 순간 그들조차 거짓말처럼 잠이 들어 있었다.

그들은 모닥불 근처, 커다란 통나무에 기대어 나직하게 이야기를 나누며 무료한 시간을 보내고 있었는데, 갑자기 자신들도 모르게 잠에 빠져들었던 것이다.

그러자 숙영지에 완벽한 침묵이 찾아왔다. 여전히 모닥불은 타오르고 있었지만 어떤 소리도 나지 않았다.

모닥불의 크기 역시 번을 서는 자들이 잠이 든 바람에 점점 줄어들고 있었다.

그렇게 침묵에 빠진 숙영지에 불쑥 사람 그림자가 나타났다.

스슥!

가죽으로 만든 신은 숙영지를 만드느라 드러난 지면 안쪽의 부드러운 속살을 밟고도 거의 발자국을 남기지 않았다.

검은 그림자가 번을 서다 통나무에 기대 잠이 든 두 아바르 전사 앞에 멈췄다. 그러고는 가볍게 손을 들어 두 사람의 어깨를 흔들었다.

그러나 아바르의 전사들은 타인의 손길에도 전혀 깨어날 생각을 하지 않았다. 무황의 세 자녀에 의해 살수로 키워진 자들이라기에는 이해할 수 없는 반응이었다.

비록 십자성의 고수들에게 패하기는 했지만, 이들은 오랜 세월 살법 수련을 통해 작은 기운에도 민감하게 반응하는 본능을 가지고 있었다.

그런 자들이 누군가 자신의 어깨를 흔들어도 깨어나지 않는다는 것은 그들이 잠든 것이 자연스러운 현상이 아니라는 것을 뜻했다.

"잘된 것 같군."

검은 그림자가 중얼거렸다. 그러자 갑자기 그의 뒤쪽에서 세 사람이 모습을 드러냈다.

"하독은 완벽하게 이뤄진 것 같습니다."

세 사람 중 한 명이 말했다.

"천막들을 모두 살폈느냐?"

검은 그림자가 자신의 몸을 감싸고 있던 기운을 걷어내며 물었다. 구트족의 카르 모독이었다.

"그렇습니다. 그자의 천막을 제외하고는 모두 확인했습니다."

구트족 두맘 모추람이 대답했다.

"좋아. 그럼 이제 그를 만날 차례군."

"그를… 깨우실 생각이십니까?"

"아니. 내 얼굴을 보여줄 필요가 있겠느냐? 그냥… 잠든 황자님에게서 신검과 아이만 챙기면 그뿐이다. 흐흠… 불의 검을 손에 넣는다면 어쩌면 칠왕의 검에 대항할 방도를 찾아낼 수 있을지도 모르지. 또 아이는 아바르를 붕괴시키는 씨앗이 될 것이고… 십면불 도광이란 자. 내게는 굴러들어온 복이지."

"그리되면 카르께선 이 땅의 지배자가 되실 겁니다."

"물론… 그럴 생각이다. 구트족이 이 세상에서 가장 존귀한 존재가 되어 천년을 이어갈 것이다."

"반드시 그리될 것입니다."

구트족 삼 인 두맘이 일제히 대답했다.

"좋아. 그럼 이제 그를 만나 보겠다."

모독이 천천히 적풍의 천막 쪽으로 걸음을 옮겼다. 그런데 그렇게 걸음을 옮기던 모독이 갑자기 걸음을 멈췄다. 그리고 야수처럼 빛나는 눈동자로 적풍의 천막을 노려봤다.

그 순간 적풍의 천막 입구가 펄럭였다. 그리고 그 안에서 적풍이 느리게 걸어 나왔다.

천막을 벗어난 적풍이 돌처럼 굳어 있는 구트족의 카르 모독을 바라봤다. 그리고 혼잣말처럼 말했다.

"그가 한 말이 맞군."

"…그가 누구냐?"

모독은 단번에 누군가 자신들의 존재를 적풍에게 전해줬다는 것을 깨달았다.

그렇지 않다면 상대가 자신의 독에서 무사할 리가 없었다. 한순간 자신의 독술에 대해 가졌던 의문이 사라지자 모독이 다시 강하고 노련하며 잔혹한 구트족의 카르로 돌아갔다.

"왜 날 찾아왔지? 이것 때문인가?"

적풍이 모독의 말에 대답하는 대신 손에 들려 있던 불의 검을 뽑았다.

화르르!

검을 뽑으며 진기를 주입한 덕에 검은 검집에서 나오자마자 붉게 타올랐다.

그 영롱한 붉은 빛을 모독이 두려우면서도 탐욕스러운 눈빛으로 바라봤다.

"정말… 불의 검이군."

모독이 중얼거렸다.

"갖고 싶나?"

"이 세상 그 누가 칠왕의 검을 욕심내지 않겠느냐?"

모독이 불의 검에서 시선을 떼지 못하고 대답했다.

검녹색이었던 그의 눈이 붉게 물들어갔다. 욕망이 그가 수련한 독공의 기운을 누를 정도였다.

"능력은 있나?"

"능력?"

모독이 되물었다.

"두 가지 능력이 필요해. 내 손에서 이놈을 가져갈 능력과 이놈의 기운을 다스릴 수 있는 능력! 그런 능력을 가지고 있나?"

"후후후, 신검이라 봐야 결국 검일 뿐… 결국 너 하나 제압하면 끝나는 일 아닌가. 넌 실수했어."

"내가 무슨 실수를 했을까?"

적풍이 고개를 갸웃했다.

"내가 올 줄 알았다면, 그래서 나의 수면독을 피할 수 있었다면, 둘 중 하나를 선택해야 했다. 조용히 숨어 있든지, 아니면 네 동료들이 수면독에 빠져드는 것을 막든지. 그런데 넌 무모하게도 내 앞에 홀로 나타났다. 이렇게 되면 내가 널 죽이는 걸 망설일 이유가 없어. 왜냐하면 내가 널 죽이는 걸 볼 사람이 아무도 없으니까. 무황에게 나의 정체를 알릴 사람도 없을 것이고. 아! 이제 보니 동료들을 위한 희생이었군. 내가 잠든 자들은 죽이지 않을 테니."

모악이 살기를 드러내며 말했다. 마른 그의 입가에 야수처럼 자란 이빨이 슬쩍 내비쳤다.

"동료들을 위해 말하지 않은 것 맞지. 다만 내가 희생하기 위함은 아니야. 일행들의 휴식을 방해하고 싶지 않았을 뿐이지."

적풍이 대답하자 모독이 가볍게 두 손을 떨쳐냈다.

그러자 검녹색의 검신을 가진 짧은 검 두 자루가 뱀처럼 소맷 속에서 흘러나와 그의 손에 쥐어졌다.

"좋은 검이군. 그런 검을 갖고도 이놈이 욕심나나?"

적풍이 모독의 손에 들린 두 자루 검을 보며 물었다.

"무황의 자식이라니 이십팔룡의 전설을 알 것이다. 이 두 자루 검은 이십팔룡 중 한 사람인 독마 두룡의 쌍사검(雙蛇劍)이란 것이다. 네 목숨을 끊을 검들이니 그 이름을 말해주는 것이다."

"쌍사검이라. 그런 이름을 들으니 고향에 온 것 같군."

"고향?"

모독이 이해할 수 없는 적풍의 말에 의아한 표정을 지었다.

"아니 그냥, 내가 살던 곳에서 병기에 그런 이름들을 붙이는 걸 좋아해서 말이야. 아무튼 좋아. 독마 두룡의 검을 가지고 있다는 건 그의 무공을 수련했다는 뜻, 이십팔룡의 무공을 경험해 보는 것도 즐거운 일이지. 그런데… 자리를 좀 옮길까? 괜히 내 형제들이 다칠 수도 있을 것 같은데."

적풍이 물었다.

그러자 모독이 순순히 고개를 끄떡였다.

"나쁘지 않지. 나도 걸리적거리는 것이 없어 좋고……."

모독이 고개를 끄떡이자 적풍이 몸을 날렸다. 적풍의 모습이 금세 어두운 숲 속으로 사라졌다.

"과연 무황의 아들이다."

모독이 적풍의 움직임에 고개를 끄떡이고는 급히 적풍의 뒤를 따라 몸을 날렸다.

그러자 장내에 나타났던 구트족의 전사 삼 인도 어둠이 물러가듯 장내에서 사라졌다.

"자자, 내기를 걸자."

적풍과 구트족의 습격자들이 사라지자 갑자기 한쪽 천막에서 누군가의 목소리가 들렸다. 그러자 다른 쪽 천막의 입구가 열리면서 몽금이 거대한 체구를 드러냈다.

"이 와중에 내기를 하겠다는 거예요?"

"몽매, 설마 성주님이 위험할 거라 생각하는 거야?"

다른 천막의 입구가 열리면서 감문이 얼굴을 내밀고 물었다.

"그럴 리는 없죠. 벌써 독에 대한 해약까지 드셨는데… 무공으로는 누구도 성주님을 이길 수 없잖아요."

"그런데 내기를 못할 게 뭐가 있어?"

"그래도 그렇지 주군이 위험한 적과 겨루는데 그걸 두고 내기를 걸다니요. 더군다나 주모님도 계시는데!"

　몽금의 눈을 흘기며 적풍이 머물던 천막을 가리켰다.

　그러자 감문이 움찔한 표정을 짓더니 기가 죽은 목소리로
말했다.

　"주모, 죄송합니다."

　감문의 말에 적풍의 천막에서 설루가 대답했다.

　"아뇨. 괜찮아요. 나도 내기를 걸죠. 난 이각에 걸겠어요. 이
각 안에 돌아오지 않으면 내가 가만두지 않겠다고 했으니까."

제5장
강 위에서 아바르를 보다

　설루와 십자성의 고수들이 적풍의 싸움을 두고 내기를 걸고 있을 때, 적풍은 숙영지에서 이백여 걸음 떨어진 곳에서 구트족의 카르 모독과 대치하고 있었다.

　숲에 들어서자 모독의 쌍사검은 더욱 강렬한 녹색 기운을 토해냈다. 뱀이 독을 뿜어내듯 그렇게 쌍사검을 통해 흘러나오는 독 기운이 주변 수풀에 닿자 나뭇잎은 녹아버리고 아름드리나무가 금세 생기를 잃었다. 독마 두룡의 무공을 극성으로 수련한 것이 분명한 모독이다.

　그러나 적풍은 전혀 두려운 빛을 보이지 않았다. 오히려 숙영지에서 보다 더 여유로운 모습이었다.

　그런 적풍의 모습이 모독의 마음을 자극했는지 모독이 먼저 공격을 시작했다.

파팟!

모독의 두 자루 쌍사검에서 흘러나온 독 기운이 한순간 유형의 검기를 형성하더니 그대로 적풍의 심장을 파고들었다.

스치기만 해도 그 독기에 살이 타 버릴 것 같은 강렬한 독의 검기를 적풍이 재빨리 몸을 움직여 피했다.

팍!

푸스스!

적풍을 지나친 모독의 독검기(毒劍氣)가 아름드리나무를 꿰뚫었다. 그러자 나무가 금세 생기를 잃고 축 늘어뜨렸다. 공포스러운 독의 검기다.

슥!

모독의 공격은 계속됐다. 그의 몸이 미끄러지듯 움직이며 적풍의 허리를 향해 다시 쌍사검을 좌우에서 교차시켰다.

그러자 적풍이 허공으로 가볍게 몸을 날렸다.

팟!

적풍의 두 다리 밑으로 모독의 쌍사검이 만들어낸 독검기가 날카로운 파공음을 내며 지나쳤다.

"도망치는 재주는 있었군."

바람 같은 움직임으로 자신의 공격을 피하는 적풍이 마음에 들지 않는지 모독의 입에서 차가운 비웃음이 흘러나왔다.

그러나 적풍은 모독의 말에 대꾸를 하는 대신, 허공에서 가볍게 몸을 뒤집어 모독과 대여섯 걸음 거리를 두고 땅에 내려섰다. 그러고는 불의 검을 들어 모독을 겨누고는 검 끝을 까딱였다.

더 공격해 보라는 의미다.

"원한다면 널 녹여주지."

모독이 차가운 살기를 드러내며 적풍을 향해 다시 몸을 날렸다. 모독의 몸이 순식간에 적풍의 머리 위에 이르렀다. 그리고 모독의 쌍사검이 다시 적풍을 향해 십자를 그리며 떨어져 내렸다.

적풍은 모독의 쌍사검이 자신의 이마 위에 도달할 때까지 움직이지 않다가 쌍사검이 만들어낸 독검기가 느껴질 즈음 다시 몸을 움직여 상대의 공격을 피했다.

콰앙!

강렬한 파열음이 일어났다. 모독의 독검기가 적풍이 서 있던 땅을 파고들어간 것이다.

독검기에 파고 들어간 땅에서 검은 흙들이 분수처럼 일어났다. 그런데 그 순간 모독이 갑자기 크게 입을 벌리며 바람을 불어냈다.

푸우우!

순간 그의 입에서 녹색의 기운이 흘러나오더니 독검기로 인해 일어난 검은 흙들과 섞였다.

그러자 모독이 재빨리 쌍사검을 소매 안쪽으로 거둬들이고 두 손으로 허공을 휘저었다.

그의 손짓에 따라 허공으로 떠오른 흙과 그의 입에서 흘러나온 독 기운들이 뒤섞여 적풍을 덮쳐갔다.

적풍은 이제 더 이상 피할 수만은 없다는 것을 깨달았다. 모독의 독공은 확실히 특별한 것이었다. 모독이 펼쳐 보이는 독공은 독마 두룡의 독공만으로는 설명하기 어려운 면이 있었다.

어쩌면 모독의 종족, 구트족은 독마 두룡의 독공을 얻기 전부터 이 땅의 독에 익숙한 자들이었을지도 모른다.

하지만 그런 의문은 싸움이 끝난 후에 해도 늦지 않았다.

적풍이 자신을 향해 구름처럼 밀려드는 흙 무리를 보며 불의 검에 진기를 불어넣었다.

화르르!

불의 검이 한순간에 살아났다. 투명한 붉은 기운을 머금고 있던 불의 검이 폭발하는 화산처럼 붉은 기운을 터뜨리기 시작했다.

"음……!"

여전히 두 손을 움직여 독 기운이 뒤섞인 흙 무리로 적풍을 공격하고 있는 모독의 입에서 나직한 신음성이 흘러나왔다.

적지 않은 거리가 떨어져 있음에도 불구하고 자신의 피부를 태울 것 같은 열기가 느껴지자 불의 검의 위력에 본능적인 두려움을 느끼는 듯했다.

그럼에도 불구하도 그는 여전히 손을 통해 만들어 내는 강력한 기운으로 흙 무리와 섞인 독 기운을 움직여 적풍을 공격했다.

콰아아!

한순간 흙 무리가 태풍처럼 적풍을 덮쳤다. 그러자 적풍이 불의 검을 들어 흙 무리를 향해 둥근 원을 그렸다.

화르르!

불의 검에 닿은 흙들이 불꽃을 내며 타올랐다. 마치 잘 마른 낙엽에 불이 붙은 것 같았다.

더불어 흙 무리에 섞여 있던 독 기운들도 매캐한 냄새를 내며 타오르기 시작했다.

독은 언제나 불에 약한 법이어서 모독의 독에는 불의 검이 천적과 같았다.

그런데 그럼에도 불구하고 모독은 적풍에 대한 공격을 멈추지 않았다. 모독이 계속에서 헤집어진 땅에서 검은 흙을 끌어 올렸다. 그러고는 끊임없이 적풍을 향해 흙 무리를 날려 보냈다.

적풍은 자신이 선 자리에서 한 걸음도 물러나지 않고 자신을 향해 다가오는 흙들을 모두 불의 검으로 태워 버렸다.

그렇게 불의 기운과 독의 기운이 치열하게 격돌하던 한순간 모독의 눈빛이 차갑게 번뜩였다. 그리고 그의 소매 속에서 사라졌던 두 자루의 쌍사검이 삐쭉 머리를 드러냈다.

마치 풀 속에 숨어 있다 고개를 내미는 독사의 모습처럼. 그렇게 쌍사검이 모습을 드러내는 순간 두 개의 검은 이미 독 기운과 함께 흙더미에 감춰진 채 적풍을 향해 날아가기 시작했다.

적풍은 뜨거운 검의 열기로 계속해서 흙 무리를 태우고 있었다. 그러면서도 그의 눈은 입으로 계속 독 기운을 불어내고, 손으로는 그 기운들을 조종하고 있는 모독에게 집중되어 있었다.

그래서 그는 모독의 소매 속에서 나와 사냥을 위해 풀숲으로 스며드는 독사처럼 자신을 향해 밀려오는 두 개의 검을 놓치지 않았다.

뜨거운 기운 속에서 차가운 살기가 느껴진다. 어느새 두 개의 쌍사검이 적풍 바로 앞에 다가와 있었다.

그 순간 적풍의 눈에서 눈동자가 사라졌다. 아니 눈동자가 사라진 것이 아니라 흰자위가 사라진 것이라고 해야 옳았다.

적풍의 눈이 완전한 암흑으로 변했다. 깊고 깊은 어둠이 영혼까지 닿은 것 같았다.

신혈족 특유의 이 변화는 적풍이 자신이 가진 공력은 물론 신혈의 기운까지 모두 극성으로 끌어 올렸음을 의미했다.

그리고 다음 순간 그의 입에서 사자후가 터져 나왔다.

"돌아가라!"

그의 입에서 터져 나온 사자후가 어두운 숲을 뒤흔들었다. 그리고 놀라운 일이 벌어졌다.

적풍의 몸을 감싼 거대한 묵 빛 기운이 독 기운에 밀려오던 흙들을 밀어내기 시작했다.

푸스스!

적풍의 공력과 모독의 독 기운, 두 개의 기운을 견디지 못한 흙 무리 중 일부는 땅에 떨어져 내렸다. 그러자 그 속에 숨어 있던 두 개의 쌍사검이 요사스러운 모습을 드러냈다. 마치 적 풍을 향해 혀를 날름거리는 독사처럼 그렇게 두 개의 검이 파 르르 몸을 떨고 있었다.

그리고 서서히 적풍의 기운에 밀린 흙들이 쌍사검을 남겨두 고 모독에게로 물러가기 시작했다.

"놈!"

모독의 입에서 노한 목소리가 터져 나오고, 그가 좀 더 강력 하게 독 기운을 뿜어냈지만, 한 번 방향을 튼 흙 무리는 다시 돌아서지 않았다.

그러는 사이 적풍이 놀라운 모습을 보여줬다.

적풍이 불의 검을 들지 않은 손을 허공으로 들어올렸다. 그 리고 자신의 눈앞에서 파르르 몸을 떨고 있는 쌍사검 중 하나 의 검 끝을 손으로 잡았다.

툭!

검이 적풍의 손이 닿는 순간 마치 목을 잡힌 뱀처럼 그의 손 에서 축 늘어졌다.

여전히 하나의 검은 남아 있었으나, 그것 역시 더 이상 적풍 에겐 위협이 되지 않는 듯 보였다.

적풍이 손끝으로 잡은 검을 눈앞으로 가져왔다. 오랜 세월 독을 머금고 살아와서인지 요기로운 검녹색 기운을 흘려내고 있었다.

"정말 위험한 놈이군. 이런 놈은 다루기 쉽지 않지. 자칫하다 가는 주인을 물고 말거든!"

적풍이 모독을 바라보며 말했다. 순간 모독은 그다음에 벌어질 일을 본능적으로 깨달았다. 그리고 그 본능의 경고에 따라 몸을 날렸다.

모독이 검녹색 독기를 뿌리며 거대한 나무 뒤로 몸을 피했다. 그런 모독을 적풍의 손을 떠난 쌍사검이 따라붙었다.

쐐애액!

귀에는 들리지만 눈에는 보이지 않는 검의 소리가 모독을 당황하게 만들었다. 모독이 거대한 나무 뒤에서 검의 소리를 쫓아 시선을 돌렸다. 그러나 여전히 검은 보이지 않는다.

그러다 문득 모독의 시선이 벼락처럼 위로 향하며 자세를 낮췄다. 그리고 그의 손이 본능적으로 자신의 양 미간을 막았다.

퍽!

한 자루 검이 그의 손을 꿰뚫었다.

푸스스!

검녹색 독기가 그의 손을 뚫고 들어와 붉은 피와 함께 흘러내렸다.

"나서라!"

모독이 자신도 모르게 소리쳤다. 그러자 어둠 속에서 두 사람의 싸움을 지켜보고 있던 구트족의 전사들이 일제히 뛰쳐나왔다. 그들 중 가장 선두에는 세 명의 두맘이 달리고 있었다.

구트족의 전사들은 나타나자마자 모독의 주위를 겹겹이 에워쌌다. 그리고 독의 기운을 모두 흩어버리고, 남은 하나의 쌍사검을 든 채 천천히 다가오는 적풍을 바라봤다.

"너… 대체……?"

수하들의 뒤쪽에서 모독이 검이 꽂힌 손을 지혈하며 적풍을 노려봤다.

그러자 적풍이 들고 있던 쌍사검의 다른 하나를 살펴보며 중얼거렸다.

"아주 좋은 검이야. 이건… 선물로 내가 간직하지."

"이놈……."

모독이 치욕을 참지 못하고 부르르 몸을 떨었다.

"한 가지 물음에 대답한다면 네 목숨을 살려줄 수도 있다."

적풍이 말했다.

"죽는 것은 결국 네놈이 될 것이다. 네놈 혼자서 우리 모두를 상대할 수 있다고 생각하는 거냐?"

모독이 살기가 뚝뚝 떨어지는 목소리로 소리쳤다.

"물론 나 혼자서도 모두 죽일 수 있지. 하지만 그런 수고까지는 시키지 않을 거야. 내 사람들이. 안 그런가?"

적풍이 어두운 숲을 보며 소리쳤다. 그러자 어둠 속에서 감문의 목소리가 들렸다.

"당연한 일이지요. 성주께서 친히 고생하실 일은 없습니다. 이 빌어먹을 놈들은 저희들에게 맡기십시오."

감문의 말이 채 끝나기도 전에 십자성의 고수들이 여러 그루의 나무 위에 모습을 드러냈다.

순간 구트족의 전사들과 모독이 믿을 수 없다는 표정으로 주위를 돌아봤다.

"대체… 어떻게? 모두 독에 중독되었거늘……!"

"내가 말하지 않았던가? 네가 오는 것을 알고 있었다고. 그럼 당연히 독에 대한 준비도 하고 있지 않았겠나?"

"하지만 넌 저들에게 그 사실을 말하지 않았다고 했지 않으냐? 그리고 저들은 분명……."

모독과 그의 수하들은 십자성의 고수들이 수면독에 취해 잠이 든 것을 분명히 확인했었다.

"습격자들에게 모든 진실을 말할 필요는 없지. 그래도 너무 허술하더군. 그저 눈으로 보는 것으로 어떻게 상대가 수면독에 취했는지 알 수 있겠는가?"

"숙영지의 번을 서던 자들은 분명 수면독에 취했었다."

모독은 자신이 확인한 것까지 부정할 순 없었다. 그건 그 자신을 너무 비참하게 만드는 일이었다.

"아, 그들은 여전히 잠들어 있지."

"……?"

"조금 복잡한 일이지만, 그들에겐 수면독에 대해선 알리지 않았어."

"철저하군. 수하들까지 이용하다니."

모독이 고개를 저으며 말했다.

"그 사정이야 설명해 줄 필요는 없을 것 같고. 어쨌든 이젠 돌아가야지?"

적풍이 모독에게 물었다.

"정말 날 살려주겠다는 말이냐?'

"물론 약속은 반드시 지킨다. 더군다나 당신 자신은 모르겠지만 당신이 한 일 한 가지가 당신의 목숨을 지켰어."

"……?"

적풍의 말에 모독이 의혹이 담긴 눈으로 적풍을 바라봤다. 그의 생각으로 자신이 이 놀라운 능력을 지닌 무황의 사황자에게 은혜를 베푼 일이 없었다.

"당신이 극독을 쓰지 않고 수면독을 쓴 것, 그것이 바로 그대가 오늘 여기서 살아가는 이유다."

"후후, 생각지도 않은 행운이군.'

모독이 씁쓸한 미소를 지었다.

그가 극독을 쓰지 않은 이유는 단 하나, 무황 적황의 추격과 보복이 두려웠기 때문이었다. 그런데 무황을 두려워 한 것이 오늘 자신의 목숨을 구하게 된 것이다.

"묻고 싶은 건 뭐냐?"

모독이 물었다.

"당신도 십면불 도광과 연결되어 있나?"

순간 모독의 눈이 커졌다.

"그걸 어떻게……?"

"하사랍은 그저 심부름꾼이었군."

"……."

모독은 순간 자신이 실수했다는 것을 깨달았다. 오늘 그가 한 말로 인해 아바르의 이후(二侯) 십면불 도광은 죽을 것이다.

아니 죽지 않는다 해도 이후의 자리를 내놓아야 할 것이다. 그럼 그가 꿈꿨던 원대한 계획은 다시 수정되어야 한다.

"당신이 아바르의 이후 십면불 도광과 인연을 맺었다는 것은 단순히 이 땅의 상권을 욕심내서만은 아니겠지. 당신… 구트족의 카르가 이 땅에서 장사를 할 것도 아니고 말이야."

"음……."

모독은 적풍이 좀 더 깊은 곳까지 들어오고 있음을 깨닫고 나직한 신음성을 흘렸다.

"당신 하난가? 아니면… 모든 원주족들이 움직이기 시작한 건가?"

"이 일은 원주족들과는 상관없는 일이다."

모독이 단호하게 말했다.

그의 한마디 말에 의해 이 땅의 분란이 멈추고 야수족들에 대한 칠왕의 대대적인 원정이 시작될 수도 있었다.

"그래? 좋아. 일단 그런 줄 알지. 아무튼 이제 돌아가라. 그리고 항상 기억해야 할 거야. 당신이 나에게 남기고 간 이 선물을 말이야. 언제든 이 검이 당신의 손이 아닌 목을 뚫을 수도 있으니까."

적풍이 손에 들고 있던 쌍사검 중 하나를 흔들어 보이며 말했다.

모독의 얼굴이 치욕으로 검게 물들었다. 그러나 그렇다고 적풍과 다시 싸울 여력은 없었다.

"돌아간다."

모독이 구트족의 전사들에게 소리쳤다.

모독의 명에 따라 구트족의 전사들이 나무 위에 올라서서 자신들을 지켜보고 있는 십자성의 고수들을 경계하고 어두운 숲 속으로 사라지기 시작했다.

모독 역시 수하들에 둘러싸여 숲으로 사라졌다. 그러면서도 그는 끝까지 적풍에게서 시선을 떼지 않았다.

"언젠가 다시 보게 될 것이다."

모독의 모습이 완전히 사라졌을 때, 어둠 속에서 그의 목소리가 들렸다.

"그러지 않는 게 좋을 거야. 그때는 정말 살아가기 어려울 테니까."

적풍이 나직하지만 충분히 모독의 귀에 들릴 만한 목소리로 대답했다.

"이각이 넘었으니 내가 이긴 거죠?"

소두괴가 입가에 진득한 미소를 지으며 십자성의 다른 고수들을 돌아봤다.

"무슨 소리! 싸움은 이각 안에 끝났어!"

이위령이 반박했다.

"이거 왜 이러세요. 내기는 분명 이각 안에 성주께서 숙영지로 돌아오느냐 아니냐였어요. 흐흐… 나만 아닌 쪽에 걸었으니. 아이고, 이거 이득이 두둑한데?"

"젠장, 언제 그런 말을 했어? 성주께서 싸움을 이각 안에 끝내느냐 아니냐였지. 모두 안 그래?"

이위령이 십자성의 고수들을 돌아보며 물었다. 그러자 조어장이 대답했다.

"당연하지. 싸움 끝내고 그자와 대화를 나눈 시간까지 칠 수는 없지."

"저도 같은 생각입니다."

파간도 이위령을 거들었다.

그러자 소두괴의 표정이 사나워졌다.

"야, 이거 대십자성의 무사란 사람들이 이렇게 소인배여서야… 좋아. 모두 그렇게 우긴다면 이 일을 판정해 줄 사람은 한 명밖에 없지."

소두괴가 자신감에 찬 목소리로 말했다.

"흐흐, 모두 성주께서 이각 안에 싸움을 끝낸단 쪽에 걸었는데 누가 아우를 도와주겠나?"

이위령이 능글맞은 웃음을 흘리며 물었다.

"그런 사람이 한 분 있죠. 어떤 상황에서도 진실을 말하시는 분이……."

"글쎄 그게 누구냐고? 아! 주모님!"

이위령이 설루를 떠올리고는 낭패한 표정을 지었다. 설루는 어떤 경우라도 진실을 말할 것이기 때문이었다.

"아, 마침 저기 나와 계시네."

일행이 숙영지 가까이 다가섰을 때, 일행의 눈에 숙영지 앞쪽에서 몽금과 금화 그리고 적사몽을 앞세우고 적풍을 기다리는 설루가 보였다.

"늦었네?"

설루가 잠시 외출했다 돌아온 사람을 맞는 듯 무덤덤하게 적풍을 맞았다.

그러나 그녀가 천막이 아닌 숙영지 앞쪽까지 나와서 적풍을 기다리고 있었다는 것은 그녀도 사실 이 싸움에 그만큼 긴장하고 있었다는 의미였다.

"음, 듣고 싶은 말이 있어서……."

"그는?"

"갔어."

"살려 보냈어?"

"음, 극독이 아니라 수면독을 썼으니 굳이 죽일 필요는 없었지. 듣고 싶은 말도 있었고……."

"하긴… 그런데 정말 왜 수면독을 썼을까?"

"모르지. 어쩌면 무황의 복수가 두려웠을 수도 있겠군."

"아직도 아버님의 명성은 건재하시구나."

"그러게. 대단한 양반이지. 들어가자고, 얼마 남지 않은 밤인데 모두 쉬어야지."

"모두 들었죠? 수고하셨어요. 쉬세요."

설루가 십자성의 고수들을 보며 말했다. 그러자 소두괴가 얼른 입을 열었다.

"주모님 여쭐 말이 있습니다."

"뭐죠?"

"우리의 내기는 분명 성주께서 이각 안에 이곳에 돌아오시느냐 아니냐였지 않습니까?"

"아! 그렇군요. 내기의 결과를 정해야겠군요."

설루가 그제야 십자성 무사들 간의 내기를 떠올렸다. 설루의 말에 이번에는 이위령이 재빨리 나섰다.

"주모님 내기의 내용이 성주께서 이각 안에 싸움을 끝내시는 것이었지. 이곳으로 돌아오시는 것은 아니었지 않습니까? 싸움은 분명 이각 안에 끝났습니다. 단지 성주께서 그자에게 몇 가지 질문을 하시느라 늦게 온 것이지."

"아니지요. 내기는 정확하게 성주께서 이곳으로 돌아오시는 것을 두고 한 것입니다. 그러니까 제가 이긴 거지요. 하하! 제가 유일한 승자라고 할까요. 어떻습니까? 주모님!"

소두괴가 다시 물었다.

그러자 설루가 잠시 생각에 잠겼다가 대답했다.

"본래 같은 의미였지만, 상황이 변했으니 결정을 내려야겠지요. 모두 소대협에게 빚을 진 것으로 하죠. 지금이야 금자가 없으니 나중에 아바르에 가서 금자가 생기면 빚을 갚죠. 저를 포함해서요."

"하하하! 역시 주모님이십니다. 언제나 이렇게 공정하시다니까."

소두괴는 신중한 사람이라 본래 이렇게 크게 웃는 법이 없지만, 오늘은 혼자 내기에서 이긴 것이 기쁜지 호탕하게 웃음을 터뜨렸다.

"에이, 주모님이 그렇다면 어쩔 수 없지."

이위령이 입맛이 쓴지 고개를 저으며 말했다.

그때 적풍이 물끄러미 설루를 바라보며 물었다.

"설마 당신도 날 두고 내기를 한 거야?"

"응."

설루가 아무렇지도 않게 대답했다.

"그건 좀 심한 거 아닌가? 남편이 생사결을 하는 데 내기를 하다니?"

"심한 건 당신 같은데? 생사결이라니. 애초에 그런 싸움이 아니었잖아?"

"이것 참… 날 믿어줘서 좋다고 해야 하는 건지. 아니면 화를 내야 하는 건지……."

"기분 좋은 일이지요. 누군가에게 절대적인 믿음을 받는 것은……."

몽금이 곁에서 설루 편을 들었다.

"후우… 알았어. 당신과 다퉈봐야 내 편 들어줄 사람이 이곳에 아무도 없지. 십자성의 모든 식구들은 나보다 당신을 더 좋아하니까. 아무튼… 이젠 그만 모두 쉬도록 하지. 내일 아침 강을 건널 테니까."

"알았습니다. 성주님!"

십자성의 고수들이 일제히 대답했다.

"들어가자."

적풍이 적사몽의 어깨에 손을 올리고는 함께 천막 안으로 들어갔다.

"어땠어요?"

처음부터 더 이상 잠을 잘 생각은 없어보였다. 이렇게 분주한 밤은 하루 정도 그냥 새도 나쁘지 않았다. 그래서 천막에 들어오자마자 적사몽이 한 질문이 귀찮지는 않았다.

"강하더구나."

모든 사람들이 구트 족의 카르 모독과의 싸움에서 적풍의 절대적인 승리를 확신했지만 정작 적풍은 무척 신중하게 적사몽의 물음에 대답했다.

"사람들은 아무도 걱정 않던데요?"

"날 믿으니까. 하지만 생사의 대결이란 믿음으로 하는 것은 아니다. 오직 실력으로 하는 거지. 실력으로 보자면… 모독이란 자, 무서운 자였다. 그가 독을 쓰는 것을 미리 알지 않았다면 어려울 수도 있었어."

"그렇게 강한 자였어요?"

"음……."

적풍이 고개를 끄떡였다.

"아버지께서 그렇게 말씀하시면 정말 강한 자였나 보네요. 숙부들께서 말씀하시길 아버지는 어느 세계에서든 천하제일인이라고 그랬는데……."

"후후, 누가 그런 소리를 하더냐?"

"감 숙부도 그렇고, 다른 분들도 모두 그러던데요?"

"세상에 천하제일인은 없다. 싸움은 모두 상대적인 거야. 절대적인 강함이란 존재하지 않는단다. 그래서 무사에게 가장 무서운 적은 방심이다. 언제 어느 때 나에게 천적이 되는 적이 나타날지 모르는 것이 이 세계다. 그걸 명심해라."

"예. 아버지."

적사몽이 진지하게 적풍의 충고를 받아들였다.

"그런데 당신 소식 이젠 그분도 알겠네."

설루가 두 사람 옆에 앉으며 말했다.

"그렇겠지."

무황 적황을 두고 하는 말이다.

어제 오늘 아바르 강변에서 벌어진 일은 며칠이 지나지 않아 천하에 퍼질 것이다. 이제 칠왕의 땅은 물론 이 현계 곳곳에 무황의 네 번째 혈육이 세상에 나왔음이 알려질 것이다.

"원정을 멈추실까?"

설루가 다시 물었다.

두 사람 모두 무황이 계획한 칠왕의 땅에 대한 대원정이 적풍이 이 땅에 오지 못했다는 것을 전제로 시작된 일임을 알고 있었다.

"그야 모르지. 하지만 어쩌면 어떤 경우든 대원정은 결국 포기할 수밖에 없을지도 모르겠어."

"다른 이유가 있어?"

"그 모독이란 자. 야수족의 일족인 구트족의 카르라고는 하지만, 그자가 이렇게 깊숙이 칠왕의 땅에 들어온 것이 신경 쓰

여. 사몽의 일도 그렇고… 어쩌면 야수족과 신비족 등 원주족
들의 반격이 있을지도 모르겠어. 예감이지만……."

적풍이 무심한 표정으로 말했다.

그러자 설루가 더 걱정스러운 표정으로 대답했다.

"예감이란 건 언제나 현실이 되는 경우가 많지. 특히 당신의
예감은."

숲을 나서자 대해의 파도가 이는 것처럼 높게 일어난 강물
이 강변으로 밀려들어왔다. 거친 물살은 맑고 투명했지만 그만
큼 깊어서 중심부에 이르러서는 검은색으로 보였다.

강은 넓었다.

시야를 돋우어야 겨우 강 건너편이 아스라이 보였다. 세 어
머니의 호수만큼은 아니지만, 그 폭이 호수와 같은 강이었다.

배를 구하는 일은 그리 어렵지 않았다. 아바르의 강 서안이
그 어떤 세력에게도 속하지 않은 완충지였기에 오히려 작은 배
로 고기를 잡아 살아가는 어부들이 적지 않았다.

그들에게 하루 벌이 이상의 재물을 준 후 배를 빌려 타고 일
행은 강을 건너기 시작했다.

그런데 숙영지를 출발한 이후 단우하는 단단히 화가 나서
입을 닫은 채 적풍에게 어떤 말도 하지 않고 있었다.

적풍도 그가 화난 이유를 모르지 않았다.

단우하는 지난 밤 구트족의 카르 모독이 다녀간 일로 몹시
화가 나 있었다. 특히 설루의 해약이 그와 아바르의 전사들에

게는 전해지지 않았다는 사실이 그를 무척 서운하게 만들었다.

그러나 적풍은 단우하의 화를 풀어주기 위해 어떤 위로나 변명도 하지 않았다. 설루와 십자성의 고수들은 단우하의 눈치를 살폈으나 적풍은 단우하의 기분은 전혀 신경 쓰는 기색이 아니었다.

그래서 결국 먼저 입을 연 것은 단우하였다.

배가 강변을 떠나 아바르 강의 중심으로 나아가자 드디어 단우하가 적풍에게 말을 건넨 것이다.

"강을 건너면 마중하는 사람들이 있을 겁니다."

냉랭한 단우하의 말에 적풍이 그저 고개를 끄떡이는 것으로 대답을 대신했다. 이미 세상에 무황의 넷째 아들이 나타났다는 소식이 퍼졌을 테니 아바르의 땅인 강 동쪽에 마중하는 사람이 없을 수 없었다.

"신중하게 대해주십시오."

"무슨 소리요?"

"아바르의 전사들은 자부심이 무척 강합니다."

"그러니까. 그들의 기분을 맞춰주란 뜻이오? 어젯밤과 같은 일로 그들을 서운케 하지 말고?"

"후우… 절 신뢰하지 않으신다는 것은 알지만, 어젯밤에는 너무하셨습니다. 구트족의 카르 모독이라니… 반드시 제가 만났어야 하는 잡니다."

"나도 한 가지 충고하겠소."

적풍이 차갑게 말했다. 그러자 단우하가 불길한 눈빛으로 적풍을 바라봤다.

"말씀하십시오."

"그대도 말했지만 난 그대를 신뢰하지 않소."

"소공자……."

"그래서 하는 말인데. 우리가 아바르에 도착한 이후 내게 어떤 것도 기대하지 마시오. 그곳에서 난 오직 한 가지 일만 신경 쓰게 될 거요."

"그게 무엇입니까?"

"내 사람들의 안위요."

적풍이 손을 들어 십자성의 무사들을 가리키며 말했다. 그러면서 다시 말을 이었다.

"어젯밤 그대들이 모독의 수면독에 취하게 그대로 둔 것은 두 가지 이유에서였소. 하나는 모독을 완벽하게 속이기 위한 것이고, 다른 하나는 그대들에게 내 뜻을 확실히 전하기 위함이었소."

"그를 속이기 위해 우릴 도구로 쓰셨군요. 알겠습니다. 그건 감수하지요. 그럼 전하시고자 했던 소공자님의 뜻은 무엇입니까?"

"십자성의 모든 무사는 자신의 힘으로 자신을 지켜야 하오. 우린 그렇게 살아왔소. 물론 십자성의 형제들이 목숨을 버리며 다른 형제를 지키기는 하오. 하지만 그래도 결국 자기 목숨은 자기가 지켜야 한다는 것이 십자성의 법칙이오. 그러니 언제든 스스로 방심하지 말아야 하오. 나라고 해도 언제나 저들의 목숨을 지켜줄 수는 없소. 특히 아바르에선… 저들이 날 따른다면 아마도 저들의 전 주인들에겐 가장 먼저 처단해야 할 배신자로 여겨질 거요. 그 경고를 하고 싶었소. 스스로의 목숨을 지킬 각오가 되어 있어야 한다는 것! 어제 같은 경우 강변의 숲에 숨은 자들이 있다는 것은 누구나 알고 있지 않았소? 그렇다면 스스로 조심했어야 했소."

적풍이 단우하가 아니라 그의 뒤에 서 있는 아바르의 전사들 일곱을 보며 말했다.

적풍이 말을 들은 아바르의 전사들이 묵묵부답 대답이 없었다. 그들의 얼굴에 드리운 그늘이 그들의 무거운 마음을 대신 말해줄 뿐이다.

"그래서 하는 말인데, 아직 기회는 있소. 그대들이 내가 아니라 본래의 주인에게 돌아갈 기회 말이오. 그리고 그 결심은 이 강을 건너는 동안 끝내야 하오. 그때 다시 묻겠소. 이런 나를 계속 선택할 것인지."

적풍이 말을 끝내고 배 뒤쪽으로 물러나 설루와 적사몽 옆으로 옮겨갔다.

배 안에 깊은 적막이 흘렀다. 가혹한 듯한 적풍의 말이 불만스러울 듯도 했지만, 사실은 지금 이 시점에서 가장 중요한 물음이기도 했다.

적풍의 사람이 된다는 것, 그건 어쩌면 아바르의 전사들에게 죽음을 각오해야 하는 일일 수도 있었다. 그들이 적풍을 떠나 본래의 주인들에게 돌아간다면 일의 실패에 대한 벌을 받을 지언정 죽음의 위협은 면할 수 있었다.

그래서 그들은 반드시 강을 건너는 동안 적풍의 질문에 대한 대답을 스스로에게 해야 했다.

"저분들은… 두려워하고 있어요."

얼마간의 침묵 끝에 적사몽이 말했다.

"그들의 몫이다."

적풍이 차갑게 대답했다.

"저분들을 지켜주실 수 없어요?"

"최선을 다하겠다는 말 따위는 책임 있는 대답이 아니다."

적풍이 단호하게 말했다.

최선이라는 단어가 가지는 모호성을 적사몽이 이해할 수 없을지도 모르지만 확신이 아니라면 각자의 운명은 스스로 결정하는 게 옳다고 생각하는 적풍이었다.

그런데 적사몽이 잠시 생각에 잠겼다가 고개를 끄떡였다. 적사몽이 적풍의 말을 이해했는지는 알 수 없었다. 하지만 소년의 얼굴에선 자신의 삶에 대한 책임감 같은 것이 보였다.

그때 설루가 적사몽에게 속삭이듯 말했다.

"사몽 그래도 말이다. 이 세상에서 누군가를 의지해야 한다면 난 당연히 네 아버지를 의지할 거다. 왜냐하면 내가 아는 한 네 아버지가 세상에서 가장 의지할 만한 사람이니까."

설루의 말에 적사몽의 얼굴에 미소가 지어졌다.

"알아요. 저도 그렇게 생각해요. 다만 그래도 결국 제 운명은 제 책임이란 거죠?"

"그래 아버지는 바로 그 말이 하고 싶으셨던 거야. 누군가에게 의지하는 순간 사람은 약해질 수밖에 없으니까."

"알았어요. 저도 노력 중에요. 스스로 강해지기 위해서요."

"그래 알고 있다. 그래서 네가 자랑스러워. 넌 나와 아버지를 만난 이후에도 나태하게 살지 않고 부지런히 스스로를 단련하고 있으니까. 아마 언젠가는 아버지보다 더 강한 사람이 될 거다."

"에이, 그건 아니고요."

적사몽이 쑥스러운 듯 머리를 긁적였다.

햇살이 강물 위로 쏟아져 내렸다. 반짝이는 물결이 마치 대낮에 은하수를 보는 것 같았다.

배는 느리지도 빠르지도 않게 강을 건너고 있었다. 그러나 아무리 넓어도 강은 강, 이내 강의 동쪽 풍경이 눈에 들어오기 시작했다.

그리고 그 풍경 속에 삼십여 명의 기병들이 말을 타고 서 있는 것이 보였다.

그들이 보이는 순간 적풍의 배에 타고 있던 아바르 전사들의 표정이 급변했다. 이젠 정말 결정을 내려야 할 시간이었다.

배 안의 아바르 전사들이 다른 사람들의 시선을 신경 쓰지 않고 한곳에 모였다. 그리고 나직하게 무슨 말인가를 나누더니 이내 결정을 본 듯 그들 중 우두머리 노릇을 하고 있던 유리사가 적풍에게 다가왔다.

"결정을 했나요?"

적풍보다 먼저 설루가 부드럽게 물었다. 그러자 유리사가 고개를 숙여 보이며 대답했다.

"예. 주모!"

그녀의 대답으로 더 이상 유리사의 말은 듣지 않아도 될 듯싶었다. 설루를 주모라 부른다는 것은 곧 이들이 적풍을 주군으로 따르기로 한 결정을 바꾸지 않았다는 의미다.

그리고 그 결심은 마령의 계곡에서 목숨을 건지기 위해 적풍에게 항복했던 그때와는 완전히 다른 것이었다.

"그럼 말씀들 나누세요."

설루가 적사몽을 데리고 자리를 비켜주었다.

그러자 유리사가 적풍에게 말했다.

"마령의 계곡에서 약속드린 대로 저희들은 십자성의 사람으로 남겠습니다."

"험난할 것이오."

적풍이 담담한 목소리로 경고했다.

"알고 있습니다. 하지만… 한 가지 사실이 우릴 괴롭히더군요."

"무엇이오?"

"우리… 신혈의 피는 그렇지 않습니까? 누군가의 도구로 살아가는 것을 본능적으로 거부하지요. 세 분 황자 황녀님의 사람으로 살 때 저희들은 그분들의 도구였습니다. 그때는 그 사실을 미처 깨닫지 못했지요. 그런데 성주님을 따르는 십자성의 무사들을 보면서 그 사실을 깨달았습니다. 저들은 우리는 다르구나 하고."

유리사가 자신과 적풍을 바라보고 있는 십자성의 무사들을 보며 말했다.

"그런 생각이라면 잘 결정했소."

적풍이 길지 않은 대답이 유리사에게 오히려 신뢰를 주었다. 유리사의 얼굴에 가벼운 미소가 지어졌다.

"지금은 많이 부족하지만 앞으로 좀 더 강해져서 성주님을 도울 수 있도록 하겠습니다."

"나 말고 스스로를 위해 강해지시오."

"알겠습니다. 그렇게 하겠습니다."

"좋소."

적풍이 고개를 끄떡이고는 유리사를 지나쳐 앞으로 나갔다. 그러고는 감문 등을 보며 말했다.

"모두 들었나?"

"예. 성주!"

십자성의 고수들이 일제히 대답했다.

"이제 정말 한 식구다. 목숨으로 서로를 지킨다."

"여부가 있겠습니까?"

이위령이 호탕하게 대답했다.

"그럼 뭍에 내리기 전에 서로 인사들 해."

"이미 다 아는 사람들인데 새삼스럽게 인사가 필요합니까?"

이위령이 다시 걸쭉한 목소리로 물었다.

"이름도 제대로 모르지 않나?"

적풍이 물었다. 그러자 이위령이 고개를 갸웃하더니 이해가 가지 않는다는 듯 중얼거렸다.

"정말 그러네. 왜 그동안 통성명도 안했지?"

"아직은 정말 우리 식구가 아니라고 생각했던 거지요."

소두괴가 대답했다.

"그랬었나? 그럼 얼른 통성명부터 합시다."

이위령이 아바르의 전사들에게 다가서며 소리쳤다.

그날 그렇게 적풍은 새로운 십자성의 전사들을 마음으로 받아들였다. 그들은 유리사, 궐손문, 천안룡, 황조, 문천유, 위적, 고무옥이라는 이름을 가지고 있었다.

제6장
신혈의 땅

단우하도 놀라는 눈치였다.

삼 인의 전사가 이끄는 삼십 인의 무사들은 말 위에서 검은 빛이 도는 갑주를 걸친 채 배를 기다리고 있었다.

배가 강변으로 밀려들자 단우하가 자신의 얼굴을 좀 더 명확하게 드러내려는지 배 앞으로 나아갔다.

그러자 이제는 적풍의 사람이 된 아바르의 전사들 중 일황자를 따르던 궐손문이 단우하에게 긴장한 목소리로 말했다.

"혹… 그분들이 아닙니까?"

"알고 있느냐?"

단우하가 되물었다.

"오래전 검은 사자들의 성에 황자님을 모시고 가서 무황님을 뵌 적이 있지요. 그때……."

"맞다. 저들 중 삼 인은 무황님의 십대호위에 속한 자들이
다."

단우하가 말했다.

"그렇다면 무황께서 이미 성주께서 오시는 것을 알고 계셨다
는 뜻인가요?"

이번에는 유리사가 물었다.

"불의 검이 나타났다는 소문을 들으셨을 것이다. 그리고…
지금 아바르의 모든 세력이 신혈제일성에 모여 있으니 너희들
의 움직임도 파악하고 있었을 것이다."

"저희들의 움직임을요?"

유리사가 놀란 표정으로 되물었다.

"노쇠하신 듯 느낄 수 있지만 무황께선 무서운 분이시다. 아
바르, 아니 이 칠왕의 땅에서 벌어지는 일 중 무황님의 눈을 피
할 수 있는 일은 많지 않아. 세 분 황자와 황녀님은 모두가 인
정하는 기재지만 그럼에도 불구하고 무황께서 세 분 중 한 분
을 후계자로 정하지 못하는 이유가 그런 것이다. 재주가 있다
고 뛰어난 지도자가 되는 것은 아니지. 대인이면서도 숲의 나
무 모두를 세심하게 살필 수 있는 인성을 가지고 있어야 제왕
이 될 수 있다. 무황께선 그런 세심한 눈을 가지고 계시다. 하
지만 세 분 황자, 황녀님은 그에 미치지 못하지."

단우하의 말에 유리사와 퀄손문이 자신도 모르게 고개를 끄
떡였다. 그동안 무황의 혈육들을 호위해 오면서 은연중에 느꼈

던 문제들이기 때문이었다.

"그럼 성주께선 그런 성품을 가지고 계십니까?"

궐손문이 조심스레 물었다.

"그 판단은 너희들 각자 몫이다. 그런데 성주를 따르기로 결정한 것을 보면 이미 대답은 나온 것 같고……."

"……."

궐손문이 대답을 하지 않는다.

"아니냐?"

"아닙니다. 어르신의 말씀이 맞습니다. 하지만 그건 그냥… 판단이 아니라 직감 같은 것이어서……."

"전사로서는 냉철한 판단이 중요하지만, 인간으로서는 사실 직감에 의한 선택이 운명을 좌우하지. 너희들은 무사이기 이전에 인간이 아니냐? 직감을 믿어라."

"예. 어르신."

궐손문이 고개를 숙이며 대답했다.

"그런데 조금 곤란하군."

단우하가 살짝 아미를 모았다.

"무슨 문제라도……?"

유리사가 물었다.

"저들이 소공자님을 마중한 것이라면 왜 강을 건너 마령의 계곡까지 오지 않았을까? 너희들 뒤를 따랐다면 소공자님을 공격한다는 것을 알고 있었을 텐데. 그리고 수많은 적들이 소공자님과 불의 검을 노리고 있다는 것을 알았을 텐데 왜 강을 건너지 않았을까?"

단우하가 걱정스러운 눈빛으로 중얼거렸다.

"이곳까지만 마중하라는 무황님의 명이 있지 않았을까요? 어 쨌든 강 너머는 전사들의 출입이 금지된 완충지대 아닙니까?"

"흠… 부디 그렇기를 바란다."

"그건 무슨 말씀이신지?"

"만약 무황께서 강을 건너서라도 소공자님을 보호하라는 명을 내렸는데 강을 건너지 않았다면 문제가 되지 않겠느냐?"

"그건, 그렇군요."

유리사가 당황한 표정으로 대답했다.

무황의 명령이 있음에도 강을 넘지 않았다면 그건 항명이다.

"부디 그렇지 않기를 기대할 뿐이지."

단우하의 표정도 어두워졌다.

그사이 배는 어느새 강변에 닿았다.

그러자 십자성의 고수들이 먼저 몸을 날려 강변에 내려선 후 둥글게 원진을 펼쳤다. 뒤를 이어 적풍과 설루 그리고 적사 몽이 배에서 내렸다.

단우하는 적풍을 따라 내렸는데, 강변에 내려서자마자 적풍을 지나쳐 앞으로 나갔다.

단우하는 십자성의 고수들이 만든 원진을 빠져나가 강변 작은 언덕 위에 말을 탄 채 도열해 있는 아바르의 전사들 앞으로 나섰다.

"백융 역시 자네였군. 아혼, 아반 자네들도 왔군."

단우하가 말 위에 있는 아바르의 전사들에게 아는 척을 했다. 그러자 아바르의 전사들을 이끌고 있는 삼인이 말 위에서 고개를 숙여 인사했다.

"어서 오십시오. 어르신! 먼 길 수고하셨습니다. 이곳부터는 저희들이 모시겠습니다."

백융이라 불린 사내가 말했다.

그러자 단우하의 표정이 살짝 변했다.

"내가 누구와 왔는지 아는가?"

"무황님을 모시는 우리들입니다. 어르신의 행선지를 알고 있습니다. 그러니 당연히 누구와 오셨는지도 짐작합니다."

백융이 대답했다.

"그렇군. 그런데 무황께서도 알고 계시는가?"

"우리가 떠날 때는 짐작만 하셨습니다. 하지만 지금쯤은 확실히 아실 겁니다. 강 너머에서 있었던 일, 무황께 전했습니다."

백융이 대답했다.

단우하는 무황의 의형제고, 전대 검은 사자로서 아바르의 모든 사람들로부터 존중받는 인물임에도 중년의 전사 백융의 태도는 단호하고 당당했다.

아마도 무황의 십대호위라는 지위가 주는 자신감인 듯 보였다.

"자네들, 신혈제일성에서 출발했는가?"

단우하가 다시 물었다.

"그렇습니다."

"떠날 때 무황님의 명은 무엇이었는가?"

단우하가 다시 물었다.

그러자 백융이 거침없이 대답했다.

"불의 검을 가진 사람의 신분을 확인하고, 만약 넷째 황자님이 맞다면 신혈제일성까지 모시라 명하셨습니다."

그러자 단우하의 볼이 가볍게 떨렸다.

화가 난 듯한 모습이다. 동시에 그의 입에서 흘러나오는 말투도 변했다. 지금까지 그나마 중년 전사를 존중하던 말투는 거짓말처럼 사라졌다.

"백융! 다시 묻겠다. 무황님의 정확한 명을 전해라!"

단우하의 갑작스러운 노성에 중년의 전사 백융이 놀란 듯하면서도 조금은 화가 난 목소리로 대답했다.

"이미 말씀 드린 대로 사황자님의 신분을 확인하고 신혈제일성으로 모셔오라는……."

"다시 묻겠다. 그 명령 중에 소공자님을 보호하란 명이 없었느냐? 단지 길을 안내하란 것뿐이었느냐?"

단우하의 차갑고 서늘한 목소리에 도도하던 백융의 표정이 조금씩 변해가기 시작했다. 그는 드디어 왜 단우하가 자신에게 화를 내는 것인지 깨달은 것이다.

"대답하라. 사황님을 보호하란 명이 포함되어 있었느냐?"

"그… 렇습니다."

"그런데 왜 강을 건너지 않았느냐?"

단우하가 되물었다.

"그⋯ 그건⋯⋯."

백융이 대답을 하지 못하고 처음과 달리 말을 얼버무렸다.

"모두 말에서 내려라!"

단우하가 아바르의 전사들을 보며 호통쳤다.

그러자 아바르의 전사들이 세 명의 우두머리, 백융과 아혼 그리고 아반 형제를 바라봤다.

비록 단우하가 아바르의 존경받는 인물이라 할지라도 그들에게 명령을 내리는 사람은 그들 삼 인이기 때문이었다.

그러나 단우하의 명에도 불구하고 아바르의 전사들을 이끄는 삼 인의 십대호위는 쉽게 말에서 내리지 않았다.

그러자 단우하의 눈이 서서히 검은 색으로 물들어가기 시작했다. 당장 검을 뽑아 아바르의 전사들을 공격해도 전혀 이상할 것이 없는 분위기였다.

갑자기 팽팽한 긴장감이 장내를 휩쓸었다.

적풍은 아바르에서의 시작이 참 흥미롭다고 생각했다.

"말려야 하는 거 아닌가?"

설루가 나직하게 물었다.

"아니. 흥미롭군."

"잘못하면 싸움이 나겠어."

"그럼⋯ 몇 놈 죽어야겠지."

"그게 무슨 소리야? 저들은 아버님의 호위무사들이라고!"

설루가 혹여라도 적풍이 과격한 행동을 할까봐 걱정이 되는지 조금 언성을 높였다.

"그 호위무사들이 주군의 명을 어겼다면… 죽여도 돼. 아니 죽어야 하지"

적풍이 무심하게 대답했다.

"하지만……."

"흥미로운 일이야. 그 양반을 가장 가까이서 지킨다는 자들조차 그 양반의 명을 어겼으니 말이야. 권위가 떨어진 건가 아니면 저놈들이 그간 그 양반의 측근으로서 누려온 권력에 취해 간이 부은 건가. 뭐… 나야 어느 쪽이든 흥미롭기는 마찬가지이지. 그나저나 저 양반이 불쌍하군."

적풍이 아바르의 전사들 앞에서 분노로 몸을 떠는 단우하를 보며 혀를 찼다.

"확실히 의외기는 해. 단 어르신의 말이 무시되다니……."

설루도 걱정스러운 표정으로 고개를 저었다. 그때 단우하의 말이 다시 들렸다.

"말에서 내리라는 말이 들리지 않느냐?"

단우하의 냉갈에 백융이 조심스럽지만 단호한 어조로 대답했다.

"우린 오직 무황님의 명만을 받습니다."

순간 단우하의 기운이 폭발할 듯 일어났다. 지금껏 보지 못했던 검은 사자의 기운, 순백의 은거 기인이던 단우하가 순식간에 검은 기운에 휩싸였다.

이것이야말로 진정한 검은 사자의 모습이라고 모든 사람이 생각하는 순간, 그리고 곧이어 단우하가 어떤 식으로든 무황이 보낸 아바르의 전사들의 죄를 물을 것이라고 예상하는 순간, 갑자기 단우하의 몸에서 검은 기운이 씻은 듯 사라졌다.

얼음처럼 차갑던 그의 얼굴도 조금씩 본래의 색을 찾기 시작했다. 대신 그의 입에서 길게 한숨이 새어나왔다.

"휴우… 과연 아바르가 변했구나. 이런 자들을 위해 무황께서 희생할 이유가 있을까?"

단우하가 혼잣말처럼 중얼거렸다.

"말씀이 지나치십니다."

기세 싸움에서 이겼다고 생각했는지 백융의 목소리에 다시 힘이 들어갔다.

그러자 단우하가 측은한 표정으로 백융을 보며 말했다.

"내가 네놈들 따위를 말에서 끌어내리지 못할 거라 생각하느냐? 이 어리석은 놈들……! 난 단지 네놈들 따위와 언쟁하는 것이 사황자께 부끄러워 그만두는 것일 뿐이다. 하지만… 무황님을 뵌 이후에는 반드시 네놈들의 오늘 행동에 대한 대가를 치르게 해줄 것이다."

단우하가 차가운 경고를 남기고 백융등에게 등을 돌리고 십자성 고수들이 만든 원진 안으로 들어왔다.

원진 안으로 들어온 단우하가 적풍에게 정중하게 고개를 숙이며 말했다.

"죄송합니다. 못난 꼴을 보여드렸습니다."

"난 괜찮소. 그런데 그대도 괜찮소?"

적풍이 덤덤한 표정으로 단우하에게 물었다.

"저야 뭐… 본래 검은 사자의 삶을 떠나 은거의 삶을 택했을 때부터 젊은 것들에게 무시를 당하는 면이 있긴 했지요."

단우하가 씩 미소를 지었다.

"괜찮은 모양이구려."

"전 괜찮습니다. 다만… 아바르가 걱정이군요. 이렇게까지 규율이 허물어졌을 줄은 몰랐습니다."

"하긴 나도 좀 실망스럽긴 하오."

"송구합니다."

단우하가 마치 모든 것이 자신의 잘못인 듯 고개를 숙여 보였다.

"나에게 미안할 건 없소. 아무튼 우린 그만 길을 갑시다. 신혈제일성이라고 했소?"

"그렇습니다."

단우하가 대답했다.

"파묵!"

"예, 성주님!"

파묵이 얼른 적풍 앞으로 달려왔다.

"신혈제일성까지의 길도 아나?"

"물론이지요."

"좋아 와한, 파간과 함께 앞서 나가 길을 연다."

"예. 성주!"

파묵이 고개를 숙이며 대답했다.

"모두 쉬어갈 생각은 없겠지?"

적풍이 십자성의 고수들을 보며 물었다.

"물론입니다. 성주님!"

십자성의 고수들이 일제히 대답했다.

"좋아. 말을 두고 왔으니 말을 살 수 있는 마을이 나타날 때까지는 걷는다. 바쁠 일도 없으니 천천히 이동하도록!"

"예. 성주!"

십자성의 고수들이 일제히 대답했다.

"출발한다!"

적풍의 명이 떨어지자 파묵과 와한 그리고 파간이 앞서서 초원으로 이어진 길을 달려 나갔다.

그 뒤를 따라 적풍과 십자성의 무사들이 줄지어 이동하기 시작했다.

그러자 적풍을 마중 나온 백융 등 아바르의 전사들이 덩그러니 뒤에 남았다.

"이것 참… 일이 묘하게 되었소."

형제인 아혼과 아반 중 나이 많은 아혼이 백융에게 말했다.

"그렇구려. 노인네의 투정에 일이 참 묘하게 되었소. 사황자와 인사를 나눌 기회도 없었으니."

"어쩌면 좋겠소?"

아혼이 다시 물었다.

"뭐, 어쩔 수 없는 일 아니오? 이대로 뒤를 따라가야지."

"성에 들어가서의 일이 걱정이오."

이번에는 두 형제 중 동생인 아반이 말했다.

"무황께 꾸지람을 듣는 거야 어쩔 수 없는 일이오. 하지만 그렇다고 노인네의 호통에 겁먹은 아이처럼 굴 수는 없는 일 아니오?"

백융이 별일 아니라는 듯 대답했다.

"그 말이 아니라 강을 건너 사황자를 보호하지 않은 것 말이오. 사황자의 실력을 보자는 생각으로 강은 넘지 않은 건데 적이 너무 많았소. 오손과 천인총에… 이름 모를 자들의 습격이라면. 무황께서 크게 화를 내실 수도 있소."

"그런들 이제 와서 어쩌겠소. 일단 돌아가서 강을 넘을 기회를 놓쳤다고 말씀드립시다."

"후우… 그 말을 믿으실는지."

"무황께선 우릴 신뢰하시오. 이미 십 년 넘게 무황님 곁을 지킨 우리요. 설혹 우리 말을 믿지 않으신다 해도 이해는 해주실 거요."

"알겠소. 일단 갑시다. 이러다 사황자 일행을 놓치겠소."

아혼이 어느새 훌쩍 멀어진 적풍 일행을 보며 말했다. 그러자 백융도 고개를 끄떡였다.

"그럽시다. 여기부터라도 제대로 호위합시다. 출발한다! 사황자의 뒤를 바짝 따른다."

백융의 명에 아바르의 전사들이 일제히 말을 몰기 시작했다.

두두두!

등 뒤에서 들려오는 말발굽 소리를 들으며 감문이 인상을 찌푸렸다.

"정말 재수 없는 놈들일세."

"그렇게 말입니다. 감시하는 것도 아니고……."

"아니 그것보다 말이야. 아무리 그래도 아바르의 주인인 무황님의 아드님인데 말 한 필 양보를 못하나?"

감문이 투덜거렸다.

감문이 정말 화가 난 이유는 적풍이 걷는 것을 보고 있으면서도 말 한 필 양보할 생각이 없는 아바르 전사들의 행동이었다.

그건 곧 적풍을 제대로 된 황자로서 인정하지 않는다는 의미일 수도 있었다.

"듣고 보니 그러네. 저것들… 언젠가 손을 봐주고 말겠어."

"아서요. 괜한 분란 만들지 말고."

듣고 있던 소두괴가 이위령을 진정시켰다.

"걱정 마. 지금 일을 벌이겠다는 것은 아니니까. 하지만 저러고 따라오니까 목덜미를 잡힌 것처럼 불편해. 감시당하는 일은 딱 질색이라서……."

등 뒤에서 갑주를 걸친 아바르의 전사들이 따라오는 것이 영 불편한 십자성의 고수들이었다.

비록 그들이 적풍을 마중 온 자들이라 해도 단우하와 벌였던 신경전을 통해 적어도 이들이 적풍에게 호의만 가지고 있는 것이 아니라는 사실을 알았기 때문이었다. 그래서인지 십자성의 고수들에게 뒤를 따르는 아바르의 전사들은 보호자가 아닌 감시자로 느껴졌다.

그런데 그런 기분을 느낀 것은 적풍도 마찬가지인 모양이었다.

적풍이 갑자기 걸음을 멈췄다. 그러고는 갑자기 몸을 돌려 뒤쪽으로 걸어가기 시작했다.

그러자 일행 모두가 멈춰서 적풍을 바라봤다.

"어딜 가요?"

걸음을 돌려 뒤쪽으로 걸어가는 적풍에게 설루가 물었다.

"감시받는 것은 질색이야."

"그분의 사람들이에요."

설루가 다시 말했다.

그녀가 적풍에게 존댓말을 하는 경우는 둘 중 하나다. 사람들의 이목이 신경 쓰일 때거나 혹은 진심으로 적풍에게 충고를 하는 경우다. 이번 경우는 후자에 가까웠다.

그러나 이번만큼은 설루의 충고도 소용없었다.

"걱정 마. 누굴 죽이지는 않을 테니까."

적풍이 설루에게 손을 들어 보이고는 일행을 지나쳐 뒤따라오는 아바르의 전사들을 향해 걸어갔다.

"소공자!"

갑작스러운 적풍의 행동에 제일 놀란 사람은 단우하였다.

그는 분란을 일으키고 싶지 않아서 백용등에게 모욕 아닌 모욕을 당하고도 참은 사람이었다.

"그대는 관여치 마시오. 이젠 내 일이오."

"하지만 소공자."

단우하가 적풍을 따라나서려는데 적풍이 시선을 돌려 단우하를 보며 말했다.

"난 말이오. 그대와는 사람 다루는 방법이 다르오."

적풍이 그 말을 하고는 다시 몸을 돌려 말 위에 올라 자신들의 뒤를 따라오고 있는 아바르의 전사들 앞으로 다가갔다.

적풍이 다가오자 자연스레 백융등 무황의 명을 받고 적풍을 마중 온 아바르의 전사들도 말을 멈췄다.

"내가 누군지 아느냐?"

적풍이 백융을 보며 다짜고짜 물었다.

그러자 백융이 묘한 표정을 지었다. 처음부터 하대를 해대는 적풍이 마음에 들지 않았지만, 그의 신분이 무황의 아들이니 하대를 한다 해서 이상할 것은 없었다.

그래도 그간 무황의 호위전사로서 아바르의 모든 사람들에게 존중받아온 백융으로서는 기분이 상하는 일이었다.

"당연히 알고 있습니다."

백융이 상한 기분을 억누르며 말했다.

"좋아. 그럼 말이 통하겠군. 난 말이야. 등 뒤에서 누군가 따라 오는 걸 싫어해. 언제든 공격을 당할 수 있으니까. 그러니까 내 눈에 보이지 않는 곳으로 가줘야겠어."

적풍의 말이 백융의 표정이 딱딱하게 굳었다.

"우린 황자님을 보호하기 위해서 온 사람들입니다."

"지금 뭐라고 했나?"

적풍이 되물었다.

"우린 황자님을 보호하기 위해……."

대답을 하다말고 백융이 입을 닫았다.

그의 얼굴이 차갑게 굳었다. 적풍의 눈이 짙은 검은색으로 물들어가고 있었다. 검은 사자 단우하고는 또 다른 어둠이다.

물론 백융등도 신혈의 피를 지니고 있으니 적풍의 이런 변화가 뭘 의미하는지 모르지 않았다.

"너희들과 말씨름하고 싶지 않다. 난 너희들이 단 노사와 나누는 대화를 들었고, 그를 대하는 태도를 보았다. 그래서 너희들이 무황의 명을 어떤 식으로 취급하는지도 알고 있다. 그러니 날 보호한다는 말 따위는 다신 지껄이지 말거라. 너희들은 누군가의 명을 따르는 자들이 아니라 스스로 원하는 대로 행동하는 자들이야. 그러니 날 보호하란 무황의 명은 지금 우리 사이에 아무런 가치가 없지. 그러니 내게서 떨어져."

"사황자……."

백융이 다시 무슨 말을 하려는데 적풍이 손을 들어 백융의 입을 막았다.

"더 이상 말은 필요 없다. 물러나기 싫다면 싸우면 그뿐이야. 사실, 솔직히 말하자면 난 그쪽을 선호한다. 다만 아버지의 땅에 와서 아버지의 사람이라 자처하는 자들을 상하게 하고 싶지 않을 뿐이지. 하지만… 너희들이 그걸 원한다면야 나야 고마운 일이고!"

적풍의 말에 백웅이 고개를 저으며 말했다.

"사황자와 싸울 일은 없을 겁니다. 그러나 또한 우리가 뒤로 물러나 있는 일도 없을 겁니다. 우린 무황님의 명대로 따를 뿐입니다."

"그래? 그럼 물러나게 해주지. 난 말보다 행동을 신뢰해. 너희들이 내 말을 따르지 않는 것으로 싸움은 이미 시작된 것이니까."

스릉!

적풍이 주저하지 않고 검을 뽑았다.

그런데 그가 뽑아든 것이 특별했다. 적풍은 이 땅에 와서 처음으로 전왕의 검을 뽑아든 것이다.

백웅 등이 지금까지 상대했던 적들보다 더 강하기 때문은 아니었다. 단지 적풍은 이 기회에 백웅 등을 완벽하게 굴복시키고 싶었다. 혹은 그의 마음속에 단우하에 대한 약간의 호감이 남아 있어, 그를 모욕했던 백웅등에게 냉정한 대가를 치러 줄 마음이 생겼을 수도 있었다.

어쨌든 적풍은 전왕의 검을 꺼내들었고, 그의 몸과 검이 동시에 검은 기운에 휩싸였다.

"사황자, 저희는 싸울 수 없습니다."

백웅이 놀라서 소리쳤다.

"그럼 죽든지. 전장에서 싸우지 않는 자는 오직 죽음밖에 남지 않겠는가?"

적풍이 백웅을 향해 날아올랐다. 그 어떤 적을 상대할 때보다도 폭력적이고 강렬한 적풍의 움직임에 백웅이 미처 검을 빼들 생각을 하지도 못하고 자신을 향해 날아오는 적풍을 그저 바라볼 뿐이었다.

웅!

적풍의 손에 든 전왕의 검이 무겁게 울음을 울었다. 그러자 검에서 흘러나온 검은 기운이 마치 채찍처럼 백웅의 몸을 감쌌다.

그러자 이제 백웅은 검을 빼고 싶어도 뺄 수 없는 처지가 되었다. 전왕의 검에서 흘러나온 강력한 기운이 그의 전신을 쇠사슬처럼 옭아맸기 때문이었다.

턱!

석상처럼 얼어붙은 백웅의 목이 적풍의 손에 잡혔다. 그리고 백웅의 눈앞에 적풍의 검은 동공이 들어왔다.

"능력이 없는 자가 오만하면 남은 건 죽음뿐이야."

적풍이 차가운 목소리로 말했다.

백웅은 수치스러운 상황이 이어짐에도 아무런 대응도 하지 못했다. 순간 적풍이 백웅을 말 위에서 뽑아 올려 땅 위에 내동댕이쳤다.

쿵!

"컥!"

묵직한 충격음과 함께 땅 위에 나뒹군 백융의 입에서 억눌린 비명소리가 흘러나왔다.

그런 백융을 향해 적풍이 다시 걸음을 옮기려는데, 문득 그의 뒤에서 단우하의 목소리가 들렸다.

"소공자! 부디 용서를!"

순간 거짓말처럼, 아니면 기다렸던 것처럼 적풍의 몸에서 신혈의 기운이 사라졌다.

그의 손에서는 여전히 전왕의 검이 투명한 검은 빛을 발하고 있었지만, 적풍의 눈은 본래의 상태로 돌아와 있었다.

"지금 이자를 위해 부탁하는 거요?"

적풍이 단우하를 보며 물었다.

"그렇습니다."

"그대를 모욕한 자들인데도?"

"아직은 설익은 아이들이니까요."

"후후, 그런 자들이 무황의 호위무사란 말이오? 나이도 족히… 신혈의 나이로 보자면 족히 오십은 넘었을 테고……."

"……."

적풍의 말에 단우하가 할 말이 없는지 침묵을 지켰다.

"아무튼 좋소. 그대의 부탁이니 이쯤에서 참지. 하지만 내 눈에 띄지 않는 곳으로 물러나야 하오. 설득할 수 있겠소?"

"설득이 필요한 일이 아닌 듯합니다. 이미… 상황을 이해했을 겁니다. 또한 소공자님이 어떤 분인지도 확실히 알았을 겁니다."

단우하가 대답했다.

그러자 적풍이 고개를 돌려 비틀거리며 일어나는 백웅에게
물었다.

"단 노사의 말을 믿어도 되겠느냐? 물론 여전히 너희들에겐
기회가 있다. 제대로 날 상대할 수 있는 기회가."

적풍의 말에 백웅이 미처 대답도 하기 전에 아혼과 아반 두
형제가 앞으로 나섰다.

"아닙니다. 황자님의 말씀대로 물러나 있겠습니다."

"좋아. 그럼 더는 귀찮게 굴지 마라. 출발한다."

적풍이 전왕의 검을 거두고 십자성 고수들이 있는 곳을 가
면서 소리쳤다.

그러지 비릿한 미소로 백웅 등 아바르의 전사들을 바라보고
있던 십자성의 무사들이 걸음을 옮기기 시작했다.

"대체… 무엇입니까?"

적풍과 십자성의 고수들이 출발하자 아혼이 단우하에게 물
었다.

"뭐가 말인가?"

단우하의 대답이 차갑다.

"사황자께서 보인 그 특별한 기운은……."

"몰라서 묻나?"

"신혈의 기운이란 말입니까?"

"그럼 뭐 다른 걸 기대했나?"

"하지만 신혈의 기운만으로 설명하기에는……."

아혼이 의혹이 가득한 표정으로 고개를 갸웃했다. 그러자 단우하가 말했다.

"신혈족이라도 모두 같은 것은 아니네. 신혈의 피를 가져도 아무런 힘을 갖지 못하고 태어나는 자가 칠 할일세. 그저 몸 튼튼해 딱 노예로 쓰기 적당한 사람들 말일세. 그리고 나머지 삼 할도 각기 그 능력과 기운이 다르고… 사황자께선 그중 아주 특별한 존재인 거지."

"그 검은… 그 검은 무엇입니까?"

겨우 정신을 차린 백융이 따지듯 물었다. 그러자 단우하가 백융을 차갑게 바라보며 말했다.

"자넨 아직도 정신을 차리지 못했군."

"그게 무슨……."

"됐네. 작은 재주와 무황님의 총애를 믿고 오만해진 자네들의 행동은 무황님을 뵙는 즉시 바로잡을 걸세. 그리고 나라면 말일세. 성에 닿기 전에 어떻게든 황자님께 사죄할 길을 찾아볼 걸세. 사황자님은 다른 황자, 황녀님과는 달라. 무황의 혈육으로서가 아니라 홀로 명계의 무림의 신혈족을 자립시킨 사람이란 말일세. 무황께서 그분을 부른 이유는 바로 그 강인함 때문이네. 지금의 황자, 황녀님이 갖지 못한 그 강함이 아바르에 필요하다 느끼신 거지."

"……."

단우하의 말에 백융 등이 침묵을 지켰다.

그러자 단우하가 다시 말했다.

"명계 무림을 굴복시킨 사황자께 자네들은 행동이란… 아마도 무척 실망하셨을 걸세. 힘이 약한 것에 실망한 것이 아니라 자네들의 그 오만과 독선에 실망했을 거란 말이네. 그리고… 나도 실망했네. 감히 무황님의 명을 어긴 자네들의 행동에 말일세! 날 모욕하는 정도야 늙은이의 아량으로 참아줄 수 있네만……."

단우하가 그 말을 남기고 적풍과 십자성 고수들의 뒤를 따르기 시작했다.

그러다가 문득 걸음을 멈추고 고개를 돌려 백융을 보며 말했다.

"자네 그 검에 대해 물었나? 말해주지. 그 검이 바로 무황께서 그토록 기다리시는 전왕의 검일세. 그렇다고 자네의 패배를 전왕의 검 때문이라고 변명하지는 말게. 그보다 전왕의 검이 온전히 사황님을 주인으로 받아들였음을 잘 생각해 봐야 할 걸세. 그건… 무황께서도 못하신 거지."

충고를 담은 경고를 남기고 떠난 단우하를 보며 뒤에 남겨진 아바르의 전사들이 침묵에 빠졌다. 그들의 예상과는 너무 다른 상황이었다.

그들은 적어도 아바르로 온 사황자가 자신들의 마음을 얻기 위해 노력할 것이라 생각했다.

명확한 무황의 후계자가 정해지지 않은 상태에서 사황자 역시 후계자 경쟁을 하려면 무황의 최측근인 자신들과 좋은 관계를 유지해야 할 것이기 때문이었다.

그러나 그들의 예상은 적풍을 만나고 하루도 지나지 않아 깨져 버렸다. 그것도 가장 충격적인 방법으로…….

"전왕의 검이라……."

침묵을 깬 사람은 아혼이었다.

"애초에 무황께서 단 어른을 움직이게 한 것이 사황자가 아닌 전왕의 검 때문이란 사실은 알고 있었지 않소?"

동생 아혼이 말했다.

"알고는 있었지만 솔직히……."

그때 갑자기 백융이 허리를 부여잡으며 신음소리를 냈다.

"끙!"

"괜찮소?"

아혼이 걱정스러운 표정으로 물었다.

"난 괜찮소. 그보다 전왕의 검이 중요한 게 아니오."

"그런 뭐가 중요하오?"

아혼이 되물었다.

"중요한 것은 단 어른의 말대로 전왕의 검이 사황자를 자신의 주인으로 받아들였다는 것이오. 좀 전에 마주했던 그 기운들은… 사황자가 온전히 전왕의 검을 다룰 수 있어야만 보여줄 수 있는 것들이었소."

"음, 그게 정말이라면… 정말 놀라운 일이군. 무황님조차도 전왕의 검의 온전한 힘을 얻지 못했다고 했는데……."

아혼이 중얼거렸다.

"그거야 무황님의 젊었을 때의 일이지요. 다시 이 땅으로 돌아온 이후에는 칠왕의 검이 필요 없을 만큼 강해지시지 않았습니까?"

아반이 적풍이 무황보다 강하다는 것을 인정할 수 없다는 듯 말했다.

"알고 있네. 그리고 사황자가 전왕의 검을 다룰 수 있다고 해서 무황님보다 강하다는 뜻도 아니네. 단지… 전왕의 검은 스스로 주인을 찾는다는 전설이 있지 않은가?"

"전설대로라면 아바르의 주인은 사황자가 되겠지요. 하지만… 혼자의 힘만으로는 절대 아바르를 차지할 수 없을 겁니다. 세 분의 황자, 황녀님과 절대적 권위를 지닌 삼후의 힘은 개인의 힘으로 극복할 수 없는 것이지요."

아반이 냉정하게 말했다.

"물론 그렇긴 하지만……."

아혼이 아반의 말을 인정하면서도 고개를 갸웃했다.

그러자 백융이 말했다.

"아바르의 제왕 자리 같은 것은 사황자에게는 중요치 않을지도 모르오."

"무슨 말이오?"

백융이 옆구리의 고통을 참으려고 인상을 찌푸리며 말했다.

"우리를 대하는 태도로 볼 때 그런 생각이 들었소. 애초에 아바르의 후계자 자리에는 관심이 없는 사람일 수도 있다니……."

"아니 그럼 여긴 왜 왔다는 거요?"

아혼이 따지듯 물었다.

"그야… 당연한 것 아니겠소? 한 번쯤은 자신을 낳아준 친부를 보고 싶었겠지."

"그… 럴 수도 있나?"

아혼이 아반에게 물었다.

"그럴 수도 있지요. 하긴, 우릴 대하는 태도가 아바르의 패권을 노리는 사람이라고 보기에는 무리가 있었지요."

아반이 대답했다.

그러자 백융이 두 사람을 보며 말했다.

"어쨌든 우린 좀 더 있다가 움직입시다. 사황자의 표정을 보건데 우리에게 한 경고는 허튼말이 아닐 것이오. 다시 근접했다가는……."

"그보다는 더 빨리 가야 할 것 같소."

아반이 말했다.

"그게 무슨 소리요? 사황자를 추월하자는 말이오?"

"그렇소. 사황자 일행은 걷고 있으니 추월하기가 어렵지 않을 거요. 비록 눈에 띄지 않게 돌아 가야 할 테지만……."

"이유가 뭐요?"

"이대로 무황님을 만나면 어떤 일이 벌어지겠소?"

아반이 백융에게 물었다.

그러자 백융의 얼굴이 어두워졌다.

"생각해 보면 단 어른을 너무 함부로 대한 듯하오. 결국 사

황자와 우리를 화해시킬 수 있는 사람은 그 양반뿐이었는
데……."

백융이 후회하는 소리를 했다.

"맞소. 이대로 신혈제일성으로 돌아가면 무황께 꾸중을 듣
는 것으로 끝나지 않을 수도 있소. 사황자의 위기를 지켜만 보
았고, 단 노사에게는 불손한 행동을 했으며, 결국 사황자와 싸
우기까지 했소. 만약 무황께서 사황자를 후계자로 염두에 두고
계신다면 이런 우리 행동을 말 몇 마디로 넘기겠소?"

"음… 십대호위에서 물러나야 할 수도 있단 뜻이구려."

"그렇소."

"그래서 먼저 가서 무황께 사죄드리자는 것이오?"

"그건 아니오. 그것 역시 무황께서 좋아하실 행동은 아니니
까."

아반이 고개를 저었다.

"그럼 대체 어쩌자는 거요?"

"결자해지. 이 문제를 풀 수 있는 사람은 오직 한 사람, 사황
자뿐이오. 그분의 마음을 얻어야 하오. 아니 적어도 우리에 대
한 분노는 풀어야 할 것이오. 물론 단 어른이 도와주면 좀 더
수월하겠지만 우리가 한 행동으로 인해 그건 기대하기 어려울
거요."

아반이 말했다.

"사황자의 마음을 얻을 수 있다면 좋겠지. 하지만 무슨 수로
이미 틀어진 관계를 돌릴 수 있단 말이냐? 신혈제일성까지는

길어야 보름, 그 안에 무엇을 할 수 있겠느냐? 직접 찾아가서
죄를 빌어?"

아혼이 아우인 아반을 보며 물었다.

"그건 좋은 방법이 아니지요."

"그럼 어떻게 하자는 거냐? 답답하니 얼른 말해 보거라. 생
각이 있어서 사황자를 추월해가자고 했던 것 아니냐?"

"제대로 마중을 하자는 거지요. 첫 번째 마중은 실패했으니
까. 이곳부터 신혈제일성까지 세 개의 성이 있습니다. 그러니
우리가 먼저 각 성에 도착해서 사황자를 환대할 준비를 해 놓
자는 겁니다. 성정으로 보아 화려한 것은 싫어할 테니. 우리가
잘못을 인정하고 있다는 것이 느껴질 수 있도록 조용히, 그러
면서도 정성을 다한 사황자를 맞을 준비를 하면 사황자도 어
느 정도 마음이 풀어지지 않겠습니까?"

아반이 아혼과 백융을 번갈아 보며 말했다. 그러자 아혼이
고개를 끄떡였다.

"그런 방법도 있긴 하겠구나. 하나라면 모를까 성(城) 세 곳
을 거치는 동안 정성을 보인다면 사황자의 마음도 풀어질 수
있을 것이다."

"그사이 기회가 되면 단 노사께도 사과를 하도록 하지요."

아반이 덧붙였다.

"어떻소?"

아혼이 아우 아반의 생각에 대한 백융의 의견을 물었다.

그러자 백융이 우울한 표정으로 고개를 끄떡였다.

"비참한 일이기는 하나 그것 말고는 당장 방법이 없구려. 그렇게 합시다."

"좋소. 그럼 서둘러야겠소. 우회로를 찾아 앞서가려면 쉬지 않고 달려야 할 거요. 첫 번째 성에서 사황자를 맞을 준비를 할 시간도 부족하고."

"그럽시다. 후우, 이 방법으로 그나마 일이 어느 정도 무마되면 좋겠소. 난 다신 사황자와 전왕의 검을 상대하고 싶지 않소. 솔직히 말하자면 내 인생에서 그런 공포를 마주할 거라고는 생각지 못했었소."

백융이 두려운 듯 이미 멀어진 적풍 일행을 보며 중얼거렸다.

제7장
길 위의 성(城)들

하나의 소문이 모든 것을 멈추게 만들었다.

무황의 또 다른 아들, 세상에 그 위치가 알려지지 않은 십자성이라는 특이한 이름을 가진 성(城)의 성주, 그리고 불의 검과 전왕의 검 두 개의 신검을 소유한 자.

소문은 폭풍처럼 신혈제일성을, 아바르의 땅을, 그리고 급기야 칠왕의 땅 전체에 퍼져나갔다. 이 다양하고도 특별한 신분을 가진 자의 행보에 모든 사람들의 시선이 쏠렸다.

당장에라도 아바르 강을 넘어 칠왕의 왕국으로 진격할 것 같던 아바르 전사들은 신혈제일성에 발이 묶였고, 아바르의 공격이 자신들을 향할까 전전긍긍하던 칠왕, 이젠 오왕의 된 이 땅의 주인들 역시 새로운 변수가 출현하는 것을 걱정 어린 시선으로 지켜보고 있었다.

그렇게 세상이 정지했다.

예측할 수 없는 인물과, 예측할 수 없는 사건이 벌어질 때는 항상 자신의 자리를 지키고 있는 것이 가장 안전하다는 것을 인간은 본능적으로 알고 있기 때문이었다.

그런데 그런 적풍의 등장이 적어도 두 명의 인물에게는 숨 쉴 공간을 만들어 줬다.

한 명은 자신의 수명을 단축시키면서까지 칠왕의 땅에 대한 대원정을 준비하던 무황 적황이었고, 다른 한 명은 칠왕의 역사가 파멸로 이어지지 않기를 바라는 현월문주 가륵이었다.

무황에겐 대원정을 말고도 아바르를 지킬 방도가 생겼다는 안도감이, 현월문주 가륵에게는 무황이 일으키려 했던 대원정의 광풍이 멈출 수도 있다는 안도감이 생겼다.

그래서 현월문주 가륵이 무황의 대원정을 말리기 위해 신혈제일성 인근에 도착한 이후 세 번째 만남에서 두 사람은 술잔까지 기울일 수 있는 여유를 갖게 되었다.

"어떤 분입니까?"

검은 옷을 입었지만 빛나는 지혜와 고귀함의 빛을 숨길 수 없는 현월문주 가륵이 세상을 발밑에 두어도 부족함을 느낄 것 같은 기세를 지닌 무황 적황에게 물었다.

두 사람 앞으로 길게 펼쳐진 초지 앞쪽으로 흐르는 강 한가운데 신혈제일성이 우뚝 서 있었고, 강변에는 성 안에 자리를 마련하지 못한 아바르의 전사들이 숙영하는 군막들이 그득했다.

비록 그것이 전쟁을 준비하는 모습이었지만, 두 사람은 인간과 자연이 만들어내는 아름답고 장엄한 풍경을 바라보며 아트막한 야산 중턱에서 술상을 마주하고 있었다.

애초에 이 야산은 현월문주가 적황을 만나러 온 이후 줄곧 머물러 있던 곳이었고, 적황은 그를 만나러 세 번째 이 산에 올라 있었다.

"누구 말입니까?"

가륵의 질문에 적황이 되물었다.

"사황자님 말입니다."

"그 아이… 솔직히 말하면 나도 잘 모릅니다. 아들이라지만 한 번도 본 적이 없으니까. 하지만 그간의 소문을 들어보면 결코 호락호락한 아이는 아닐 것 같습니다."

"제게도 오늘 소식이 왔습니다."

"……?"

"대법사 을보륵이 사황자의 뒤를 따르고 있었다고 하더군요. 마침 마령의 계곡 출구에 있는 야산에서 대화를 나눌 기회가 있었다고 합니다. 그런데… 사황자는 명계 월문 법황과 무척 가까운 사이라고 하더군요."

"그 이야기는 나도 얼마 전 전해 들었습니다. 참… 특이한 인연 아닙니까?"

"그렇지요. 월문의 오랜 역사 속에서 법황이 강호 무인과 의형제라는 친밀한 인연을 맺은 적이 없었는데…….

"후후, 왜 없었겠습니까?"

"……?"

"주종의 관계까지 맺은 일이 있지 않습니까?"

"…아! 전대 법황을 말씀하시는 거군요."

가륵이 잊고 있던 적황과 의천노공 우서한의 인연을 떠올리고는 어색한 미소를 지었다.

적황이 명계에 머물던 시절 검은 사자의 일원으로 활동했던 우서한이었다. 당시 두 사람의 관계를 생각하면 사황자와 현월문 법황의 관계 역시 불가능한 것은 아니었다.

"사람의 인연이란 알 수 없는 것이지요. 아무튼 그나마 다행이란 생각이 듭니다. 그 아이가 월문에 대해 원한을 갖지 않고 있는 듯해서 말입니다."

적황이 말했다.

"물론 저도 그렇게 생각합니다."

가륵이 대답했다. 그러면서 가륵이 잠시 적황의 눈치를 살피다가 물었다.

"사황자를 후계자로 생각하고 계십니까?"

"처음에는 전왕의 검만 회수할 생각이었지요."

"지금은 마음이 바뀌셨다는 말이군요."

"내 눈으로 직접 봐야겠지만 쿰 너머 카말의 숲에서 출발해 이곳에 이르는 여정 동안 그 아이가 보여준 능력이라면… 기대해 볼 만하다고 생각합니다,."

"그럼 이제 대원정은 그만두시는 겁니까?"

"그 문제는 내가 아니라 다른 칠왕, 아니 오왕의 선택에 달린 문제가 될 겁니다."

적황의 말에 가륵이 의아한 표정을 지었다,

"그게 무슨 말씀이십니까? 애초에 대원정을 계획하신 분은 무황 아니십니까?"

"맞습니다. 하지만 이젠 상황이 달라졌지요."

"……?"

"나로선 그 아이와 신검이 내 사후에도 아바르를 지켜낼 수 있다고 판단되면 당연히 이 대원정을 중지할 겁니다. 하지만 한 번 위협을 받은 신검의 주인들은 생각이 다를 겁니다. 이 기회에 아바르를 다시 그들의 손에 넣고 싶어 할지도 모르지요. 혹은… 이참에 우리 신혈족의 위협을 제거하고 싶을 수도 있을 겁니다."

"그러나 그들에겐 그럴 힘이 없습니다. 그들은 무황을 두려워하니까요."

가륵이 고개를 저으며 말했다.

"모르시는 말씀, 사람이란 본래 두려움이 강하면 오히려 반발하게 마련입니다. 지금까지 그들은 나 한 사람을 두려워했습니다. 견딜 만한 일이지요. 더군다나 난 아바르를 신혈의 땅으로 만든 이후에는 신검의 주인들과의 싸움을 피했으니까요."

"알고 있습니다. 많은 인내가 필요한 일이었다는 것을!"

"어려운 일도 아니었지요. 내 욕심만 억제하면 되는 일이니까. 어쨌든 그들이 두려워한 것은 나와 나의 검은 사자들, 그런데 이제 우리는 노쇠해져가고 있습니다. 그들도 그 사실을 알고 있지요. 그래서 그들은 나와 검은 사자들이 운명대로 죽음에 이르기를 기다리고 있었을 겁니다. 우리 사후에는 언제든 아바르를 자신들이 차지할 수 있을 거라 생각했을 겁니다. 그런데… 다시 나와 비견되는 아바르의 군주가 나타날 수도 있다고 생각하다면, 그래서 영원히 아바르를 회복하지 못하고 오히려 신혈의 아바르에게 지금처럼 위협받고 살아야 한다면… 그 반발심으로 이번 기회에 아바르 강을 넘을 수도 있겠지요."

무황 적황의 말에 가륵이 깊은 생각에 잠겼다. 그러다가 문득 입을 열었다.

"충분히 가능한 일이군요. 흠… 제가 좀 더 이곳에 머물러야겠습니다."

"그럼 당장 돌아가실 생각이셨습니까?"

"사황자의 등장으로 인해 대원정의 계획은 취소될 거라 생각했지요. 그럼 제가 더 머물 이유가 없지 않습니까? 그런데… 이젠 아바르가 아니라 신검의 주인들이 문제라니 좀 더 있을 필요가 있군요."

"문주께서 이곳에 머무신다고 해서 그들의 생각이 변할 것 같지는 않은데……."

"그들을 막기 위해서가 아닙니다. 그들의 마음을 확인하기 위해서지요. 사실 이곳으로 오기 전 현월문의 대법사들을 신검들의 주인들에게도 보냈습니다. 그들을 이곳으로 불러야겠습니다. 대법사들이 돌아오면 신검 주인들의 마음을 알 수 있을 겁니다."

"좋군요. 우리 아바르에도 큰 도움이 될 겁니다."

무황이 고개를 끄덕였다.

그런데 그때였다. 갑자기 야산 뒤쪽에서 검은 옷을 입은 사내가 급히 달려와 가륵에게 뭔가를 속삭였다. 그러자 가륵이 놀란 눈으로 자리에서 일어났다.

"무슨 일입니까?"

무황 적황이 물었다.

"본 문의 사람들이 오고 있는 모양입니다."

"그런데 왜……?"

현월문의 사람들이 오는 것이 가륵이 놀랄 일은 아니었다. 이곳에 가륵의 머물고 있으니 그를 찾아 현월문의 문도가 오는 것은 당연한 일이 아닌가.

"제가 아끼는 수행자가 있습니다. 어리지만 총명하고 성정이 좋아 큰 기대를 하고 있는 아이지요. 그런데 그 아이가 크게 다쳤다는군요. 의식이 없을 정도로……."

가륵이 걱정스러운 표정으로 말했다.

"대체 누가? 설마 아바르의 땅에서 일어난 일입니까?"

적황이 얼굴을 굳히며 물었다.

아바르의 땅에서 일어난 일이라면 심각한 문제가 될 수도 있었다. 자칫하다가는 아바르와 현월문간에 돌이킬 수 없는 불화가 생길 수도 있는 일이었다.

"그건 아닌 듯합니다. 아바르 강 상류의 서안에서 발견되었다고 하는군요."

"그곳이라도 신검 주인들의 땅인데……."

적황이 고개를 갸웃했다. 그가 생각하기에 적어도 칠왕의 땅에서 현월문의 문도에게 해를 끼칠 세력은 없었다.

현실의 권력에 관여하지 않은 현월문이지만, 그 어떤 세력보다도 무서운 힘을 지닌 곳이 또한 현월문이기 때문이었다. 그리고 칠왕은 누구보다 그 사실을 잘 알고 있었다.

"자세한 것은 문도들이 도착해 봐야 알 수 있을 것 같습니다."

가륵이 굳어진 얼굴로 대답했다.

그러자 적황이 노구를 일으켰다.

"그럼 난 그만 돌아가야겠군요."

"죄송합니다. 배웅은 못하겠습니다."

"무슨 말씀을! 아무튼 부상당한 수행자가 무사하길 바랍니다."

"고맙습니다. 혹, 무황께 전해야 할 이야기가 있으면 사람을 보내겠습니다."

"고맙습니다. 허면……."

무황이 가륵에게 가볍게 고개를 까딱여 보인 후 노구를 이끌고 한쪽으로 걸어갔다.

그러자 그를 따라 가륵을 만나러 온 호위전사 중 한 명이 재빨리 말을 가져왔다.

"가자!"

말에 오른 무황이 말하자 그를 태운 말이 나는 듯이 야산을 달려 내려가기 시작했다. 그 뒤를 따라 무황의 호위전사들이 일제히 말을 달렸다.

"아무리 노쇠했다 해도 무황은 무황이로구나. 그가 움직이는 대로 세상의 기운이 따라 움직이는 듯하니……."

아바르 강까지 이어진 초지를 달리는 무황 적황을 보며 가륵이 중얼거렸다.

그때 현월문도가 급히 말했다.

"저기 옵니다."

문도의 말에 가륵이 고개를 돌려 반대편 산비탈을 바라봤다. 그러자 검을 옷을 입은 세 사람이 누군가를 말에 태운 채 급히 말을 몰아오는 것이 보였다.

"수로를 치료할 준비를 하라."

가륵이 명을 내렸다.

그러자 그를 수행하던 현월문의 문도들이 분주하게 움직이기 시작했다.

"헉헉!"

얼마나 급하게 말을 달렸는지 야산에 오른 현월문도들의 얼굴은 땀으로 범벅이 되어 있었다. 그리고 모두가 터질 듯한 가슴을 부여잡고 가쁜 숨을 몰아쉬었다.

그들을 태우고 온 말들도 목적지에 도착한 것을 아는지 그 자리에 주저앉는 놈도 있었다.

"어서 오시오. 대법사. 그래 수로는?"

"여전히 의식이 없습니다. 벌써 십여 일이 지났는데……."

단단해 보이는 체구와 깊은 눈빛을 지닌 노인이 걱정스러운 표정으로 대답했다.

"일단 안으로 옮깁시다."

가륵의 말에 노인이 청년 법사 수로를 안아들고 천막 안으로 들어갔다.

멀리 신혈제일성이 바라보이는 야트막한 야산, 그 위에 이 땅에서 가장 신비롭고 현명한 인물이라는 현월문주 가륵이 머문 지 보름이 지나고 있었다.

그간 이 거처에 아바르의 제왕 무황 적황은 세 번 다녀갔다. 그 대단한 아바르의 제왕이 방문했을 때도 현월문 문도들은 침착하고 여유가 있었다.

그런데 그런 현월문 문도들이 어제 오늘 사이에는 무엇인가 불안한 듯 경직된 얼굴로 초조한 빛을 보이고 있었다.

"후우!"

시원이 바람이 불기 시작한 초저녁 문득 청년 법사 수로가 누워 있는 천막의 입구가 열리면서 가륵이 밖으로 나왔다.

그러자 천막 밖에서 서성이고 있던, 청년 법사 수로를 데려온 대법사로 불린 노인이 물었다.

"어떻습니까?"

"일단 위기는 넘겼소."

"아! 다행입니다."

노인이 크게 한숨을 쉬며 대답했다.

"하지만 아직 안심할 수는 없소. 여전히 의식이 없소이다."

"그나마 이 정도로라도 다행이지요. 모두 문주님의 의술 덕입니다. 하루 이틀만 늦었어도……."

노인이 생각하기도 싫다는 듯 고개를 저었다.

"그런데 대체 어찌 된 일이오."

이틀이 지났지만 현월문의 문주 가륵은 청년 법사 수로를 치료하느라 그가 어떻게 노인의 손에 이끌려 이곳까지 왔는지 자세한 이야기를 듣지 못한 상태였다.

그러자 노인의 표정이 굳어지며 말했다.

"수로를 만난 것은 석림 북쪽을 벗어난 지 삼 일 후였습니다. 우린 석림에서 곧바로 혜루안으로 갈 생각이었지요. 정령의 왕이 비록 세속의 일에 크게 관여치 않는다 해도 무황의 대원정에는 반응을 할 것 같아서 말입니다."

"음, 옳은 판단이오. 그들이라고 앉아 있을 수만은 없을 것이오."

"그렇습니다. 그래서 석림과 혜루안 사이의 협곡들을 지나 북쪽으로 올라가다 작은 마을에 들렀는데 그곳에서 야수족의 기운을 느꼈습니다."

"야수족이라. 그들이 어떻게 석림과 혜루안 인근까지 올 수 있단 말이오?"

"그러게 말입니다. 저도 그게 궁금했지요. 그래서 혜루안으로 가는 것을 잠시 미루고 그들을 추격하기 시작했습니다. 그런데 보통 자들이 아니더군요. 무서울 정도로 빠르고 혼령처럼 은밀한 움직임을 가지고 있었습니다. 그들은 단 사흘 만에 아바르강 상류 서쪽까지 도달했는데, 그곳에서 수로와 격돌했습니다."

"그럼 놈들이 수로를 추격해 왔단 말이오?"

"아마도 그런 듯합니다. 제가 도착했을 때 수로는 법력을 모두 동원해 자신을 추격한 야수족들을 전멸시키려 하고 있었지요. 아마 그랬다면 그나마 목숨이 붙어 있지 못했을 겁니다. 다행인지 불행인지 그 마지막 순간 제가 수로를 도울 수 있었고, 야수족 추격자들을 모두 죽였습니다. 그사이 수로가 저리 된 것이지요."

"음… 대체 왜 야수족들이 수로를 추격한 것이오?"

"아쉽게도 수로에게 그 이유를 듣지 못했습니다. 뭔가 말하려고 했던 것은 같은데 미처 말을 하기 전에 혼절했으니까요. 하지만 무척 중요한 사실을 알아낸 것은 분명해 보였습니다."

"대체 저 녀석은 어딜 갔었던 것일까?"

가륵이 천막 안을 보며 중얼거렸다. 그러자 갑자기 숙영지 주변을 지키고 서 있던 젊은 법사 한 명이 조심스럽게 입을 열었다.

"저기……."

"청월, 수로에게 달리 들은 말이 있었느냐?"

"지난번 사원을 떠날 때 검은 산에 올라 흑해를 보려 한다

했습니다."

"뭐? 검은 산?"

가륵과 대화를 나누던 대법사가 놀란 표정으로 되물었다.

"예."

청월이라 불린 젊은 법사가 마치 자신이 죄를 지은 듯 주눅든 표정으로 대답했다.

"허! 그토록 말렸거늘……."

노인이 혀를 찼다.

"검은 산에 갔던 녀석이 죽음에 이를 정도의 부상을 입고 추격을 받았다는 것은 곧 보지 말아야 할 것을 보았던지, 듣지 말아야 할 것을 들었던지. 아니면… 갖지 말아야 할 물건을 가졌다는 의미인데. 혹, 수로에게 특별한 물건은 없었소?"

가륵이 노인에게 물었다.

"없었습니다. 그렇지 않아도 그런 생각이 들어서 수로는 물론 죽은 자들의 품속을 모두 뒤져보았지만 특별한 것은……."

"야수족이라고 했는데 어느 종족인지는 알 수 있었소?"

"추격한 자들 중 대부분은 우그족이었습니다만, 다른 종족도 섞여 있는 것 같았습니다. 하지만 어느 종족인지 모호한 자들이더군요."

"우그족이라… 그자들이 준동한다는 것은 야수족들 사이에 뭔가 변화가 있다는 뜻인데……."

가륵의 낯을 찌푸리며 말했다.

"아무래도 그렇지요. 그자들이 추격에 나섰다는 것은 보통 일이 아닙니다."

"후우… 일단 수로를 깨우는 일이 급선무구려."

"그렇지요. 녀석이 아니면 무슨 일이 있었는지 들을 수 없으니……."

"아무래도 무황의 도움을 받아야겠소."

"무황에게요?"

노인이 놀란 표정으로 물었다.

"나도 당장 수로를 깨울 수는 없소. 그렇다고 의식을 잃은 아이를 천막에 놓아둘 수도 없는 일 아니겠소? 사원으로 돌아가기에는 길이 너무 멀고."

"그렇긴 하군요. 하지만……."

"걱정 마시오. 무황도 월문에 대해선 잘 알고 있으니 은밀하게 쉴 공간을 내어줄 것이오."

"그렇다면 다행이지요. 그런데… 오면서 들었습니다만 무황의 사황자가 나타났다고 하더군요. 허면 정말 교벽이 열리고 명계의 인물이 온 것입니까?"

"그렇소. 무황이 전대의 검은 사자 단우하를 보낸 모양이오."

"음… 단우하는 예전부터 교벽과 밀교의 문 그리고 칠왕의 땅이 성립된 근원에 대해 호기심이 많았던 자지요. 교벽의 이치도 어느 정도 깨우친 듯하더니……."

노인이 고개를 끄떡였다.

"사황자가 나타나면 이곳은 물론 칠왕의 땅 전체의 정세가 변하게 될 것이오. 그러니 일단 신혈제일성에 머무는 것도 나

뻔 일은 아닐 것이오."

"그렇긴 하지요. 그런데 그가 불의 검을 가지고 있다던
데……."

"불의 검뿐 아니오. 전왕의 검도 가지고 있소."

"전왕의 검까지요?"

"무황의 말로는 그를 위해 명계에 남겨두고 왔다고 하더구
려. 그런데 그의 뒤를 따르던 을 대법사가 보내온 소식에 의하
면 더 놀라운 일이 있소."

"대체 불의 검과 전왕의 검을 가지고 있는 것 말고 더 놀랄
일이 뭐가 있습니까?"

노인이 믿을 수 없다는 듯 되물었다.

"그가… 현 월문 법황과 의형제라 하오."

"예? 그게 무슨……."

노인이 황당한 표정으로 되물었다.

"그러게 말이오. 현 월문 법황이 어리다는 것은 알고 있지만,
어떻게 사황자와 의형제가 될 수 있었는지 모르겠소. 아무튼
우리 생각보다 특별한 사람인 것 같소."

가륵이 신중한 표정으로 말했다.

"무황은 그를 후계자로 생각하고 있던가요?"

"그런 듯하오."

"후우… 그럼 신검 주인들과의 싸움보다 형제간의 싸움이
더 치열하겠군요."

노인이 고개를 저으며 말했다.

"그래도 그게 낫지 않겠소? 칠왕의 격전으로 이 땅이 피의 전쟁터로 변하는 것보다는……."

"하긴 그렇군요."

노인이 무겁게 고개를 끄떡였다.

*   *   *

기이하면서 뭔가 불편한 여행이었다.

아바르 강변을 따라 이어진 길을 걸어 만난 첫 마을에서 비루한 말 몇 필을 구해 걷는 것을 면한 것만으로 일행은 충분히 즐거운 여행이라고 생각했다.

그런데 여행의 규모와 모양새가 신혈제일성에 가까워질수록 당황할 정도로 화려해졌다.

시작은 일행이 들른 첫 번째 아바르의 성 굽차에서 부터였다.

굽차의 성주 호밀은 적풍 일행을 명계의 거리로 십 리, 이 땅의 거리로 사 마르 정도 앞까지 나와 마중했다.

무황의 사황자가 신혈제일성으로 향하고 있음을 모르는 사람이 없을 것이므로 굽차의 성주 호밀의 마중이 특별하다고는 할 수 없었다. 그러나 그가 적풍을 맞는 태도와 그 준비는 특별했다.

그는 마치 새로운 아바르의 왕을 맞이하는 것처럼 공손했고, 담백하다고 알려진 아바르의 성향에 비하면 지나칠 정도로 화려한 음식과 새로운 의복들, 그리고 일행이 첫 번째 들른 마을에서 구한 말들을 보잘 것 없는 것으로 만들어버리는 튼튼한 전마를 제공했다.

일행이 하루 묵은 숙소 역시 마찬가지였다.

손님을 위해서가 아니라 성주를 위해 만들었음직한 고풍스러운 숙소를 적풍에게 내어준 성주 호밀은 다음 날 적풍이 굽차를 떠날 때는 마중했던 거리보다 두 배는 더 먼 거리까지 배웅했다.

호밀은 한 대의 튼튼하고 화려한 마차까지 준비했는데, 적풍 일행에 설루와 적사몽이 있음을 고려해 준비한 것이었다.

불편할 정도의 환대와 환송을 받으며 다시 길을 떠난 적풍 일행은 굽차 성주 호밀의 환송에 대해 다양한 의견들을 제시했다.

소두괴는 굽차 성주 호밀이 무척 교활한 사람이라고 했다.

"그자가 성주님에 대해 모든 것을 확인한 거지요. 그리고 향후 무황님의 후계자로 성주님의 지목될 가능성이 크다고 판단하고 미리 성주께 환심을 사려했던 겁니다."

소두괴가 판단한 굽차 성주 호밀의 환대에 대한 해석이었다.

하지만 감문은 다른 의견을 내놓았다.

"보아하니 그는 단 노사와 친분이 깊은 듯 보였네. 하긴 그의 신분을 생각하면 이상한 일도 아니지. 그는 단 노사와 함께 검은 사자로 활동한 사람이네. 그러니 사실 그의 환대는 성주님 때문이기도 하지만 단 노사의 체면을 생각한 것이 아니겠나?"

일행들 대부분은 이 두 사람의 의견으로 패가 갈렸다. 이 두 가지 의견 말고는 다른 이유가 없을 듯 보였다.

그러나 단우하의 생각은 전혀 엉뚱했다.

"굽차의 성주가 소공자님을 환대한 것의 배경에는 다른 사람이 있었던 것 같네. 지난밤 알아보니 이미 어제 아침 일찍 백융 등 아바르 강변에서 만났던 자들이 굽차 성에 들어갔다고 하더군. 굽차 성주는 그들로부터 사황자에 대한 이야기를 듣고 환영 준비를 했을 걸세. 그러니 이 환대는 정확하게 굽차성주가 아니라 백융 등이 사죄의 뜻으로 만든 상황이라고 해야겠지."

단우하의 말에 몇몇 사람들이 반대 의견을 제기하기도 했다. 하지만 단우하의 생각은 확고했다.

"두고 보게. 앞으로 거쳐 가야 할 석불성과 청호성에서도 분명 이런 환대가 있을 걸세. 그리고 청호성에선 어쩌면 백융 등을 다시 만나게 될 수도 있네. 물론 그때는 전혀 다른 태도로 소공자님을 대할 테지만……."

사람들은 단우하의 말을 반신반의하면서도 앞으로 벌어질 일에 대한 호기심을 안고 두 번째 성 석불성으로 진입했다.

석불성의 성주 구소담 역시 적풍을 십 리 밖까지 나와 마중했다. 그리고 굽차성에서와 마찬가지로 융숭하게 적풍을 환대했다.

그런데 다른 점도 있었다. 굽차성에서의 환대가 화려했다면 석불성에서의 환대는 화려함보다는 진중하고 고풍스러웠다. ·

그 소담한 환대가 마음에 들었을까. 적풍은 석불성에서 이틀을 묵었다. 그런데 사실 적풍이 석불성에서 하루를 더 묵어가기로 한 것은 성주의 환대 때문이 아니라 설루 때문이기도 했다.

설루는 석불성을 무척 마음에 들어 했다.

석불성은 절벽 기대어 만들어진 석성이다. 앞쪽으로는 멀리 아바르 강이 보이고, 그곳까지는 초원으로 이어져 있어서 기습이 거의 불가능한 지형이었다.

그래서 아바르에 있는 수십 개의 성 중에서도 석불성은 난공불락의 요충지로 꼽히는 곳이다.

그런데 전략적 요충지로서의 명성 말고도 석불성이 유명한 이유가 또 있었다.

석불성의 성주 구소담은 무황 적황을 따라 교벽을 통해 명계에 갔을 때 명계 불도에 깊이 매료된 인물이었다.

그래서 현계로 돌아온 이후에도 줄곧 불법에 대한 경외심을 가지고 있었다.

그는 명계에서 읽은 불경에 더해 오래전부터 미미하지만 현계에서도 이어지는 불맥을 찾아 불도를 배우고 익히는 것을 멈추지 않았다.

그러다가 급기가 그 스스로 석불성 뒤쪽 절벽에 거대한 석불을 새기기 시작했다.

그 누구의 도움도 받지 않고 그 스스로가 만든 석불은 성의 이름조차 석불성으로 바꿀 정도로 유명해졌고, 구소담은 자신이 만든 석불 아래 작지만 운치 있는 작은 절까지 지었다.

그리고 그 절이 설루의 마음을 사로잡았다.

강호에 있을 때에도 설루는 종종 이름난 명찰이나 혹은 세상에 알려지지 않은 신비로운 불교 사원들을 즐겨 찾았다.

그런 그녀에게 명계에서 처음 만난 사원이 마음을 끌지 않을 수 없었다. 그리고 그 사실을 모를 리 없는 적풍이 설루에게 구소담이 만든 사원에서 하루 머물 시간을 주기로 했던 것이다.

호르릉 호르릉!

마치 절간에 매달아 놓은 풍경 소리 같은 울음을 울며 이름 모를 새가 높이를 알 수 없는 절벽을 타고 날아올랐다.

그 새가 날아오르는 곳에 보통의 불상과 비교해만 조금 마른 몸을 가지고 묵묵히 석불성을 내려다보고 있는 듯한 석불이 거대하게 새겨져 있었다.

"특별한 사람인 것 같아."

문득 절벽의 석불을 보고 있던 설루가 말했다.

"누구?"

"성주 말이야."

"석불성의 성주?"

"응……."

"어떻게?"

"그 거친 검은 사자의 삶을 살면서 어떻게 이렇게 신실한 불교도가 되었을까?"

"숨 쉴 공간이 필요했겠지."

"응?"

"선천적으로 싸움을 꺼려하는 인물 같았어. 신혈에 어울리지 않게. 그런 사람이 피의 전쟁을 치러냈으니 얼마나 마음이 불편했겠어. 그래서 그 자신의 마음을 쉬게 해주고 위로해줄 공간이 필요했던 것 아니겠어?"

"그래. 그랬겠구나."

설루가 동정심이 깃든 목소리로 대답했다.

"단 노사의 말에 따르면 그는 이 땅에서 벌어진 전쟁에서 가장 치열하게 싸운 검은 사자였다고 하더라고."

"일부러 그랬겠네. 괴로운 마음을 이겨내려고."

"음… 이 석불성은 당시에도 가장 공략하기 어려운 성이었는데 그가 가장 먼저 성 안으로 들어가 성문을 열었다고 하더군. 이 절벽을 타고 내려와서……."

적풍이 고개를 들어 끝없이 이어진 북쪽 절벽 위를 보며 말했다.

"이 절벽을?"

"음, 죽음을 각오하지 않으면 어려운 일이지. 그래서 무황도 그 공을 인정해 이 성의 성주로 그를 지목한 것이고."

"무황께서도 신뢰하는 사람인가 봐."

"그럴 만하더군. 욕심이 없어 보여. 신혈의 아바르를 지키는 일에만 관심이 있고 개인적인 야망은 없어보였어."

"좋게 봤구나."

"만나기 힘든 사람이지. 단 노사조차도 개인적인 이기심이 조금은 있는 것 같으니까."

"나도 그래. 무척 편안하게 느껴지더라고. 불법을 수련해서 그런 걸까?"

"그럴지도 모르고……."

적풍이 고개를 끄떡이면서 다시 고개를 들어 절벽에 새겨진 거대한 불상을 바라봤다.

그런데 그때 등 뒤쪽에서 누군가의 발자국 소리가 들리더니 나직하지만 균형 잡힌 목소리가 들렸다.

"사황자님!"

자신을 부르는 소리에 적풍이 고개를 돌리니 부드러운 미소를 지닌 노인이 검은 옷을 입고 그를 바라보고 있었다.

"성주께서 어쩐 일로?"

이 노인이야말로 적풍과 설루 모두 마음에 든 석불성의 성주 구소담이다.

"식사 준비가 다 되었습니다."

"그런 일로 직접 오실 필요가……?"

아무리 적풍을 환대한다 해도 성주가 직접 두 사람에게 식사 준비가 끝났음을 알리러 온 것은 지나친 면이 있었다.

"괜찮으시면 제가 함께 동석을 해도 괜찮겠습니까?"

그제야 적풍은 석불성주가 직접 온 이유를 알아챘다.

"물론 괜찮소이다."

"감사합니다.. 식사는 사원 안에 차렸습니다. 가시지요."

석불성의 성주 구소담이 부드러운 미소를 지으며 두 사람에게 길을 안내했다.

산사에서 공양을 해 본 일이 없는 적풍에겐 구소담이 준비한 산사의 점심은 그리 특별할 것이 없었다. 아니 어떤 면에선 조금 빈약하다는 생각이 들 정도였다.

그러나 여러 절을 다녀본 설루의 눈에는 달랐다.

그녀는 정갈하게 차려진 산사의 점심이 무척 마음에 드는 모습이었다. 더군다나 성주 구소담과는 불법을 두고 대화도 잘 통했으므로 무척 즐거운 모습이었다.

적풍은 두 사람의 대화에 끼어들지 않고 조용히 식사에 열중했다. 생각해보면 이런 평온함은 참으로 오랜만에 느껴보는 것이어서 입으로 들어가는 음식보다도 살갗에 느껴지는 부드러운 평온함이 그를 만족스럽게 만들고 있었다.

그렇게 식사가 끝나자 설루는 사원 안쪽의 불전을 돌아보겠다며 적사몽과 몽금을 데리고 산방을 나섰다.

그런데 설루가 산방을 나서자마자 석불성의 성주 구소담이 조심스럽게 적풍을 불렀다.

"황자님!"

"할 말이라도 있소이까?"

적풍이 묻자 구소담이 조금 주저하는 듯하다 입을 열었다.

"처음 뵌 분에게 염치없지만 제가 몇 가지 부탁을 드려도 되겠습니까?"

"…말씀해 보시오."

사욕에 의한 부탁을 할 사람이 아니라는 것을 알기에 적풍이 담담하게 대답했다.

"음… 가장 어려운 부탁을 가장 먼저 드리는 게 좋겠지요?"

"들어봅시다."

"그들을 용서해 주십시오."

"……?"

"그들의 이야기를 전해 들었습니다. 황자님을 보호하고 마중하라는 무황님의 명을 어기고 감히 황자님과 검을 맞댔다는……."

"십대호위에 속해 있다는 그자들 말이구려."

"그렇습니다. 사실 그들이 한 행동은 결코 용서될 수 있는 일이 아닙니다. 하지만 그들도 잘못을 뉘우치고 황자님의 여정을 앞서 나가며 각 성에 황자님을 맞을 준비를 미리 챙기고 있으니 그들의 실수를 너그럽게 용서해 주심이 어떠실지……?"

구소담의 말투는 무척 조심스러웠지만 그 의사는 분명하게 전달됐다. 마음을 잘 수련한 자만이 보일 수 있는 태도다.

하지만 구소담이 어렵게 꺼낸 말을 적풍은 대수롭지 않게 받았다. 그리고 그 대답 역시 구소담이 생각했던 것과는 조금 달랐다.

"그 일에 대해서라면 난 할 말이 없소."

"쉽게 용서할 수 있는 일이 아님은 알고 있습니다."

"그런 말이 아니오. 난 그들을 용서하고 말고 할 이유가 없다는 것이오. 만약 그들이 용서를 구하고 싶다면 내가 아니라 단 노사를 찾아가야 할 것이오."

"단 노형님을요?"

구소담이 되물었다.

그는 단우하와 함께 명계와 현계를 관통하며 무황을 도왔기에 단우하를 형님이라고 부를 수 있는 몇 안 되는 사람이었다.

"그렇소. 그들이 단 노사에게 보인 행동은 결코 용서받기 쉽지 않은 일이었소. 그들의 현재가 검은 사자들의 희생으로 이뤄졌음을 잊고 있는 듯했었소. 그리고 무황의 심복이라는 자만심이 아바르를 세운 검은 사자들에 대한 무시로까지 이어지고 있었소. 그러니 그들을 용서하고 말고는 내가 아니라 단 노사가 결정할 일이오."

적풍의 말에 구소담이 심각한 표정을 지으며 대답했다.

"간단한 실수가 아니었군요?"

"단 노사에게 듣지 못했소?"

"자세한 이야기는… 전 그저 백웅 등이 와서 하는 말을 들었을 뿐입니다. 그들이 사황자께 큰 실수를 했다고……."

"그렇게 말했다면 그들은 아직도 자신들이 뭘 잘못한 것인지 모른다는 뜻이오. 단지 내가 무황의 아들이라서 나와의 관계만 생각한다는 것인데… 사실 좀 실망했소. 어떻게 그런 자들이 무황의 십대호위에 들 수 있는 것인지. 난 신혈족이 수많은 고난을 통해 아바르에 신혈의 왕국을 세웠다고 들었기에 적어도 무황의 곁을 지키는 자들이라면 과거 고난의 역사에 대한 경외심을 가지고 있어야 한다고 생각했소. 그런데 그들은 이미 그 시절의 고난을 잊은 듯하더구려."

"후우… 그렇지요. 그런 면이 분명 있습니다. 그래서 우리 검은 사자들도 늘 그 걱정을 하고 있었습니다. 무황님의 그늘이 워낙 커서 신검의 주인들이 감히 신혈의 아바르에 도전하지 못하는 것인데 요즘 젊은 전사들은 그것을 그들 자신의 힘 때문이라고 생각하는 경향이 있지요."

"그건 그들이 나약하단 의미와 같소."

"맞습니다."

"그리고 그 잘못은 선대의 것이오."

적풍이 냉정하게 추궁했다.

"그도 맞습니다. 모두 우리가 잘못 가르친 결과지요. 하지만 이 땅에서 후대의 전사들을 제대로 가르치는 것이 그리 쉬운 일은 아닙니다. 그 정복전을 치러낸 검은 사자들 중에서도 초심을 잃은 자들이 여럿 나왔으니 말입니다. 인간이란… 인간의 마음이란 그렇게 약한 것인가 봅니다."

구소담이 우울한 표정으로 말했다.

그러자 적풍이 더 이상 이 문제를 거론하기 싫다는 표정으로 입을 열었다.

"아무튼 그들에 대한 처분은 결국 단 노사와 무황 그 양반이 결정하실 것이오. 난 그들의 일에 관여치 않을 것이오. 나로선 내가 신혈족이기는 하지만 아바르의 사람이라고는 생각지 않으니까. 하지만 아바르를 위해서라면 그자들에게 벌을 내리는 게 맞을 것 같소. 다른 젊은 전사들에게도 교훈이 필요한 듯하니……"

"무슨 뜻인지 알겠습니다."

구소담이 담담하게 적풍의 말을 받아들였다.

"그 일 말고 다른 부탁은 무엇이오?"

적풍이 자세를 고쳐 앉으며 물었다.

"이 또한 쉽지 않은 부탁입니다만, 제게 손자 놈이 한 명 있습니다. 녀석을 황자님 곁에 두고 싶습니다……"

너무 뜻밖의 말에 적풍이 놀란 표정으로 구소담을 바라봤다.

그러자 구소담이 산방의 문을 열고 멀리 서 있는 한 청년에게 손짓을 했다. 청년이 재빨리 걸어와 문 앞에서 적풍에게 머리를 조아리며 인사를 했다.

"황자님을 뵙습니다. 구룡이라고 합니다!"

제8장
신혈제일성

'언제 봤다고 이런 부탁을……'

적풍의 머릿속에 가장 먼저 떠오른 생각이었다.

석불성의 성주 구소담과 적풍의 만남은 이번이 처음이다. 사실대로 말하자면 아바르 강을 건너기 전에는 이런 사람이 있는지 조차 몰랐다. 그건 구소담 역시 마찬가지일 것이다.

그런 그가 이번에 처음 만난 적풍에게 손자를 맡기려 한다는 것이 쉽게 납득되지 않았다.

더군다나 조금만 생각이 있는 사람이라면 아바르에서 적풍의 운명이 순탄치 않을 것임을 짐작할 수 있었다. 그럼에도 불구다고 구소담이 적풍에게 자신의 손자를 맡기려하는 이유를 알 수 없었다.

그러나 어쨌든 이상하게 구소담의 손자 구룡에게 눈길이 가는 적풍이다.

'특별하군.'

적풍은 한눈에 구룡이 특별한 체질을 타고 났음을 느꼈다. 본능적으로 전해지는 구소담의 기세가 신혈의 피를 타고 난 자들 중에서도 또 특별한 기운을 지닌 청년이란 것을 말해주고 있었다.

그러다가 적풍이 살짝 고개를 갸웃했다.

'병약해?'

이상한 일이었다. 처음 구룡을 보았을 때는 그 누구보다 강력한 신혈의 기운을 느꼈는데, 자세히 보면 그 기운 뒤에 숨어 있는 허약함이 보였다.

강한 기운은 잠시뿐, 마치 끊어진 실처럼 그 기운이 이어지지 않았다. 그렇다면 그의 몸에 문제가 있는 것이 분명했다. 그것이 후천적인 것이든 선천적인 것이든.

"이유를 들읍시다."

적풍이 구룡에게서 시선을 거두고 구소담에게 물었다. 분명 특별한 이유가 있을 것이고, 구룡의 기운을 읽고 나니 그 이유가 궁금해 진 것이다. 그건 곧 적풍에게 구룡에 대한 호기심이 생겼다는 의미였다.

구소담은 침착하고 깊은 시선으로 적풍의 마음이 움직이는 것을 지켜보고 있다가 적풍의 물음에 담담하게 대답했다.

"어찌 보셨습니까?"

대답이 아니라 질문이다.

"알 수 없소."

적풍이 대답했다.

"그렇지요? 그렇습니다. 누구보다 강한 기운을 타고 태어났는데, 그 기운을 제대로 쓸 수 없지요. 단 몇 합만 검을 휘두르거나 달려도 금세 지칩니다. 이 땅의 그 누구도 저 아이의 기이한 체질을 고치지 못했지요."

구소담이 그늘진 얼굴로 말했다.

"그래서 내게 바라는 것이 뭐요?"

적풍이 물었다.

"정확히는 사황자님이 아니라 부인께 바라는 것이 있다고 해야겠지요."

"설루?"

"그렇습니다. 부인께서 명계에 계실 때 천의비문의 의술을 전수받았다고 들었습니다만……."

이제 모든 것이 이해된다. 구소담은 자신의 손자를 설루에게 치료받게 하고 싶은 것이다.

하긴 천의비문의 의술이면 어쩌면 구룡을 치료할 수 있을지도 모른다. 그러나 이런 부탁이 그리 유쾌한 것이 아니었다.

"이 땅에는 신비로운 힘을 지닌 자들이 있다고 하던데… 그들을 찾아가보지 않으셨소?"

"물론 정령의 숲, 헤르안으로 정령의 술사들을 찾아가면 어찌 고칠 수 있을지도 모르지요. 하지만 그들은… 결국 신검의

후예들입니다. 장차 적이 될지도 모르는 아바르의 전사에게 호
의를 베풀 자들은 아니지요."

"현월문은 어떻소?"

"글쎄요. 그들의 폐쇄성은 정령 일족보다 더한 면이 있지요.
만나기도 힘들고……."

"그래서 처음 본 설루에게 맡기겠다? 날 믿을 수 있소?"

"외람되지만 전 오랫동안 두 세계를 여행하면서 많은 사람을
만났고, 그 와중에 불도에 심취했지요. 그래서 얼마간 사람의
심성을 읽는 눈은 가지고 있다고 생각합니다. 사황자님과 부인
을 믿습니다."

구소담이 담담하게. 그렇다고 아부라거나 혹은 가식이라고
느낄 수 없는 말투로 대답했다.

그러자 적풍이 잠시 생각에 잠겼다가 문득 고개를 들어 구
소담을 보며 말했다.

"그렇다한들 누구도 위험한 운명에 처한 사람에게 혈육을 맡
기지는 않소. 그것도 처음 본 사람에게… 그건 곧 누군가 성주
에게 우리에 대한 확신을 심어주었다는 것인데… 역시 단 노사
요?"

적풍의 물음에 구소담이 빙그레 미소를 지었다.

"역시 현명하시군요. 단 노형께서 이렇게 말씀하셨지요. 사
황자께서는 거칠고 단호하며 광풍처럼 움직이시는 분이라고.
하지만 광풍 안쪽에 존재하는 고요한 태풍의 눈처럼 어떤 상황
에서도 흔들리지 않는 심기를 가지고 계시다고도 했습니다. 더

군다나 설 부인께서 사황자님의 거친 기운을 부드럽게 보호해 준다고도 하셨습니다. 그런 단 노형님의 그 충고가 제가 이런 부탁을 드리는 데 큰 영향을 미쳤습니다. 그러나 결국 이 결정은 제가 한 것이고, 단 노형님의 충고보단 제 눈을 믿고 드리는 부탁입니다."

"죽음의 위협이 늘 함께 한다는 걸 아시오?"

"물론입니다. 하지만 어쨌거나 저 아이를 이대로 둔다면 몇 년을 살지 못할 겁니다. 솔직히 말씀드리지만 저 아이의 상태가 점점 나빠지고 있는 중입니다. 힘은 폭발할 듯 커져 가는데 그 힘이 반대로 저 아이를 허약하게 만들고 있지요."

구소담이 걱정스러운 표정으로 구룡을 보며 말했다. 그러자 적풍이 다시 한 번 구룡을 바라보다가 말했다.

"쉽게 결정할 일이 아니오. 알겠지만 일단 신혈제일성에 가면 난 내 사람들과 나 자신의 목숨을 지키는 것에 집중해야 할 것이오. 그 상황에 성주의 손자까지 살려낼 능력이 있을지 모르겠소."

"병마가 아닌 이상 타인의 손에 저 아이의 목숨이 끊어질 일은 없을 겁니다. 그런 면에서 저 아이가 사황님과 함께 있으면 사황자님께도 도움이 될 겁니다."

"저 친구의 그 놀라운 신력의 힘을 두고 말하는 것이오?"

적풍이 물었다.

"아닙니다. 제 존재를 두고 하는 말입니다. 누구든 저 아이에게 위해를 가한다면 저와 적이 돼야 하지요. 전 불법을 추종하는 사람이지만 일단 누군가와 싸워야 한다면……."

단우하에게 들은 말이다. 석불성의 성주 구소담이 검은 사자로 활동하던 시절의 그 강렬한 전의에 관해서는. 누구라도 그런 구소담과 적이 되는 것은 확실히 두려운 일일 것이다.

"그런 도움이 필요 없다면 어쩌겠소?"

"물론 황자님에게 제 존재가 큰 도움이 되리라고는 생각지 않습니다. 하지만 없는 것보다는 낫지 않겠습니까? 세력이라는 것은 생각보다 유용할 때가 많습니다."

"그 말은 그대의 석불성이 날 지지한단 뜻이오?"

"그렇습니다."

구소담이 망설이지 않고 대답했다.

"그렇다면 조금 실망이오. 단지 혈육의 병을 치료하기 위해 석불성과 아바르의 운명을 결정한다는 것은……."

"아. 오해하셨군요. 석불성이 사황자님을 지지하는 것은 저 아이의 일과는 상관없습니다. 설혹 룡을 데려가지 않으신다 해도 전 사황자님을 지지할 겁니다."

"이유를 물어도 되겠소?"

적풍이 진지한 표정으로 물었다. 그러자 구소담이 역시 망설이지 않고 대답했다

"앞서 말씀드렸듯이 신혈의 아바르가 선 이후, 아바르는 명성은 높아졌지만 내부의 힘은 크게 약해졌습니다. 전사들의 숫자는 꾸준히 늘고 물자는 풍부해졌으며, 곳곳에 성이 세워졌지요. 그럼에도 불구하고 아바르가 약해진 것은 단 하나, 평온

이 전사들의 정신을 나약하게 만들었기 때문입니다. 군림의 맛에 취해 야성을 잃었지요. 그런데 사황자님은 그 야성, 신혈족의 생존을 위해 우리 검은 사자들이 두 세계를 오가며 처절하게 싸웠던 그 야성을 가지고 계십니다. 아마… 불행한 일이지만 조만간 아바르는 사황자님의 그 야성이 꼭 필요하게 될 겁니다."

"왜 그렇게 생각하시오?"

"아바르의 나약함은 결국 누구에게든 드러나게 되어 있습니다. 누구라도 아바르의 성 하나만 공격하면 금세 신혈의 아바르가 생각보다 강하지 않다는 것을 알게 될 겁니다. 그렇게 되면 사방에서 적이 몰려올 것이고 나약해진 신혈의 전사들은 그 공격 앞에서 당황하게 될 겁니다. 칠왕은 이미 그 사실을 파악하고 있을 지도 모르지요."

"너무 비관적이시구려."

적풍이 심드렁하게 대답했다.

"글쎄요. 나이가 들면 모든 일이 걱정스럽지요. 아무튼 신혈의 아바르가 공격을 받게 되면 신혈의 전사들이 야성을 회복할 때까지 아바르를 지켜낼 누군가가 필요하지요. 전, 사황자께서 그 일을 하실 수 있다고 생각합니다."

"신혈의 젊을 전사들 피에 흐르는 야성을 회복할 때까지 아바르를 지켜달라는 말이오?"

"그렇습니다. 그리고 그들의 지도자가 되어주시면 더 좋겠지요. 하지만……"

"내가 이 땅의 지도자가 되는 데 문제가 있소?"

적풍이 구소담의 태도가 흥미롭다는 듯 물었다.

자신에게 신혈의 아바르를 지켜달라면서도 이 땅의 제왕이 되는 것에는 모호한 태도를 취하고 있기 때문이었다.

"그 문제는 아마도 사황자님 자신이 더 잘 알고 계실 겁니다."

"무슨 뜻인지 모르겠구려."

적풍은 정말 구소담이 말한 의미를 알 수 없었다. 그러자 구소담이 적풍의 눈을 보며 말했다.

"사람의 눈에는 많은 것이 나타나지요. 사황자님도 마찬가집니다. 그런데 제가 본 사황자님의 눈에는 제왕의 자리에 대한 야심이 보이지 않는군요. 그런 자리는 오히려 번거로워하실 것 같은데……"

순간 적풍의 이 노련한 성주가 정말 불도를 제대로 수련한 모양이라고 생각했다.

사실 그에게 아바르의 제왕이라는 자리는 생각보다 불편한 느낌이었다. 그리고 이 땅에서 제왕 소리를 듣고 살 생각도 없었다. 언젠가는, 혹은 그리 멀지 않은 시간 안에 다시 명계로 돌아가 십자성주로 살아가는 것이 그의 계획이기도 했다.

하지만 그렇다고 해도 적풍이 순순히 구소담의 말에 동의해 주지는 않았다.

"난 싸움을 즐기오. 그리고 십자성이라는 명계 무림의 독보적인 세력을 이끌고 있소. 이런 내게 군림의 야망이 없다고 보시오?"

"그렇습니다. 싸움을 즐긴다고 제왕이 되고 싶은 욕망이 있다고 볼 수는 없지요. 신혈의 투기는 순수한 것이어서 싸움 그 자체에 대한 열망이니까요. 그리고 명계의 십자성은… 무림에 군림하는 것이 아니라 신혈족의 생존을 위해 최후의 보루 같은 것 아닙니까?"

구소담은 확신에 찬 목소리로 물었다.

이렇게까지 말하는 상대를 앞에 두고 적풍도 더 이상은 속마음을 숨길 수 없었다.

"정말 사람을 잘 보시는구려."

"그저 늙은이의 눈썰미라고 생각해주십시오."

"아무튼 말이오. 그럼 내가 내 땅이 될 것도 아닌 아바르를 위해 싸워줄 거라 생각하시오?"

"그건… 모르겠습니다. 하지만 그러길 부탁드립니다. 신혈의 아바르를 만든 늙은 전사로서 드리는 부탁입니다. 그렇게 해주신다면 저와 석불성의 모든 전사들은 사황자님을 지지할 겁니다."

"날 지지한들 아바르의 왕이 될 것도 아닌데 무슨 소용이겠소?"

"사실 어떤 시대든 왕이라는 것은 단지 이름일 뿐이지요."

"그 말은 나에게 뒤에 숨어 아바르를 지배하는 실질적인 숨은 권력자가 되란 말이오?"

"그것보다는 좋은 말이 있지요. 권력의 야망 밖에서 아바르를 지키는 영웅이 되시는 것이라고 말입니다."

"말씀도 잘하는구려. 역시 불경을 많이 읽어서 그렇소?"

"불경은 마음을 다스리는 물건이지 혀를 단련시키지는 않습니다."

구소담이 빙그레 미소를 지었다.

그러자 적풍이 잠시 생각에 잠겼다가 입을 열었다.

"저 친구의 문제는 내가 결정할 수 없소."

"물론 그러시겠지요. 역시 부인께서 결정을 하실 일이지요. 그럼 반대는 하지 않으시겠습니까?"

"솔직히 말하면 나도 호기심이 생겼소. 저 친구에 대해."

"감사합니다!"

구소담이 과하지 않게 고개를 숙여 보였다.

"그 인사는 루가 승낙을 하고 저 아이의 몸이 회복된 이후에 하시오."

두 사람의 이야기가 그렇게 마무리 되어 갈 즈음 사원 안쪽에 있는 불전을 둘러본 설루가 적풍과 성주 구소담이 있는 산방으로 걸어왔다.

언제나처럼 그녀의 옆에는 적사몽이 있었고, 그녀의 뒤에는 몽금이 호위하듯 따르고 있었다.

설루는 산방 앞에서 잠시 걸음을 멈춘 후 문 앞에 서 있는 청년 구룡을 잠시 바라봤다. 구룡이 가볍게 인사를 하는 것도 설루는 그저 눈빛으로 받았다.

"구경은 잘 했어?"

적풍이 구룡에게 눈길을 주고 있는 설루에게 물었다. 그러자 설루가 그제야 시선을 돌려 적풍을 보며 대답했다.

"사원이 아주 좋아요. 마치 무림에 있는 어느 사찰에 온 것 같아요."

대답은 적풍에게 했지만 이런 사원을 만들어 놓은 구소담에 대한 칭찬이다.

"즐겁게 구경하셨다면 다행입니다. 아직은 부족한 게 많을 사찰이지요."

구소담이 대답했다.

"잠시 올라와."

"돌아가지 않고요?"

적풍의 말에 설루가 의아한 표정으로 되물었다.

"성주께서 할 말이 있으시다는군."

적풍의 말에 설루가 구소담을 한 번 보고는 산방으로 들어와 적풍의 곁에 앉았다. 그러고는 구소담에게 물었다.

"그래 하실 말씀이 무엇인가요?"

설루의 부드러운 말투에 구소담은 자신도 모르게 입가에 미소를 지었다.

이것이야말로 설루의 가장 큰 장점이라 할 수 있었다. 상대를 편안하게 만들어 상대로 하여금 망설이지 않고 자신의 본심을 꺼내게 만드는 여인이 바로 설루였다.

"이미 사황자께는 말씀드렸습니다. 부인께 어려운 부탁을 하나 드리려 합니다."

"저 같이 연약한 여인에게 부탁하실 일이 무엇일까요?"

"연약하시다뇨. 외유내강, 유능제강이라고. 부인께서 사실은 무척 강한 분이라는 것을 알고 있습니다."

구소담이 명계의 격언을 입에 올렸다.

"칭찬이 과하신걸 보면 아주 어려운 부탁을 하시려나 보군요."

설루가 미소를 지으며 대답했다.

"맞습니다. 사황자께나 부인께 모두 염치없는 부탁이지요."

"제가 한번 맞춰볼까요?"

설루가 갑자기 질문을 던졌다.

"제 부탁이 뭔지 짐작을 하시는 군요?"

구소담이 놀란 표정으로 되물었다.

"밖에 있는 젊은이와 관련된 일 아닌가요?"

"맞습니다."

구소담이 고개를 끄덕였다.

"병이 있고요."

"그것도 맞습니다."

"단 노사께 제가 천의비문의 의술을 배웠다는 말씀도 들으셨겠지요?"

"그렇습니다. 아, 정말 단 노형님의 말씀대로 대단한 분이시군요. 그런데 어떻게 룽에게 병이 있다는 것을 아셨습니까?"

"음… 아무래도 제가 잘못 말한 것 같군요."

갑자기 설루가 모두를 당황시키는 말을 했다.

"잘못 말씀하셨다는 의미는……."

구소담이 걱정스러운 빛으로 되물었다. 어쩌면 자신이 적풍에게 했던 부탁들을 거절할 수도 있을 것 같다는 생각이 들었던 것이다.

"그런데 두 분 관계가……?"

설루가 구소담의 궁금증을 풀어주기 전에 먼저 질문을 던졌다.

"제 손자 녀석입니다. 하나밖에 없는 혈육이지요. 아이 아비는 과거 아바르의 정복전에서 큰 부상을 입어 그 후유증을 이기지 못하고 세상을 떠났지요. 아이 어미 역시 뭐가 그리 정이 깊은 지 곧 자기 남편의 뒤를 따라 갔고 말입니다."

"안타까운 일이군요."

설루가 우울한 표정으로 말했다.

"그런데 조금 전 잘못 말씀하셨다는 의미는……?"

여전히 설루가 자신의 부탁을 거절할 수도 있다는 불안감이 갖고 있는 구소감이 서둘러 물었다.

"손자 분은 병에 걸린 것이 아니란 뜻입니다."

"예? 그게 무슨……?"

"물론 의원에 따라선 병으로 볼 수도 있겠지요. 하지만 제 기준으로는 병은 아닙니다."

"그럼……?"

"일단 진맥을 해봐야 정확하겠지만, 예전에 손자분과 같은 증상을 보이는 사람을 본 적이 있습니다."

"그렇습니까? 그럼 고칠 수도 있습니까?"

의원이 구룡의 증상을 병으로 보든 안보든 그게 중요한 것은 아니었다. 구소담에게는 손자 구룡을 고칠 수 있느냐 없느냐의 문제가 더 중요했다.

사실 구소담이 불도에 심취해 있기는 했지만, 그래도 이렇게 사원까지 만든 이유는 손자 구룡의 건강을 기원하기 위함이기도 했다.

"고친 사람도 있고, 그렇지 못한 사람도 있지요."

"부탁드립니다. 저놈을 한번 봐 주십시오."

구소담이 정중하게 부탁했다. 그러자 설루가 문밖에 우두커니 서 있는 구룡에게 말했다.

"올라와 보겠어요?"

설루의 말에 구룡이 가볍게 고개를 숙여 보이고는 산방으로 들어왔다.

그러고는 설루 앞에 무릎을 꿇고 앉았다.

병약하다고는 하지만 가까이서 보니 체구가 생각보다 큰 구룡이다.

"맥을 좀 볼까요?"

설루가 말하자 구룡이 구소담을 바라봤다. 그러자 구소담이 고개를 끄떡였다.

구룡이 조심스럽게 자신의 손을 내밀었다. 설루가 망설이지 않고 구룡의 맥을 짚었다.

"단지 하나의 이유 때문이에요. 좋은 신공, 아니 몸에 맞는 신공을 얻지 못한 것."

제법 오랫동안 구룡을 살핀 설루가 내놓은 답이었다.

"몸에 맞는 신공이란 어떤 의미인지……?"

구소담이 물었다. 그러자 설루가 되물었다.

"구 소협에게도 전해진 신공은 무엇인가요? 역시 십병초인 황천산의 무학인가요?"

"그렇습니다."

구소담이 대답했다.

"아시겠지만 구 소협의 신혈은 특별합니다. 다른 사람들에 비해 폭발력이 아주 강하지요. 이런 경우는 기를 다스리고 몸을 보호할 수 있는 신공이 필요합니다. 그런데 신혈의 전사들은 대부분 최대한 그 잠력을 끌어내기 위한 무공을 연마합니다. 십병초인 황천산의 무공은 그게 적당한 신공이고요. 마치 신혈족을 위해 만들어진 신공인 것처럼. 그 신공을 수련하기 전에 신혈족은 잠들어 있는 신혈의 기운을 깨우기 위해 가끔 극독을 쓰기도 했다고 하더군요."

"맞습니다. 예전에 명계에 갔을 때 천의비문에서 그런 시술을 받은 적이 있지요."

구소담이 고개를 끄떡였다.

"그래서 문제가 된 겁니다. 그런 방식으로 구 소협에게 신공을 수련토록 했으니까요. 구 소협은 그동안 많은 고통을 겪었을 겁니다. 밤에도 기가 승해 잠을 청하지 못할 정도로요."

"맞습니다. 종종, 밤에 찬물에 들어가 있곤 했습니다."

구룡이 대답했다.

"이런 경우 보통 사람이라면 한 가지 체질적 병증으로 부를 수 있습니다. 바로 태양절맥이지요. 양기가 너무 강해 혈맥이 막히는 것인데… 다행이 구 소협은 신혈의 혈통을 지니고 있어서 절맥의 경우까지 가지는 않은 겁니다. 대신 무공을 사용하려면 몸이 그 폭발적인 기운을 이기지 못해 쉽게 지치게 되는 것이지요."

"어떻게 고칠 수 있습니까?"

구소담보다 구룡이 더 답답했었던지 간절한 표정으로 물었다.

"사실은 무척 간단한 문제예요. 첫 번째 방법은 구 소협이 기운을 줄여 쓰는 거예요. 수련한 신공의 사용을 오할 이하로 줄이면 부작용은 없을 겁니다."

"하지만 그렇게 되면……?"

전사의 싸움에선 아무리 약한 적이라도 최선을 다해야 한다. 특히 아바르의 전사들에겐 혈통에 의해 선천적으로 전해진 싸움에 대한 본능적인 열망 때문에 그 일이 거의 무의식적으로 이뤄진다.

그러니 구룡이 신력의 사용을 본래 능력보다 절반 이하로 줄여 사용하는 일은 거의 불가능할 뿐 아니라, 그렇게 해서는 애써 그가 수련한 모든 무공들이 쓸모없어질 가능성이 컸다.

"두 번째 방법은 뭐지?"

적풍도 구룡에 대한 설루의 처방이 궁금한 모양이었다.

"두 번째 방법은 새로운 신공을 수련하는 거예요. 능히 구소협의 넘치는 신력을 통제할 수 있는 신공 말이죠."

"그런 신공이 있나?"

"십자성에 돌아가면 찾을 수 있을지 모르지만 지금 여기선 쉽지 않겠죠. 이십팔룡의 무공들이 이 땅에 퍼져 있다니 혹시 인연이 닿으면 몰라도……."

"또 다른 방법은?"

"어떤 방식으로든 임독양맥을 타통해서 구 소협의 몸에 넘치는 신혈의 기운과 지금까지 수련한 십병초인 황천산의 신공을 감당할 수 있게 하는 거죠."

"임독양맥의 타통이라… 그건 거의 불가능한 일 아닌가?"

"절대 불가능한 일은 아니지만 무척 어려운 일이죠. 더군다나 구 소협의 나이가 이미 성인이 지났으니……."

"후우… 지금 부인께서 말씀하신 모든 방법은 당장 쓰기가 어려운 것들이군요. 그렇다면 결국 저 아이는 이 성에 갇힌 채 아바르의 전사가 아닌 그저 평범한 사내로 살아가야 한단 말입니까?"

구소담이 절망적인 표정으로 말했다.

그러자 설루가 잠시 생각에 잠겼다가 다시 입을 열었다.

"제가 말한 모든 방법들을 조금씩 시도해 보는 것은 어떨까요?"

"그게 무슨… 하나라도 실행하기 어려운 방법들 아닙니까?"

구소담이 의아한 표정으로 말했다. 그러자 설루가 침착한 목소리로 자신의 생각을 설명했다.

"제 생각은 이래요. 당장은 구 소협의 몸을 보호하기 위해 처음에 말한 대로 가능한 신력을 줄여쓰도록 노력하는 거죠. 그걸 위해서는 가급적 싸움을 피해야겠지요. 그것도 위험한 싸움은 더더욱 말이죠. 그러면서 한편으로는 이십팔룡의 무공 중 구 소협에게 맞는 무공이 있는 지 찾아보는 거예요. 그 일은 역시 성주께서 은밀히 조사하셔야겠지요. 그리고 세 번째로 임독양맥을 당장 타통할 수는 없겠지만 천의비문의 침술과 약술로서 오랜 시간을 두고 그 일을 시도해 보는 거죠. 그러다 영약이라도 발견하게 되면 시일을 앞당길 수도 있고요. 어쨌든 당장 이것은 약속드릴 수 있어요. 제 옆에 머문다면 설혹 신혈의 기운을 감당하지 못해 쓰러진다 해도 목숨을 잃지는 않을 거예요. 그리고 신혈의 힘을 쓸 수 있는 시간을 짧으나마 조금씩 늘려갈 수도 있겠죠."

"정말 그렇게 해 주시겠습니까?"

구소담이 반색을 하며 물었다.

"저로서야 환자를 살피는 의원으로서의 역할을 거부할 이유가 없지요. 물론 결정은 구 소협 자신이 해야 할 것이지만……."

설루가 그녀의 앞에 긴장한 채 앉아 있는 구룡을 보며 말했다. 그러자 구룡이 그 자리에서 고개를 숙이며 대답했다.

"황자님과 부인께서 허락해 주신다면 동행하겠습니다. 그리고 제 몸이 허락하는 한 두 분을 지키겠습니다."

조금은 투박하지만 진심이 묻어나오는 구룡의 말에 설루가 자신도 모르게 미소를 지었다. 그러면서도 적풍에게 물었다.

"허락할 거죠?"

"이미 그리 말은 해 두었지. 단지 당신의 동의가 필요했을 뿐."

"그래요. 그러리라 생각했어요. 당신이라면 구 소협의 자질을 알아봤을 것이고, 구 소협의 위험하지만 특별한 능력을 포기하고 싶지 않았을 거예요."

설루가 미소를 지으며 말했다.

"역시 당신은 내 머릿속을 훤히 들여다보는군."

적풍이 고개를 저으며 말했다. 그 모습에 설루가 다시 한 번 미소를 짓고는 구룡을 보며 말했다.

"구 소협, 성주님의 뜻이 아닌 구 소협의 생각이 중요해요. 사람의 일은 알 수 없지만 앞서 말한 두 가지 변수, 새로운 신공이나 특별한 영약이 등 아무런 변수가 없다면 이 치료는 무척 오래 걸릴 거예요."

"이미 어려서부터 몸이 이런 상태라 지루함에는 익숙합니다."

구룡이 가벼운 미소를 지었다.

"좋아요. 병이 아주 나쁜 것만은 아니군요. 어려서부터 인내심을 배웠으니. 그럼 같이 가요. 또 모르죠. 이 땅에는 수많은 신비들이 있으니 구 소협의 문제를 하루아침에 해결할 수 있는 인연이 찾아올지도."

"그런 행운은 기대하지 않습니다. 오직 길이 있다면 느려도 걸어갈 뿐입니다."

구룡이 다부진 얼굴로 말했다.

"알겠어요. 저도 최선을 다하죠."

"감사합니다. 부인!"

구룡이 자리에서 일어나 설루에게 정중하게 고개를 숙여 보였다.

설루는 석불성을 떠나는 것을 무척 아쉬워했다. 석불성의 사원에서 고향 명계의 느낌을 받을 수 있었기 때문인지도 모른다.

그러나 일행의 길은 이미 정해져 있었다. 미련으로 석불성에 오래 머물 수는 없었다.

사원에서 평온한 밤을 보낸 적풍 일행은 그 다음날 석불성을 나섰다. 일행에는 세 명의 동행이 더 늘어났다.

한 명은 당연히 전날 동행을 허락한 석불성주 구소담의 손자 구룡이었고, 나머지 두 사람은 그 구룡을 호위하는 석불성의 전사 위언, 위행 형제였다.

처음에 구소담은 수십 명의 전사들을 딸려 보내려고 했으나 그건 적풍과 구룡 두 사람 모두에 의해 거부되었다.

구룡은 온전히 적풍 일행의 일원이 되기를 원했고, 그런 그에게 석불성의 전사들은 부담이 될 수도 있기 때문이었다.

물론 그럼에도 불구하고 구소담은 때가 되면 구룡에게 사람을 보내겠다는 약속을 잊지 않았다.

구룡을 호위하게 된 위언과 위행 두 형제는 한눈에 보아도 과묵한 성정을 지닌 자들이었는데, 어려서부터 구룡과 함께 자라온 터라 구룡에 대한 충성심이 남달라 보였다.

더군다나 성주 구소담의 특별한 지도로 아바르의 젊은 전사들 중에서는 손꼽히는 능력을 가진 인물들이었다.

그렇게 세 사람이 늘어난 일행은 구소담의 배웅을 받으며 석불성을 떠났다.

일행은 아바르 강을 따라 이어진 초원과 절벽 위 위태로운 길을 따라 쉬지 않고 이동했다.

그리고 삼 일 후, 신혈제일성과 하루거리에 있는, 작고 아름답지만 아바르 최고의 전사들이 세상의 이목을 피해 모여 있는 푸른 호수의 성에 도착했다.

                    *   *   *

위태로움은 이율배반적으로 극한의 아름다움을 만들어낸다.

아름다운 수목이 만든 폭 십여 장의 긴 물길을 따라 들어온 아바르의 강물이 성 바로 앞에서 커다란 해자를 만들었다.

성은 투박한 검은색 석재로 지어져 있었다. 보통의 경우 칠왕의 땅에 지어진 성은 반드시 어느 한 부분에라도 귀한 도람석을 썼으나, 이 성에서는 눈을 씻고 찾아봐도 도람석을 찾을 수 없었다.

그건 이 성에 사는 사람들이 사람들의 이목이나 아름다움을 즐기지 않는다는 의미일 것이다.

그러나 그럼에도 불구하고 성은 아름다웠다.

적의 기습을 방비하기 위해 만든 성 주변의 해자조차도 묘하게 검은색 성벽과 어우러져 운치 있게 느껴졌다.

성 뒤쪽으로 야트막한… 낮지만 험한 산이 있었는데, 그 정상에 다시 검은 돌로 쌓은 산성이 늘어서 있어서 풍경의 아름다움과 달리 언제라도 전쟁을 치를 준비를 하고 있는 곳이 분명했다.

"특별하군요."

적풍 일행은 언덕 위에서 아래로 이어진 길을 내려가기 전에 신혈제일성에 들어가기 전 마지막으로 들려야 할 푸른 호수의 성을 바라보고 있었다.

그 성이 특별하다고 말한 것은 설루였다.

그녀는 주위 풍경과도 다르고, 푸른 호수의 성이라는 그 이름과도 잘 어울리지 않는 검은 성에 이상하게도 매료된 듯 보였다.

"특별하지요."

단우하가 담담하게 대답했다.

"성주가 여인이라고 했던가요?"

설루가 다시 물었다.

"그렇습니다."

"그렇다면 더 이상하군요. 여인은 아무리 전사라도 본래 자신이 머무는 곳을 취향대로 꾸미기를 좋아하는데… 저 성은 오직 적의 공격을 방어하기 위해 만들어진 것 같아 보이네요. 물론 그럼에도 불구하고 주위의 풍경과 너무 잘 어울리지만……."

설루가 이 기묘한 분위기의 성에서 눈을 떼지 못하고 말했다. 그러자 단우하가 다시 입을 열었다.

"저 성의 성주는 비록 여인이지만 아바르의 그 어떤 전사보다도 강한 사람입니다. 비록 검은 사자는 아니었지만, 검은 사자들조차도 그녀를 인정했지요. 그녀는 무황님과 저희가 명계를 여행하는 동안 이 땅에서 신혈족들을 지켰고, 무황님이 돌아오신 이후에는 무황님의 호위전사로서 십 년 간 전장을 함께 누볐습니다."

"그분의 호위요?"

"그렇습니다. 지금은 십대호위라는 자들이 맡고 있지만 그것도 저 성의 성주가 무황님의 호위를 그만둔 이후의 일이지요. 바꿔 말하자면 푸른 호수의 성의 성주는 검은 사자들 이상으로 무황님이 신뢰를 받은 사람이란 뜻입니다."

"정말 궁금해지는 사람이군요."

"그럼 가서 만나보자고."

곁에서 듣고 있던 적풍이 말했다. 그러자 단우하가 얼른 다시 입을 열었다.

"가시기 전에 한 가지 더 말씀드릴 것이 있습니다."

"또 뭐요?"

혹시라도 지난 여행에서와 마찬가지로 단우하가 자신에게 감춘 것이 있나 해서 적풍이 못마땅한 표정으로 물었다.

"중요한 것은 아닙니다만 알고는 가셔야 할 것 같아서… 이 곳에 성을 쌓은 것은 특별한 이유가 있습니다. 아바르강과 수로가 이어져 있어서 배를 타고 강으로 나가기 수월하기 때문입니다. 물론 천혜의 요새이기도 하지만 말입니다."

단우하가 손을 들어 성에서 아바르 강으로 이어진 수로를 가리켰다.

"그래서 그게 어쨌다는 거요?"

적풍이 단우하의 말을 재촉했다.

"이 성에는 오직 전사들만 기거합니다."

"전사들만 기거한다?"

적풍도 이번에는 관심을 드러내지 않을 수 없었다.

보통 성이란 것은 그 안에 사는 사람들을 보호하기 위해 쌓는 것인데 보호할 사람이 없는 성이라니 이상할 수밖에 없었다.

"그렇습니다. 정확하게 말해서 이 성은 성민이 살아가는 곳이 아니라 무황께서 특별히 만든 아바르의 전사들이 별동대가 머무는 진지라고 해야 합니다. 아바르는 넓은 땅이고, 사방에서 적이 침입할 수 있는 구조지요. 그래서 빠르게 아바르 곳곳으로 이동할 수 있는 별동대가 필요했습니다. 그 필요로 이 성이 만들어진 것이지요. 배를 타고 아바르 전역으로 쉽게 이동할 수 있기 때문에 말입니다."

단우하의 말에 적풍이 고개를 끄떡였다. 이 거대한 땅, 아바르를 지키기 위해선 반드시 필요한 조직일 것이다.

"또한 아바르의 심장이랄 수 있는 신혈제일성과 하루 거리에 있어 언제든 신혈제일성을 구원할 수 있기도 하지요."

"알겠소. 이젠 가도 되오?"

적풍이 들을 말은 다 들었다는 듯 물었다. 그러자 단우하가 얼른 말을 이었다.

"한마디만 더 하겠습니다. 아무튼 그렇게 만들어진 별동대인지라 이곳의 전사들은 다른 아바르의 전사들과는 조금 다릅니다. 능력도 최고이고… 그 성정도 조금 도도하게 느끼실 수도 있단 뜻입니다."

그제야 적풍은 단우하가 걱정하는 것이 뭔지 알아챘다.

적풍에게 푸른 호수의 성에 머무는 전사들의 태도가 마음에 들지 않을 수도 있으니 미리 이해를 구하는 것이다.

지금까지의 경험으로 보건데 자칫 양쪽이 충돌할 수도 있었던 것이다.

"그럴 자격이 있다면 무슨 상관이겠소."

적풍이 덤덤하게 대답했다.

"푸른 성의 전사들은 다른 아바르의 전사들과 달리 실전 경험이 풍부한 편입니다. 아무리 싸움이 없어도 간혹 벌어지는 작은 싸움들에는 무황께서 반드시 저들을 동원했기 때문이지요. 여타 성주들이 거느리는 전사들은 성주들의 권위를 생각해 무황님이라도 함부로 움직일 수 없지만 푸른 호수성의 성주 천일란은 달랐지요. 비록 무황님 곁을 떠났다 해도 여전히 스스로를 무황님의 호위전사로 생각하고 있지요."

"숫자는 얼마나 되오?"

"그리 많지는 않습니다. 모두 모아봐야 겨우 오백여 명 정도… 그러나 숫자로 판단할 사람들은 아닙니다. 소공자께서 실망하셨던 아바르 전사들의 야성, 그 야성이 살아 있는 전사들이니까요."

"기대하겠소."

"부디 저들만은……."

"적으로 삼지 말라?"

"그렇습니다."

"미안하지만 그건 내가 아니라 저들이 선택할 문제요. 갑시다. 성주라는 여인, 무척 궁금하구려."

적풍이 말을 몰아 언덕을 내려가기 시작했다.

중년이라고 말하기에는 나이가 많고, 그렇다고 노인이라고 말하기에는 너무 강렬해 보이는 기운을 지닌 여인이 온몸에 검은색 전포를 입고 성문 위에서 다가오는 적풍 일행을 바라보고 있었다.

"저분입니다."

여인의 곁에 서 있던 중년의 사내, 얼마 전까지만 해도 아바르에서 감히 자신 앞에 제대로 고개를 들고 설 사람이 없다고 자부하던 무황의 십대호위 중 한 명인 백융이 긴장한 표정으로 말했다.

그러자 푸른 호수성의 성주인 여전사 천일란이 고개도 돌리지 않고 물었다.

"그래서 마중을 나가라고?"

"제 생각으로는……."

백융이 말꼬리를 흐렸다.

백융등 현재의 십대호위가 무황의 호위를 맡기 전 무황의 곁을 지킨 사람이 천일란이다.

그래서 무황의 신임으로 안하무인의 행동을 하던 백융 등조차도 천일란 앞에서는 감히 함부로 행동하지 못했다. 왜냐하면 무황의 호위에 대한 가르침을 준 사람이 천일란이기 때문이었다.

"많이 약해졌구나."

"성주님 그런 것이 아니라……."

"나쁘지 않다. 최근 들어 너희 십대호위들에 대한 불평이 무황님 주변에서 끊이지 않고 흘러나오고 있었다. 그건 곧 너희들이 오만해졌다는 의미겠지. 그래서 조만간 너희들에게 충고를 해줄 참이었는데… 사황자가 말이 아닌 행동으로 너희들에게 가르침을 내렸구나. 전화위복의 기회로 삼거라."

"예, 성주! 하지만 지금은 황자님을 맞는 일이 중요합니다. 사황자는… 무척 광폭한 사람입니다."

"예절을 모른다는 뜻이냐?"

"그것이 아니라… 자신에게 무례한 자를 용서치 않는다는 것이 정확하겠지요."

"예절이라… 그래서 내가 나가서 그를 맞아야 한다?"

"그게 좋을 것 같습니다만……."

"아니. 난 그럴 생각이 없다."

"성주님!"

백융이 안타까운 표정으로 여인을 바라봤다. 그러자 여인이 단호하게 대답했다.

"이 성은 무황님이 안배한 최후의 보루다. 성문을 함부로 열 수도 없고, 성주인 나도 함부로 성 밖으로 나갈 수 없다."

"하지만 그는 사황자입니다."

"기억해 봐라. 세 분 황자와 황녀님이 이곳을 방문했을 때 내가 한 번이라도 성문을 열고 마중한 적이 있느냐?"

"그건……."

"누구에게나 그건 마찬가지. 난 다만 내 자리에서 하던 대로 손님을 맞으면 그뿐이다!"

푸른 호수성의 성주는 단호했다.

그사이 어느새 적풍 일행은 해자 위로 놓인 다리를 건너고 있었다.

제9장
그, 아버지, 무황 그리고 검의 주인은?

"사황자께서 오셨소. 성문을 열어주시오."

일행의 앞으로 나와 성문 위에 서 있는 묵빛 갑주의 여인을 보며 감문이 소리쳤다.

"사황자께선 어디 계시는가?"

여인이 물었다.

그러자 감문이 살짝 얼굴을 찌푸렸다.

"젠장, 언제 봤다고 반말이야?"

감문이 혼잣말을 중얼거리다가 고개를 들어 다시 푸른 호수성의 성주 천일란을 노려보며 말했다.

"당신 옆에 서 있는 그 친구도 사황자님을 알 텐데 뭘 물어보시오?"

감문이 백웅을 가리켰다.

그러자 백웅이 자신도 모르게 한 발 뒤로 물러났다.

"난 내 눈으로 확인한 것만 믿는다. 사황자께서 계시다면 내게 모습을 보여주시오."

천일란이 단호한 목소리로 적풍 일행을 보며 말했다.

말은 그렇게 하지만 그녀가 적풍을 알아보지 못했을 리 없었다. 감문의 말대로 적풍 일행이 해자를 건너기 전에 벌써 백웅이 그녀에게 사황자가 누구인지 말해주었기 때문이다.

그럼에도 그녀가 적풍이 앞으로 나서기를 원하는 것은 푸른 호수성에 들어올 자격은 스스로를 증명해야 한다는 그녀만의 원칙 때문이었다.

단호한 천일란의 요구에 감문이 화가 난 듯한 표정을 짓다가 고개를 돌려 단우하에게 말했다.

"아무래도 어르신이 수고를 해주셔야겠는데요? 이러다간 성질나서 검을 들고 성벽 위로 뛰어 올라갈지도 모르겠어요."

그러자 단우하가 고개를 끄떡이며 앞으로 나서려는데, 그보다 앞서 적풍이 말을 몰아 감문 옆으로 다가갔다.

"성주님! 굳이 성주님이 나설 일이야."

"귀찮게 말씨름이나 하는 것보다야 내 얼굴 보고 싶다는 사람에게 보여주는 것이 간단하지. 어렵게 일을 풀 이유가 없어."

"그렇기는 하지만… 저 여자가 보통 내기가 아닌 듯한데요."

"그야 두고 보면 알 것이고."

적풍이 감문을 지나쳐 좀 더 앞으로 전진한 후 고개를 들어 성벽 위 천일란을 보며 말했다.

"내가 무황의 아들이오."

순순히 적풍이 앞으로 나서자 천일란이 조금 뜻밖이라는 표정을 짓더니 입을 열었다.

"어떻게 증명할 거요?"

무황의 아들임을 증명하란 말에는 적풍도 살짝 눈썹이 꿈틀거렸다.

자신에 무황의 아들임은 이미 세상이 다 알고 있는 사실, 그럼에도 불구하고 자신에게 무황의 아들임을 증명하라는 것은 곧 자신의 시험하겠다는 의미였다.

"그 양반을 데려오지 않고서 어찌 증명해야 할까……."

적풍이 천일란이 들을 수 있을 정도로 중얼거렸다.

"스스로를 증명하지 않는 한 성에 들어올 수 없소. 이 성은… 오직 무황님의 명에 의해서만 움직이는 성이오. 그러니 스스로 증명할 수 없다면 굳이 이곳에 들릴 필요 없이 바로 무황께서 계시는 신혈제일성으로 가시오. 하룻길밖에 되지 않으니까."

천일란이 차갑게 말했다.

그러자 뒤에 남아 있던 단우하가 앞으로 나서며 소리쳤다.

"천 성주! 나 단우하가 이분의 신분을 보증하겠소. 그럼 되지 않소?"

천일란만큼 단우하를 잘 아는 사람은 없다.

무황이 밀교의 문을 통해 다시 칠왕의 땅으로 돌아온 이후 천일란은 줄곧 무황 적황의 곁을 지켰고, 단우하는 무황의 심복이 되어 아바르를 평정했기 때문이었다.

"단 노사의 보증이라면 믿을 수는 있겠지요. 하지만… 난 황자께서 스스로 자신을 증명하시길 바랐는데… 어쨌든 단 노사께서 신분을 확인해 주셨으니 안으로 모시지요. 하루 쉬어가시는 데 불편함은 없을 겁니다."

천일란이 조금 실망한 표정으로 말했다.

그녀가 원하는 것은 명확해졌다.

신분을 확인하겠다고 했지만 그녀는 사실 적풍을 시험해 보고 싶었던 것이 분명했다.

힘으로든 지혜로든 입성을 막은 자신을 설득해 내는 적풍의 능력을 보고 싶었던 천일란으로서는 단우하의 도움을 받은 적풍이 마땅찮을 수밖에 없었다.

그 모습을 보고 있던 적풍이 고개를 돌려 단우하에게 물었다.

"밤을 새워 가면 신혈제일성이 하룻길이라 했소?"

"그렇습니다."

"그럼 저 배를 타고 가면?"

적풍이 손을 들어 성북 쪽, 해자의 폭이 갑자기 커지면서 북쪽 아바르 강으로 이어지는 수로가 연결된 곳에 정박한 일곱 척의 배를 가리키며 물었다.

"길은 편하지만 시간은 비슷할 겁니다."

단우하가 대답했다.

"그럼 배를 타고 가지. 주인이 환영하지 않는 곳에서 잘 필요는 없으니까. 배로 이동하면 가면서 휴식을 취할 수 있지 않겠소."

적풍이 말했다.

그러자 단우하가 곤란한 표정을 지으며 말했다.

"하지만 이 성의 배들은 성의 전사들이 출전할 때를 대비해 마련해 둔 것입니다. 그 배들을 내어줄지……."

"손님 접대를 하려면 그 정도는 해야지."

"성주님도 참, 어디 저 사람이 우릴 손님으로 취급이나 하겠습니까?"

감문이 오늘 따라 자신의 주군이 왜 이렇게 아둔한가 싶은 생각으로 말했다.

그러자 적풍이 대답했다.

"감문, 우리가 이곳에 온 이유가 뭔가?"

"그야 당연히 무황께서 부르셔서지요."

"그 양반이 왜 우릴 불렀는가?"

"거참. 다 알고 있는 걸 왜 물으십니까? 무황님 사후 아바르가 위기에 빠질 것 같아서 부르신 것 아닙니까?"

"좋아. 하나 더 묻지. 나에게 이 땅, 아바르의 제왕이 되고 싶은 욕망이 있나?"

"무슨 말씀을, 성주님은 본래 그런 욕심하고는 거리가 멀죠."

감문이 고개를 저었다.

"그럼 말해보게. 누가 강자이고 누가 약자인가? 누가 도움을 원하는 자고, 누가 도와주려는 자인가?"

"그야 당연히… 제길, 성주님의 말씀을 듣고 보니 또 화가 나네. 자신들의 주군이 불러서 온 손님을 이따위로 대접하다니. 더군다나 자신들을 돕기 위해 온 것인데……."

감문이 적풍의 질문에 대답하다 보니 화가 치미는 지 고개를 들어 성벽 위에 오연히 서 있는 성주 천일란을 노려봤다.

물론 천일란도 성벽 위에서 적풍과 감문의 대화를 모두 듣고 있었다. 그러나 그녀의 속마음이 어떻든 그녀는 전혀 표정에 변화를 보이지 않았다.

그런 그녀를 보며 적풍이 말했다.

"성에서 하룻밤 신세질 일은 없을 것 같소. 대신 배를 한 척 내어주시오. 우린 오늘 밤 배를 타고 신혈제일성으로 가겠소."

"불가합니다."

말투는 변했다.

적풍을 무황의 사황자로 인정한다는 뜻이다. 하지만 그렇다고 배를 내줄 수 없다는 의지도 확고했다.

"그건 곤란한데. 내가 무황의 부름을 받고 온 사실을 알고 있소?"

"단 노사께서 모셔왔으니 당연히 그러리라 생각합니다."

"그런데 아무런 도움도 주지 않을 뿐 아니라 방해를 하겠다?"

"방해라니요. 그런 의도 없습니다. 단지 아바르가 위기에 처했을 때만 움직일 수 있는 전선을 내어드릴 수는 없다는 뜻입

니다."

천일란은 여전히 단호했다.

"그래? 그럼 내가 이대로 돌아가도 되겠소?"

"그건… 그건 사황님의 의지지요."

"음… 좋군."

적풍이 고개를 끄떡였다. 그러자 감문이 의아한 표정으로 물었다.

"대체 뭐가 좋다는 말씀이십니까? 이런 대접을 받으면서요?"

"자유가 찾아오지 않았는가?"

"자유요?"

"그래. 난 지금까지 제법 많이 참았지. 날 데리러 온 양반은 수차례 날 속였고……."

적풍의 말에 단우하가 얼굴을 붉혔다.

"날 마중하러 온 자들은 나에게 검을 겨눴고……."

다시 적풍이 한 말에 성벽 위 백웅 등의 표정이 어두워졌다.

"그 양반의 심복 중에 심복이란 사람은 자신의 주군을 돕기 위해 온 손님을 냉대했지. 하물며 내가 그 주군의 아들임에도 말이야."

적풍의 말에 천일란은 잠깐 눈썹이 흔들렸을 뿐, 여전히 차가운 표정으로 적풍을 바라보고 있었다.

"이런 대접을 하고도 내가 손님 노릇을 하길 바라면 안 되겠지?"

적풍의 말에 감문이 고개를 끄덕였다.

"그렇기는 합니다만……."

"사실 지금까지 내게 무례한 행동을 한 자들은 이상하게도 이 땅에서 무황을 가장 가까이서 보필하는 사람들이었단 말이지. 그런 자들의 무례를 어떻게 받아들여야 하겠나."

적풍의 물음에 감문이 얼굴을 굳히며 말했다.

"무림에서라면 당장 이곳을 떠났겠지요."

"그게 정답이지. 하지만 그래도 먼 길을 왔는데 아버지 얼굴을 보고 가야지 않겠나?"

"물론입니다."

감문이 대답했다.

"그래서 자유를 얻었다고 한 거지. 난 내 도움을 필요로 하는 사람들을 돕지, 날 시험하고 경계하는 자들을 도울 생각은 없어. 또한 이곳에 올 때 그나마 가졌던 일말의 책임감… 내 아버지라는 사람이 세운 신혈족의 왕국에 대한 책임감도 이젠 바닥이 났어. 그러니 이제 내가 이 사람들을 존중할 이유가 하나도 없단 뜻이야. 그래서 자유를 얻은 걸세. 아바르의 운명 따위에 관여하지 않을 자유, 그리고… 여기 사는 자들이 내게 한 것처럼 그들을 존중하지 않을 자유 말일세. 다시 말해 그들을 내 기분대로 상대할 수 있는 자유를 얻은 거지! 감문!"

적풍이 갑자기 큰 목소리로 눈앞에 있는 감문을 불렀다.

"예. 성주!"

감문이 재빨리 대답했다.

"배를 취해 수로로 나간다. 막는 자는 모두 적이다."

"예? …예! 성주! 모두 들었지? 북문으로 간다."

감문의 말에 십자성의 고수들이 일제히 말을 돌려 다시 해자를 건너기 시작했다.

"소공자. 대체 왜 이러십니까?"

단우하가 당황한 표정으로 적풍에게 다가서며 말했다. 그러자 적풍이 덤덤하게 대답했다.

"사실… 싫증이 나고 있었소. 이놈의 황자 놀이 말이오. 난 아바르의 사황자보단 십자성의 성주로서의 내가 좋소. 그래서 이젠 무황의 황자가 아닌 십자성의 성주로서 행동하겠소. 물론… 그 양반을 한 번 보기는 할 거요. 하지만 아바르의 일에는 관여치 않겠소. 대신… 이 땅에 나만의 성을 하나 쌓아볼 생각이오. 그 성의 이름은 그대도 잘 알 것이오."

십자성주가 쌓을 성이 십자성 말고 다른 무엇이 있을까.

적풍의 결심이 단우하를 낙담시켰다. 적풍의 표정과 말투에서 이 결심이 결코 변하지 않을 것임을 알아챘던 것이다.

단우하가 낙담한 채 침묵하자 적풍이 성벽 위 천일란을 보며 말했다.

"이제 난 그대에게 아바르의 황자도, 무황의 손님도 아니다. 그러니… 그대의 전선을 빼앗기고 싶지 않으면 최선을 다해 막아 보라. 그런데 한 가지 약속하지. 날 막으려면 지옥을 봐야 할 것이라는 사실. 당신에게 내 소식을 전한 자가 이미 말했겠지만. 가자!"

적풍이 말의 허리를 찼다.

그러자 그를 태운 말이 바람처럼 해자 위에 놓인 다리를 건너 십자성 무사들의 뒤를 따가 질주했다.

"성주……! 당신이 지금 무슨 실수를 한 건지 알기나 하는 거요?"

단우하가 핏기가 사라진 천일란을 보며 호통을 쳤다.

"난! 이 성의 성주로서 내 일을 한 것뿐입니다."

"그렇소? 하지만 그대는 한 가지 중요한 사실을 잊고 있소. 그대는 이 성의 성주이기 이전에 무황의 수하이고, 아바르의 전사요. 그런데 단지 성주로서의 알량한 권위 따위를 지키려고 무황의 아들이자 손님을 박대한단 말이오? 아니 그보다 더 중요한 아바르의 안위, 그 안위를 지켜낼 사람을 적으로 돌린단 말이오?"

"아바르의 안전을 사황자 한 명이 지킬 수 있다고 생각하십니까?"

천일란이 인정할 수 없다는 듯 물었다.

"그 혼자 지킬 수는 없겠지. 하지만 신혈의 불길을 다시 일으킬 수 있는 불씨가 될 분이었소. 그분에겐 전왕의 검이 있고, 불의 검이 있소. 그리고 그런 신검과는 비교할 수 없는 그 무엇인가를 가지고 있는 사람이오. 그런데… 그 모든 것을……?"

"전왕의 검은 애초 무황님의 것으로 당연히……."

"그만! 이미 전왕의 검이 사황자님의 손에 있는 이상 설혹 무황님이라 해도 전왕의 검을 임의로 회수할 수는 없소. 예전에 주군께서 명계에 갔을 때, 주군조차도 전왕의 검을 온전히 당신의 것으로 만들지 못했었소. 그건 신검은 스스로 주인을 선택한다는 바로 전설에 부합되는 일이었소. 그런데 그 검이 사황자님의 기운에 순응하고 있소. 그 검을 회수할 수 있을 것 같소?"

"아바르를 위해서라면 당연히 검을 내놓아야지요."

천일란이 고집스럽게 말했다.

"좀 전에 사황자가 한 말 못 들었소? 이제 사황자는 아바르의 운명에 관여치 않겠다고 했소. 내가 아는 한 사황자는 결코 그 뜻을 바꿀 사람이 아니오."

"내놓지 않겠다면… 회수해야겠지요. 희생을 치르더라도."

천일란이 무거운 말투로 말했다.

"그게 가능하다고 생각하시오? 무황께서 평생 죄스럽게 생각했던 아들에게 설마 검을 들이댈 거라 생각하오? 아니면 성주 그대가 하겠소?"

"아바르를 위해 필요하다면 그리 할 겁니다. 전!"

"좋소. 당신의 능력이 그렇게 대단한 줄 몰랐소. 그럼 봅시다. 지금 당장 당신이 그토록 지키려 한 전선(戰船)을 한번 지켜보시오. 사황자의 손에서!"

단우하가 손을 들어 성의 북문 쪽으로 몰려가고 있는 십자성의 고수들을 가리키며 말했다.

그러자 천일란이 묵묵히 고개를 끄떡였다.

"물론 그럴 겁니다. 무황의 명 없이는 그 누구도 이 성에서 전선을 가져갈 수 없습니다. 그게 설혹 무황의 아들이라 해도."

천일란이 다부지게 말을 하고는 성벽 위를 달리기 시작했다. 그 뒤를 따라 푸른 호수성의 전사들이 줄지어 북쪽으로 달려 나갔다.

단우하는 그렇게 두 무리가 성벽 위아래를 따라 북쪽으로 달리는 모습을 바라보다 문득 나직하게 중얼거렸다.

"어쩌면 잘 된 일인지도. 푸른 호수성의 성주마저 꺾인다면 사황자님은 무황님을 만나기도 전에 그분의 후계자로 인정받게 될지도 모른다. 문제는… 스스로 그 지위를 받아들이지 않으려 한다는 것이지만."

단우하가 말머리를 돌렸다.

그리고 이 싸움에는 정말 끼어들고 싶지 않다는 듯 아주 느리게 다리를 건너 북쪽으로 말을 몰아갔다.

"오홋!"

선봉에 선 사람은 언제나처럼 이위령이었다. 이위령의 몸이 허공에 떠오를 때마다 그의 장창이 아름다운 그림자를 만들어 냈다. 전선을 지키던 아바르의 전사들조차도 이위령이 만들어 내는 창 그림자의 아름다움에 일순 검을 멈출 정도였다.

하지만 이위령의 창은 결코 아름다움으로 끝날 무기가 아니었다.

"막으면 죽어!"

이위령이 일곱 척의 전선이 정박해 있는 접안대를 지키던 아바르의 전사 한 명을 창대로 내려치며 소리쳤다.

아바르의 전사가 화들짝 놀라 검을 들어 이위령의 창을 막았다.

캉!

순간 아바르 전사의 검이 뎅겅 부러져 나갔다. 이위령의 창은 다른 창들과 달라서 창대까지도 무쇠로 되어 있었다.

그래서 공격을 당하는 자가 창을 막으면 병기가 상하기 십상이었다.

픽!

그래도 아바르의 전사를 죽이는 것은 망설여지는지 이위령이 검이 잘려 나가 당황하는 아바르 전사의 가슴을 발로 걷어찼다.

"욱!"

아바르 전사가 가슴에서 느껴지는 통증을 이기지 못하고 뒤로 날아가 물에 떨어졌다.

풍덩!

"다음은 누구냐? 모두 조심해야 할 거야. 다른 사람들은 나처럼 자비롭지가 못해!"

전선 앞에서 검을 빼들고 이위령을 노려보고 있는 아바르 전사들을 보며 이위령이 경고했다.

그사이 그의 뒤를 따라 말을 타고 달려온 십자성의 고수들이 말을 탄 채 접안대 위로 밀려들었다.

숫자로 보자면 전선을 지키는 아바르의 전사들과 십자성 고수들의 숫자가 엇비슷했다. 그러나 산전수전을 겪은 십자성의 고수들에게 아바르 전사들은 적수가 되지 못했다.

"비켜!"

등 뒤에 십자성의 고수들이 도열하자 이위령이 창끝으로 전선 한 척을 막아선 푸른 호수성의 전사들을 가리키며 호통쳤다.

"이 도적놈들이……!"

아바르의 전사들 중 가장 용맹하고, 실전 경험이 많다는 푸른 호수성의 전사들은 그 명성 그대로 십자성 고수들을 두려워하면서도 배를 내줄 생각은 없는 듯 보였다.

"도적? 이것 봐. 듣고 봤잖아? 무황님의 넷째 아드님이시라고. 우리 주군께서. 그런데 배 하나 빌려 타지 못한단 말이냐? 그런 분에게 감히 도적 소리를 해? 딱 열을 세겠다. 그 안에 사라져. 그렇지 않으면 나도 더 이상 살수를 쓰지 않을 수 없다고."

이위령이 살기를 드러내며 말했다.

그러나 열을 센들 전선을 지키기로 마음먹은 푸른 호수성의 전사들이 배를 내어줄 리 없었다.

더군다나 성벽을 따라 빠르게 질주해오는 성주 천일란과 동료 전사들이 보였기에 그들은 더욱 단단히 배를 지켰다.

이위령이 전혀 물러날 생각이 없어 보이는 푸른 호수성의 전사들을 보며 눈살을 찌푸리더니 고개를 돌려 어느새 다가온 적풍에게 물었다.

"어쩌죠?"

"열을 셌나?"

"뭐 얼추 지났을 걸요?"

"그럼 뭘 망설이나. 십자성의 경고를 무시한 자들은 어떻게 대하는지 벌써 잊었는가?"

"그럴 리가요. 알겠습니다. 모두 들었지?"

이위령이 몸을 돌려 배 앞에 늘어선 푸른 호수성의 전사들을 보며 말했다.

그러고는 망설이지 않고 그들을 향해 몸을 날렸다.

"가자!"

이위령이 적들을 향해 뛰어들자 감문이 십자성의 고수들을 독려했다. 그러자 십자성의 고수들이 일제히 말 위에서 날아올랐다.

싸움은 그리 오래 걸리지 않았다. 채 일 각이 지나기도 전에 배를 지키던 자들 중 절반은 물에 빠지고 절반은 심각한 부상을 입고 쓰러졌다.

쓰러진 자들은 공포와 절망감으로 감히 십자성의 무사들을 바라보지도 못했다.

그들 스스로 아바르 최강의 전사들임을 자부하던 자들이었다. 그런데 십자성 고수들에게는 제대로 힘 한번 써보지 못하고 처참하게 무너졌으니 그 굴욕감을 감당하기 힘들었다.

그나마 다행인 것은 죽은 자가 없다는 것 정도.

"먼저 배에 올라."

적풍이 설루를 보며 말했다.

"꼭 이렇게까지 해야 해?"

설루가 물었다.

그러자 적풍이 성벽을 날아내려 배가 있는 곳으로 달려오는 성주 천일란을 보며 말했다.

"이자들 아주 특별해."

"응?"

"배를 지키는 자들이 이 성의 전사들 중 가장 약한 자들이었을 거야. 성주와 함께 오는 자들은 이들보단 훨씬 강하겠지. 아바르 최강의 전사들로 인정받는 자들이 맞는 것 같아. 단 노사의 말대로."

"그래서?"

"이 성의 성주와 전사들을 꺾는다면 앞으로 아바르에서 누가 날 귀찮게 하겠어?"

"그래서 일부러?"

"물론 꼭 그래선 아니지. 조금 전에 했던 말, 신혈의 아바르와 상관없는 나만의 십자성을 이 땅에 세우겠다는 말, 그냥 한 말이 아니야."

"정말 또 다른 십자성을 이 땅에 세우겠다는 거야?"

"음……"

"대체 왜……?"

"여행 중에 내내 생각한 일이었어. 나중에 자세히 말해줄게. 하지만 가장 중요한 이유는 무황의 아들이 아닌 십자성의 성주로서 살아야 내가 자유로우니까. 내가 여기까지 오면서 느낀 신혈의 아바르는… 좀 답답하군."

적풍이 뭔가 불만이 있는 표정을 짓더니 그쯤에서 입을 닫았다.

설루도 더 이상 적풍에게 질문을 하지 않았다. 적풍의 감정이 흔들린 것 같기도 했고, 푸른 호수성의 성주 천일란과 그를 따르는 전사들이 눈앞에 다가와 있기도 했다.

"배에 있을게."

"음."

설루의 말에 적풍이 고개를 끄떡였다.

"가능하면 죽는 사람이 없게 해."

"음."

적풍이 다시 짧은 대답과 함께 고개를 끄떡였다.

그러자 설루가 걱정스러운 표정으로 잠시 적풍과 천일란을 바라보고는 이내 배 위로 올라갔다.

"이게 무슨 짓입니까?"

물에 빠지거나 혹은 사방에 너부러져 있는 푸른 호수성의 전사들을 보며 천일란이 노성을 터뜨렸다.

당장에라도 적풍에게 달려들 기세다.

"성주가 날 무황의 손님이자 아들로 대하지 않으니 나도 그에 합당한 행동을 한 거요."

"난 내 이 성의 성주로서, 그리고 무황께서 내게 맡기신 임무에 충실했을 뿐입니다."

"그렇소? 참 편한 사람이구려. 모든 대답이 자신의 임무에
충실했다는 것으로 끝나니… 그럼 나도 이렇게 대답하겠소. 나
도 내가 하고 싶은 일을 했소. 그리고 본래 이런 방식이 내가
사는 법이오. 성주에게 예의 따위 운운한 건 사실 나도 좀 불
편했소."

"사황자……!"

"가끔 서로 전혀 다른 관점을 가진 사람들이 있소. 그런 경
우 대부분 대화로는 결론을 내지 못하지. 난 이제 이 배를 타
고 신혈제일성으로 가겠소. 배를 회수하려 하거나 혹은 길을
막으면 그렇게 하시오. 우린 대화가 안 되는 사람들이니 싸우
는 쪽이 편할 거요. 그렇게 되면 이 땅의 모든 사람들이 알게
될 거요. 알려지지 않았던 무황의 아들과 무황이 가장 신뢰하
는 성주의 싸움이 어떤 결과를 가져왔는지 말이오. 난 그들의
호기심을 충족시켜줄 의사가 충분히 있소. 그래도 선택은 성주
에게 맡기지! 타르두 노인!"

적풍이 천일란에게서 시선을 떼지 않고 타르두를 불렀다.

"예. 성주!"

배 위에서 타르두가 대답했다.

"떠날 수 있겠소?"

"준비는 끝났습니다."

배를 탈취한 후 가장 먼저 배에 오른 타르두와 파묵이다. 그
들은 배에 오르자마자 전선의 구조를 파악했고, 이내 닻을 올

리고 돛을 펼쳐 떠날 채비를 마치고 있었다.

"좋아. 그럼 배를 출발시키시오. 모두 배에 오른다. 뒤는 내가 맡지."

적풍의 말에 십자성의 고수들이 사다리를 타고 오르거나 혹은 몸을 날려 한 번의 도약으로 배에 올랐다.

배에 오른 십자성의 고수들은 재빨리 배 후미와 측면에 늘어서 홀로 푸른 호수성의 성주와 전사들을 막고 있는 적풍을 도울 준비를 했다.

그사이 배는 서서히 접안대에서 멀어지기 시작했다.

"싸울 생각은 없나 보군. 그럼 나도 가겠소. 그리고… 혹, 무황을 만나러 올 생각이면 신혈제일성에서 봅시다."

탓!

적풍이 가볍게 몸을 날렸다. 그러자 그의 몸이 부유하는 낙엽처럼 천천히 허공으로 떠오르더니 어느새 그의 손이 배의 난간을 잡았다.

그러고는 손끝의 힘으로 몸을 끌어 올려 좁은 난간 위에 가볍게 내려섰다.

배는 그사이 벌써 접안대에서 십여 장을 멀어지고 있었다.

"오늘 일 책임지셔야 할 겁니다."

떠나가는 적풍을 보며 천일란이 소리쳤다.

"그대도 오늘 일 책임져야 할 거요. 나와 여기 백전의 고수들을 신혈의 아바르가 품을 수 없게 된 것에 대해서 말이오. 무황의 입장에서 보자면… 이따위 배 한 척이 문제겠소? 전왕의 검이 아바르를 떠날 것인데. 후후!"

적풍이 엷은 미소를 지으며 대답했다.

그 대답을 들은 천일란의 표정이 딱딱하게 굳었다. 그리고 그녀의 눈에 어느새 적풍 옆에 다가와 못마땅한 표정으로 고개를 젓고 있는 단우하의 모습이 보였다.

"성주님, 추격할까요?"

천일란의 뒤에서 그녀의 수하가 물었다. 그러자 천일란이 고개를 저었다.

"싸우려면 배가 떠나기 전에 싸웠어야지."

"그럼 이대로 보냅니까?"

"어쩔 수 없는 일이다."

"무황께서 어찌 생각하실지……?'

"난 내 일을 했을 뿐이다. 무황님도 이해하실 거다."

"하지만 사황자님과 전왕의 검의 거취가 관계된 일입니다."

수하가 걱정스럽게 말했다.

그러자 천일란이 묵묵부답 말이 없었다. 아무리 강단 있는 그녀라 해도 전왕의 검에 관해선 결코 담담할 수 없었다.

그러자 지금껏 앞으로 나서지 않고 있던 무황의 십대호위 백웅이 차분하게 말했다.

"성주님, 오늘 밤 말을 달려 무황께 가시지요."

"가서 변명을 하란 말인가?"

"변명이 아니라 오늘 이곳에서 있었던 일을 설명드릴 필요가 있다는 겁니다. 다른 사람의 입을 통해서가 아닌 성주님이 직접 설명 드리시는 것이 좋을 것 같습니다만……."

"음……."

천일란이 마땅치 않은 표정으로 신음을 흘렸다. 그러나 결국 그녀도 이 일이 자신이 직접 움직이지 않으면 안 되는 일이라는 것을 인정했다.

"지금 즉시 신혈제일성으로 간다. 가장 빠른 말을 준비하라. 동행은 서른이다!"

"예. 성주!"

푸른 호수성의 전사들이 일제히 대답을 하고는 빠르게 성으로 복귀하기 시작했다.

"참으로 알 수 없는 인물이구나."

을보륵이 고개를 저으며 중얼거렸다. 그러자 그를 수행하는 젊은 현월문의 법사 파윤이 대답했다.

"정말 그렇습니다. 설마 무황의 심복 중에 심복이라는 푸른 호수성의 성주에게서 배를 빼앗아 갈 줄이야."

"이것으로 두 가지 추측이 가능하다."

"……?"

"무황의 아들, 사황자의 마음은 둘 중 하나다. 첫째 무황을 만나는 순간 그의 사황자로서, 혹은 전왕의 검의 주인으로서 그 누구도 도전할 수 없는 강력한 무황의 후계자가 되려는 것, 그래서 무황의 심복이라는 십대호위나 푸른 호수성의 성주에게 조차도 조금의 양보가 없는 것이다."

"기선을 제압하겠다는 건가요?"

"그렇다고 봐야지."

"하지만 단순히 기선을 제압하려는 것이라면 너무 지나치지 않습니까."

파윤이 고개를 갸웃하며 되물었다. 그러자 을보륵이 대답했다.

"맞아. 지나친 면이 있지. 그래서 두 번째 가능성을 염두에 두는 것이다."

"설마 그가 성주 천일란에게 한 말을 행동으로 옮길 거라 생각하십니까?"

"그럴 수도 있지 않겠느냐?"

"하지만… 신혈의 아바르는 크고 강한 곳입니다. 이런 곳의 제왕이 될 수 있다면 대부분이 사람은 자신의 영혼이라도 팔 겁니다."

"그는 특이한 사람이니까. 아니면 보통 사람보다 훨씬 야망이 크던지. 무황의 아바르가 아닌 자신만의 왕국을 건설하려는 야망 말이다."

"그러나 무황은 그의 아버지 아닙니까?"

"진정한 야심가는 혈육을 넘어서지."

"모르겠군요. 정말 그가 그런 야심가인지는……."

"그의 선택을 두고 보면 알 것이다. 아무튼 재밌게 되었구나."

"재미라고 하셨습니까? 대법사님답지 않으십니다."

"나답지 않다고? 뭐가 말이냐?"

현월문의 대법사 을보륵의 의아한 표정으로 물었다.

"그의 등장으로 이 땅에 혈풍이 불지도 모르는데 어찌 그 일을 재밌다고 말씀하십니까?"

"어리석은 소리. 그의 등장은 이 땅에 축복 같은 것이다."

"그게 무슨 말씀이십니까? 축복이라뇨. 당장 신혈제일성에 그가 입성하면 그곳에서부터 피바람이 불지도 모르는데."

"아바르는 당분간 혼란하겠지. 그러나 칠왕의 땅은 어떻겠느냐?"

을보륵이 물었다.

파윤이 갑작스러운 질문에 대답을 하지 못했다.

"일단 무황은 대원정을 중지할 것이다."

"단지 그의 등장만으로요?"

"단지 그의 등장만이 아니지. 그의 손에 전왕의 검이 들려 있으니까. 전왕의 검이 아바르에 있다는 것은 아주 중요한 의미를 지닌다. 그건 곧 아바르가 지금까지와 달리 일곱 개의 신검 중 하나의 주인이 된다는 의미기 때문이다. 다시 말해 칠왕의 일원이 되는 것이지."

"지금도 마찬가지 아닙니까?"

파윤의 말에 을보륵이 고개를 저었다.

"다르다. 지금까지 신혈의 아바르는 이 땅의 지배자 중 하나로 인정받기는 했지만 칠왕의 일원으로는 인정받지 못했다. 그 이유는 칠왕으로부터의 이어진 혈통이 아니기 때문이기도 하지만, 결정적으로 신검의 부재 때문이었다. 그 때문에 신혈의 아바르는 신검 주인들의 회합인 벽루의 회합에 참여한 적이 없었다. 하지만 이젠 다르지. 전왕의 검을 가지고 있다면 벽루의 회합에 참여할 자격이 생긴다."

"그것만으로 대원정이 중지될 것이라고 보긴 어려운데요?"

파윤이 여전히 고개를 저었다.

"무황이 왜 대원정을 계획했는지 아느냐? 그건 그의 사후 칠왕으로 부터 신혈의 아바르를 지킬 마땅한 후계자가 없었기 때문이다. 세 명의 혈육, 그리고 백전노장이라는 삼후까지 모두 뛰어난 자들이지만 무황을 대신할 수는 없다. 그런데 이젠 다르다. 전왕의 검이 있다면 그들 중 누구라도 신혈의 아바르를 지킬 수 있을 것이다. 그러니 무황이 굳이 대원정을 할 이유가 있겠느냐?"

"그건 그러네요. 대원정의 승산은 오 할이 채 되지 않았으니까요."

"그가 대원정을 시작하기 전 현월문에 도움을 청했던 일을 생각해 보아라. 그는 신혈의 아바르가 존속되기만 하면 대원정을 할 생각이 없었던 사람이다."

을보륵의 말에 파윤이 고개를 끄떡였다.

"맞습니다. 문주께서도 그때 무척 고민을 하셨지요. 결국은 아바르의 일에 관여하지 않기로 했지만……."

"이제 전왕의 검이 아바르로 들어가면 대원정은 없던 일이 될 것이다. 대신 누가 무황의 후계자가 되어 전왕의 검을 소유

할 것이냐가 문제겠지. 그 싸움은 사실 이 땅의 균형과는 상관
없으니 재미있지 않겠느냐?"

"뭐, 그렇게 생각하면 그렇지만 그 싸움 역시 피비린내가 나
지 않을까요?"

"그렇긴 하겠지."

이번만큼은 을보륵도 파윤의 말에 동의할 수밖에 없었다.

"그래도 지금 전왕의 검을 가지고 있는 사황자가 가장 유리
하겠죠?"

"그렇긴 한데 문제는 앞서도 말했지만 그에게 무황의 후계자
가 될 마음이 있느냐는 것이겠지."

"어려운 문제군요."

"흥미로운 일이지."

"혈풍만 불지 않는다면요."

파윤이 여전히 아바르의 권력 싸움을 재미있는 일로 생각하
는 을보륵이 못마땅한 표정으로 대답했다.

*   *   *

편안한 이동을 위해 푸른 호수성의 전선을 탈취했지만 지난
밤 그 누구도 편하게 잠든 사람은 없었다.

푸른 호수성에서 전선을 탈취한 일에 대한 두려움이나 걱정
때문은 아니었다.

그것보다는 날이 밝으면 그들이 보게 될 성(城), 그리고 그

성 안에서 그들을 기다리고 있을 사람 때문이었다.

그래서 십자성의 고수들은 어둠이 물러가기 전부터 잠자리를 털고 일어나 모두 전선의 갑판에 나와 서성였다.

간혹 지나온 여행과 앞으로 있을 일들에 대해 나직하게 이야기를 나누는 사람들도 있었지만, 대부분의 시간을 그들은 전선이 향하는 아바르의 강의 하류, 어슴푸레 주변의 사물들이 구분되는 그 어둠 속을 응시하고 있었다.

그러다가 어느 순간부터 안개가 배 주위를 에워싸기 시작했다. 강호무림에서처럼 누군가 펼쳐놓은 진법에 빠진 것은 아니었다. 안개는 아바르강에 아침이 오고 있음을 알려주는 징표였다.

안개에 밀려 어둠이 옅어졌다. 그리고 안개 위로 투명한 공기가 보이더니 갑자기 그들 앞에 거대한 성이 모습을 드러냈다.

"신혈제일성입니다."

성이 보이자 단우하가 말했다. 그러나 그가 말해주지 않아도 누구나 눈에 보이는 성이 신혈제일성임을 알고 있었다.

"얼마나 걸리겠소?"

성이 보이자 적풍이 물었다.

"강호의 시간으로 한 시진 안쪽에 있습니다."

단우하가 대답했다.

"알겠소. 타르두 노인!"

적풍이 안개가 일면서 자칫 배의 방향을 잃을까봐 바싹 긴장한 채 키를 잡고 있는 타르두를 불렀다.

"예. 성주!"

"일단 이쯤에서 멈춥시다. 해가 뜨고 안개가 걷힌 후 가겠소."

"알겠습니다."

타르두가 바라던 바라는 듯 재빨리 대답하고는 배를 멈춘 후 닻을 내렸다. 물살이 잔잔해서 배를 멈추는 일이 그리 어려운 일도 아니었다.

"온 김에 빨리 가지 않고요?"

이위령이 배를 멈춘 이유가 궁금한지 적풍에게 물었다.

"해가 뜨기 전에 오는 손님을 반길 사람은 없지."

적풍이 대답했다.

"그렇긴 하지만… 에이 알겠습니다. 지루해도 뭐 기다리죠. 요기나 하고 갈까요?"

"그러지."

적풍이 고개를 끄떡였다. 그러자 십자성의 고수들이 석불성에서부터 준비해 온 건량들을 꺼내 이른 아침식사를 하기 시작했다.

아침식사가 끝날 즈음 해가 뜨기 시작했다. 해가 하늘로 오르자 안개는 삽시간에 강물 위에서 사라졌다.

안개가 사라진 끝에 나타난 풍경이 다시 한 번 일행을 감탄시켰다.

"야아. 정말 대단하군!"

이위령의 입에서 탄성이 흘러나왔다.

거대한 괴물처럼 이어지던 아바르강의 물줄기가 두 갈래로 갈리고 그사이에 우뚝 솟은 성(城)이 있었다.

그리 높지 않은 산을 기반으로 쌓아 올린 성채는 마치 강 위에 떠 있는 거대한 섬처럼 보였다.

성 동쪽에서 시작된 마차 서너 대가 지날 수 있는 거대한 다리가 강 건너 초원까지 놓여 있었고, 그 다리 주변으로 이른 아침임에도 불구하고 크고 작은 배들이 분주하게 움직이고 있었다.

적풍은 팔짱을 낀 채 묵묵히 아바르 강 위의 신혈제일성을 바라보고 있었다. 배 위의 모든 사람들의 그의 출발 명령을 기다리고 있었다.

그리고 급기야 태양이 강물 위의 그림자들을 모두 걷어내자 적풍이 말했다.

"타르두 노인, 이제 갑시다."

"예. 성주!"

적풍의 명을 받은 노인 타르두가 급히 닻을 올리고 아바르 강의 유려한 물살에 배를 맡겼다.

제10장
다른 길을 보는 사람들

신혈제일성은 침묵으로 적풍 일행을 맞았다. 그렇다고 사람들의 모습이 보이지 않는 것은 아니었다.

아니, 그 어느 때보다도 많은 사람들이 성벽 위와 성 주변, 그리고 아바르 강 위에서 적풍 일행이 눈부신 아침햇살 속에서 다가오는 것을 지켜보고 있었다.

환호와 냉대가 없는 아바르의 전사들을 보며 십자성의 고수들은 그들이 마치 죽은 자들의 성으로 들어가는 듯한 느낌을 받았다.

그나마 분주한 곳은 끊임없이 배들이 들고 나는 접안대였다.

신혈제일성으로부터 이어진 매끄러운 도로 끝에 위치한 접안대는 한 번에 전선 대여섯 척이 접안할 수 있을 만큼 커서,

성 양쪽 옆으로 흘러가는 아바르 강 어느 방향에서든 넉넉하게 접안할 만했다.

그 위에서 검은 전복을 입은 일단의 아바르 전사들이 분주하게 움직이며 적풍 일행을 맞을 준비를 하고 있었다.

"어라? 벌써 와 있네?"

성이 손에 잡힐 듯 가까워지자 문득 이위령이 놀란 표정으로 말했다.

"누가?"

감문이 되묻자 이위령이 손을 들어 성문을 중심으로 좌우로 길게 이어진 성벽 한쪽을 가리켰다.

감문이 이위령이 가리키는 방향으로 시선을 돌리다가 이내 얼굴을 굳혔다.

"정말이군. 겁이 나긴 났나보군. 그렇게 대단한 척하다니."

"겁이 나서 왔을까요?"

"그럼 아니겠나? 성주께 한 짓이 있는데… 흥, 먼저 와서 무황께 자신들의 잘못이 아니라 성주께서 과격한 행동을 하셨다고 일러바쳤겠지."

감문과 이위령이 발견한 사람은 하루 전, 치열한 신경전 끝에 배까지 탈취하게 된 푸른 호수성의 성주 천일란이었다.

그녀는 밤새 말을 달려 배를 타고 이동한 적풍 일행보다도 먼저 신혈제일성에 도착해 있었던 것이다.

아마도 이미 무황 적황도 만났을 것이다. 그리고 그에게 적풍과 있었던 일에 대해서도 전했을 것이다. 물론 그녀가 한 모든 이야기의 중심은 그녀 자신일 테지만.

"그럼 무황께서 단단히 화가 나셨을 수도 있겠는데요?"

이위령이 걱정스러운 표정으로 말하며 적풍을 바라봤다.

그러나 적풍은 전혀 걱정하는 눈빛이 아니었다. 그는 그저 묵묵히 다가오는 신혈제일성과 그 성 곳곳에 흩어져서 자신을 주시하고 있는 아바르의 전사들을 바라볼 뿐이었다.

"들어갑니다."

타르두의 긴장한 목소리가 들렸다. 뒤를 이어 배가 아바르 강의 흐름에서 벗어나 접안대로 향했다.

쿵!

전선이 접안대에 닿으면서 제법 큰 소리가 일어났다. 그러자 접안대에 나와 섰던 자들 일부가 커다란 장대로 배를 밀어 충격을 흡수했다.

"닻을 내립니다."

타르두가 다른 때와 달리 그가 하는 모든 행동을 큰 소리로 외쳐 적풍에게 알렸다. 아니 어쩌면 적풍에게 알리는 것이 아니라 접안대에 늘어선 아바르의 전사들에게 외치는 것일 수도 있었다.

자신들이 어떤 위협도 되지 않는다는 뜻에서 행동 하나하나를 상대에게 전하는 것이 여행자의 예의다.

아무튼 그렇게 배가 멈췄다. 그리고 이 긴 여행이 드디어 끝이 났다.

"다 왔습니다."

단우하가 조금 격해진 목소리로 적풍에게 말했다. 그로서는 두 세계를 여행하는 것까지 포함해 무척 긴 여행이 끝났으니 감상적일 수밖에 없었다.

적풍이 단우하의 말에 가볍게 고개를 끄떡이고는 고개를 돌려 그들이 지나온 아바르 강을 바라봤다.

안개가 걷힌 아바르 강은 아름답기 이를 데 없었다. 그곳을 지나왔다는 것이 꿈처럼 느껴지기도 했다.

적풍이 다시 고개를 돌려 아바르 강 중간에 우뚝 솟은 신혈 제일성을 바라봤다.

검은색 일색의 성은, 비록 눈부신 햇살을 받고 있지만 그럼에도 불구하고 어둡고 무거워 보였다.

"마음에 들지 않아. 역시 새로운 성이 필요하겠어."

적풍이 나직하게 중얼거렸다.

"예?"

적풍의 말을 자세히 듣지 못한 단우하가 되물었다.

"아니오. 갑시다."

적풍이 단우하의 질문을 막으며 앞장서라는 듯 손짓을 했다. 그러자 단우하가 고개를 갸웃하고는 앞으로 걸어 나가 어느새 걸쳐진 사다리를 타고 배에서 내렸다.

단우하가 내리자 십자성의 고수들이 서둘러 배에서 내려 접안대에 둥글게 원형의 진 형태를 갖춘 채 적풍을 기다렸다.

적풍은 설루와 적사몽을 데리고 느리게 배에서 내려와 신혈 제일성의 땅에 발을 디뎠다.

"어서 오십시오. 사황자님! 먼 길 고생하셨습니다."

적풍이 배에서 내리자 접안대에서 아바르 전사 수십 명을 데리고 그를 기다리고 있던 초로의 설도우가 가볍게 고개를 숙여 적풍을 맞았다.

그러자 적풍이 단우하를 바라봤다.

"무황님을 모시는 설도우라는 사람입니다. 검은 사자의 일원이지요."

단우하의 설명에 적풍이 다시 시선을 설도우에게로 향하며 입을 열었다.

"반갑소."

짧은 적풍의 인사에 설도우의 얼굴에 미미한 미소가 지어졌다. 그 한 번의 행동으로 적풍이 무황 적황과 무척 닮았다는 것을 깨달았기 때문이었다. 적풍의 대답을 들은 설도우가 이번에는 단우하에게 인사를 했다.

"고생하셨습니다."

"나야 즐거운 여행이었지. 그런데… 뢰산 신전에 무슨 일이 생긴 건가? 어째서 교벽의 출구가 사막 쿰 너머 자말의 숲 경계에 열린 것인가?"

"그것이……."

설도우가 말꼬리를 흐린다.

"말해보게."

단우하가 설도우의 말을 재촉했다.

"세 분 황자 황녀님께서 신전에 아바르의 번영을 축원하러가셨다가 실수로 신전 일부를 훼손하셨습니다."

"신전을 훼손해?"

"그렇습니다."

설도우가 어색한 표정으로 대답했다.

"실수로 말이지?"

"그렇습니다."

"허허, 참 큰 실수들을 하셨군. 그래서 결국 이렇게 칠왕의 땅에 대한 대원정을 위해 아바르의 전사들이 모이고 말이야."

"아무튼… 무사히 돌아오셔서 다행입니다."

"누군가에게는 아니겠지만 말일세."

단우하가 빙긋 미소를 지었다.

"노사께서도 참……."

설도우가 재빨리 고개를 돌려 성벽 위쪽을 바라봤다. 그의 시선이 향한 곳에는 다른 사람들과는 다른 화려한 전갑을 걸친 사람들이 몇몇 서 있었다.

"걱정 말게. 설마하니 저곳까지 들리겠나?"

"그래도 조심하십시오. 사방에 귀가 있습니다."

"뭐, 들어도 상관없고."

단우하의 반응에 설도우가 이상한 눈으로 단우하를 빤히 바라봤다.

"왜 그렇게 보는가?"

"좀 변하셨군요."

"내가?"

"예."

설도우가 고개를 끄떡였다.

"어떻게 말인가?"

"좀 거칠어지셨다고 할까요? 마치 그 옛날 검은 사자의 시절로 돌아가신 듯하십니다."

"그래? 흐음… 그렇군. 아무래도 나도 모르는 사이에 소공자께 물이 들은 듯합니다."

단우하가 무사히 돌아왔다는 사실에 긴장이 풀렸는지 적풍을 돌아보며 농까지 건넸다.

"그래서 싫소?"

적풍이 무심하게 물었다.

"아닙니다. 오히려 좋군요. 사실 신혈의 아바르가 선 이후 전 너무 침잠된 삶을 살았지요. 이번 여행을 통해 잃었던 활기를 얻는 것 같습니다."

"그렇다면 다행이오."

적풍이 담담하게 대답했다.

그러자 설도우가 정중하게 적풍에게 말했다.

"무황께서 기다리고 계십니다. 모시겠습니다."

"그럽시다."

적풍이 고개를 끄떡이자 설도우가 나직하지만 위엄이 깃든 목소리로 자신이 데리고 나온 아바르의 전사들에게 명을 내렸다.

"무황께 간다. 길을 열어라!"

설도우의 명이 떨어지자 아바르의 전사들이 일제히 앞으로 달려 나가며 길을 열기 시작했다.

"결국 왔군."

아바르 전사들의 안내를 받으며 신혈제일성으로 향하는 적
풍 일행을 성벽 위에서 지켜보고 있던 적호가 중얼거렸다.

꺼림칙한 느낌을 지울 수 없는 말투다.

"그러게요. 일이 어렵게 되었어요. 설마 유리사가 변심을 할
줄은 몰랐군요."

삼황녀 적화우가 살기가 묻어나는 목소리로 말했다.

"나도 마찬가지다. 궐손문은 내가 아끼던 자인데 어떻게 그렇
게 쉽게 변심을 했을까. 솔직히 난 오늘 궐손문이 그의 곁에 있
는 것을 내 눈으로 보기 전까지는 그 소문을 믿지 않았었다."

무황의 맏아들이자 현재 무황의 후계자로서는 가장 앞서 있
다는 평가를 받는 적룡이 고개를 저으며 말했다.

"저도 그래요. 물론 유리사의 경우 한 가지 위험성은 늘 가
지고 있었지요."

"위험성?"

적룡이 되물었다.

"에. 본래 유리사는 단 숙부가 제게 맡긴 아이지요. 그때…
손에 검을 들게 하지 말라는 당부를 했었는데, 그 약속을 제가
어겼으니. 저로선 유리사가 변심한 일을 따질 수도 없을 것 같
아요."

"난 좀 다르다. 난 반드시 궐손문에게 날 배신한 책임을 묻

겠다."

적룡이 단호하게 말했다.

그러자 적호가 가벼운 미소를 지으며 말했다.

"후후, 그럼 결국 그나마 내가 제일 나은 편이구려. 자왕은 항복을 하는 대신 죽음을 택했으니까."

"글쎄요. 그가 과연 죽음을 택한 걸까요?"

적화우가 가벼운 비웃음이 섞인 말투로 물었다.

"무슨 말을 하고 싶은 거냐?"

"항복할 기회 자체가 없었던 건 아닐까 해서요."

"그 말은 내 사람들이 가장 약했을 거란 뜻이냐?"

"그런 말은 아니에요. 너무 흥분하지 마세요."

"후우… 화우, 지금 우린 서로 심기를 건드릴 때가 아니다. 넷째 아우란 자가 도착한 이상 우린 힘을 모아야 해."

"우습군요. 나이도 한참 어린 막내아우가 나타났다고 우리 삼남매가 힘을 모아야 한다니. 결국 그 아이를 만나보기도 전에 그 힘의 존재를 인정해야 한다는 건가요?"

"지금 날 조롱하는 거냐?"

적호가 날카로운 눈으로 적화우를 노려보며 말했다. 그러자 적화우가 고개를 저었다.

"아니에요. 둘째 오라버니를 조롱하자고 한 말이 아니라 우리가 지나치게 그에 대해 미리부터 걱정을 하고 있는 게 아닌가 싶어서요. 사실… 소문으로만 들었지 그의 진정한 능력을 눈으로 확인한 것도 아니잖아요? 또한 그의 손에 있다는 전왕의 검 역시 결국 아버님께 전해질 것이니 그 주인이 누가 될지도 아직 정해진 것도 아니고요. 전 설마 넷째가 우리 세 사람을 홀로 상대할 정도로 강하다고는 생각지 않아요."

적화우가 냉정한 어조로 말했다. 그러자 일황자 적룡이 고개를 끄떡였다.

"그 말은 화우의 말이 맞는 것 같구나. 사실 우린 오직 소문만 가지고 그를 평가하고 있다. 그러니 일단 만나보자꾸나."

"아우로 인정해 줄 것이오?"

적호가 마땅찮은 표정으로 물었다.

"당연한 일 아니겠느냐? 아버지의 피를 이었는데. 어머니가 다른 것은 아무런 문제가 아니지. 우리 세 사람 모두 어머니가 다르지 않더냐?"

"그렇지만 우리 어머님들은 모두 신혈의 혈통을 지닌 분들이었지 않소?"

"후후, 그런 말 절대 아버지 앞에서 하지 말거라. 신혈족의 고난은 바로 그 혈통에 대한 차별에서 시작된 것, 그 차별을 극복하기 위해 세워진 왕국이 바로 이 신혈의 아바르다."

"나도 알고는 있소. 하지만… 왠지 그 녀석은 우리완 다르다는 생각이 들어서 말이오."

"하긴 나도 이질적이긴 하구나."

적룡이 고개를 끄떡였다.

"일단 가요. 아버지와 무슨 말을 나누는지 들어야 하니까."

적화우가 먼저 걸음을 옮기며 말했다. 그러자 적룡과 적호

두 사람도 급히 성벽 아래로 내려갔다.

"어떻게 생각하시오?"

세 명의 황자와 황녀가 성벽을 내려가자 십여 장 옆에서 묵묵히 적풍의 입성을 바라보고 있던 신혈제일성의 성주이자, 아바르에서 무황 적황을 제외하고는 가장 강력한 권력을 가진 일후 천목이 입을 열었다.

"뭐가 말이오?"

대답을 한 쪽은 투박한 생김새에 바위처럼 단단한 몸을 가지고 있어서 비록 백발이 성성함에도 불구하고 젊은이 못지않은 패기가 느껴지는 삼후 아투야였다.

그는 과거 불의성과의 싸움과 아바르 정벌에서 언제나 선봉에 서서 적진을 향해 돌진한 것으로 유명한 맹장 중의 맹장이었다. 그 공을 무황 역시 인정해, 자신을 제외하고 아바르 최고의 권력을 가진 삼후 중 한 명으로 임명한 인물이다.

"사황자 말이오."

"사황자라… 참 낯선 말이구려. 설마 천의비문의 그분이 아이를 가졌을 줄 누가 알았겠소."

천목의 말에 아투야가 대답 대신 적풍이라는 존재에 대한 감회를 말했다.

"모든 것이 운명 아니겠소? 우리가 이곳을 떠나 명계로 간 것도, 또 그곳에서 무정하던 무황께서 천의비문의 여인과 부부의 연을 맺은 것도 그렇고… 결국 사황자는 이곳에 올 운명이었던 것이오."

삼후 중 이후로 불리며 불법에 능하고 무욕으로 유명한 이후(二侯) 십면불 도광이 담담한 목소리 말했다.

"이후께선 여전히 부처님의 세계에 빠져 사시나 보구려."

삼후 아투야가 뭔가 못마땅한 표정으로 말했다.

"혼란한 시대일수록 부처님의 법은 꼭 필요한 법이외다."

십면불 도광이 웃으며 말했다.

"아아, 난 부처님 말씀은 모르겠고, 그래서 이후께선 결국 사황자가 이 아바르의 주인이 될 운명이라 생각하시는 거요?"

"글쎄올시다. 그거야 난들 어찌 알겠소. 다만 사황자의 등장으로 어쨌거나 아바르는 조만간 무황님의 후계자를 결정할 가능성이 높아진 건 확실한 것 같소. 그 정도 역할만으로도 사황자께서 이곳에 오신 소득은 있는 것 아니겠소?"

"그렇긴 하구려. 그간의 혼란은 결국 무황님의 후계자가 정해지지 않아서 생긴 일이니까. 그런데 정말 사황자가 전왕의 검과 불의 검을 가지고 있을 것 같소?"

이때만큼은 아투야의 얼굴에 숨길 수 없는 욕망이 드러났다.

"그거야 이미 확인된 것 아니오?"

일후 천목이 퉁명스럽게 대답했다.

"하아… 그렇다면 결국 사황자가 후계자가 되겠군. 불의 검과 전왕의 검… 더 무슨 말이 필요하겠소? 두 개의 신검 없이 아바르를 평정하는 일 같은 건 오직 무황께서만 하실 수 있는 일일 거요."

"그것 역시 무황께서 결정하실 문제요. 무황께서 본래 원하신 것은 전왕의 검이었소. 신검만 있다면 누구든 충분히 이 아바르를 지켜낼 수 있다고 보신 것이니까. 일의 선후가 어찌 될지 모르지만 사황자가 신검을 가지고 왔다고 전왕의 검이 꼭 사황자의 것이 되리란 보장은 없는 거요."

"하지만… 과연 사황자가 순순히 신검을 내놓겠소? 그에 대한 소문 못 들으셨소? 무황께서 보낸 십대호위들을 무릎 꿇렸고, 푸른 호수성의 전선을 탈취했소. 이는 사황자가 결코 순순히 무황님의 뜻에 따르지는 않을 거란 의미요."

아투야가 말했다.

그러자 천목이 고개를 저었다.

"무황님이 없을 때야 무슨 일이든 못하겠소. 그러나… 여긴 아바르요. 아바르의 제왕은 무황님이시고 말이오. 일단 무황님 앞에 서면 사황자도 모든 것을 무황님의 뜻에 맡기게 될 거요."

"하긴… 누가 감히 무황님의 뜻을 거역하겠소. 자, 우리도 갑시다. 아바르의 운명이 결정될 지도 모르는데 빠질 수야 없지 않겠소?"

"그럽시다. 어디 아바르의 운명이 어떻게 흘러가나 봅시다."

천목이 대답했다.

*   *   *

신혈제일성은 무황 적황의 성이 아니었다.

아바르를 정벌할 때는 이 성을 기반으로 세력을 일으켰지만, 아바르가 신혈의 땅이 된 이후 적황은 아바르 동쪽의 산지로 들어가 그와 그를 따르는 몇 명의 검은 사자들을 위한 성을 쌓았다.

사람들이 무황의 성이라거나 혹은 검은 사자들의 성이라고 부르는 성은 그렇게 해서 탄생했다.

무황은 자신의 성을 쌓으면서 성의 규모를 무척 작게 만들었다. 그는 그 작고 깊은 성에서 은거하듯 조용하게 아바르를 다스렸다.

그래서 지금까지도 사람들에게 아바르의 중심, 신혈의 아바르를 대표하는 성은 이곳 신혈제일성이었다.

물론 무황이 신혈제일성을 일후 천목에게 맡겼다고 해서 성에 무황의 거처가 없는 것은 아니었다.

그가 검은 사자들을 이끌고 무너져 가는 신혈제일성을 자신들의 본거지로 만들 때 머물렀던 장소는 여전히 무황의 거처로서, 아바르의 성역으로 여겨지고 있었다.

"저곳에 무황님이 계십니다."

문득 적풍의 앞에서 길을 안내하던 설도우가 걸음을 멈추고 신혈제일성 북쪽에 자리 잡은 기이한 석조 건물을 가리켰다.

아주 오래전에 만들어진 것 같은 건물은 뒤쪽이 작은 절벽과 맞닿아 있었는데 어찌 보면 건물 자체가 절벽 안쪽으로 파고들어간 듯 보였다.

하지만 그렇게 기이한 모습보다 사람들을 더 당황시키는 것이 있었다. 그건 무황 적황이 머물고 있다는 건물의 외양이었다.

건물은 수수함을 넘어 누추함이 느껴졌다. 신혈제일성에 들어와 보았던 수많은 건물들, 도람석으로 치장이 되어 있거나, 기름을 칠한 튼튼한 목재와 잘 구워진 기와로 멋을 낸 건물도 여러 채였다.

그런데 무황 적황이 머물고 있다는 이 기이한 절벽 앞의 건물은 마치 하룻밤 바람을 피하기 위해 지어진 건물처럼 엉성했다.

도람석은 찾아볼 수 없을뿐더러 건물을 이룬 석재들도 제대로 다음어지지 않은 엉성한 모양을 하고 있었다.

"정말 저기 무황님이 계십니까?"

의아함을 이기지 못하고 이위령이 물었다.

"그렇다네."

대답은 설도우가 아니라 단우하가 했다.

"아니 아바르의 주인께서 왜 저런 곳에 머무십니까?"

"무황님의 뜻이었네. 고난의 시절을 잊지 말자는 의미로 최초에 무황님과 우리 검은 사자들이 대정벌을 시작하던 때 그대로의 모습을 간직하자고 하셨지. 물론 평소에 무황께서 이 성에 머무시지 않기 때문이기도 하지만 말일세. 대원정이 아니었다면 다시 저곳에 기거하실 일은 아마도 없으셨을 걸세."

"그렇군요. 그런 의미라면 이해가 갑니다."

이위령이 고개를 끄떡였다.

"갑시다."

적풍이 건물에 얽힌 이야기 따윈 관심 없다는 듯 길을 재촉했다.

허름한 건물 앞에 섰다. 그러나 그 어떤 장소보다도 강렬한 기운이 느껴진다.

듬성듬성 틈이 난 벽을 통해 마치 온 세상을 지배하는 마룡(魔龍)이 웅크리고 있는 듯한 기운이 흘러나왔다.

적풍은 묵묵히 건물 안쪽에서 흘러나오는 기운을 맞이했다. 그리고 갑자기 웃음이 흘러나왔다.

'수십 년 만에 처음 보는 아들에게 힘자랑이라도 하려는 건가?'

쓴웃음이 나올 수밖에 없었다.

버리고 간 아들이 찾아왔으면 미안함에 눈을 마주칠 수도 없는 것이 부모란 존재다. 그런데 이 무정한 아버지는 오히려 찾아온 아들을 시험하듯 그렇게 세상을 짓누를 듯한 기운을 흘러보내고 있었다.

"그렇다고 맞장구를 쳐줄 수는 없고… 가서 전하시오. 내가 왔다고."

적풍이 무심한 표정으로 단우하에게 말했다.

그러자 단우하가 조금 걱정스러운 표정으로 적풍을 한 번 바라보더니 이내 절벽과 잇닿은 건물 속으로 들어갔다.

단우하가 나온 것은 채 일각이 지나지 않아서였다. 그리고 그는 적풍에게 걱정스러운 표정으로 말했다.

"들어오시랍니다. 대신, 소공자님 혼자 들어오시랍니다."

"그렇소? 하긴 처음 보는 아들인데 둘만의 오붓한 시간이 필요하겠지. 여시오."

적풍이 선선히 응하자 단우하가 무황 적황이 머물고 있는 건물의 문을 열었다.

문이 열리자 적풍이 망설이지 않고 어둡고 음습한 공간으로 서슴없이 들어갔다.

우웅!

건물에 들어서자 가장 먼저 반응한 것은 전왕의 검이었다. 전왕의 검은 마치 예전 주인을 만나는 것에 흥분이 되는지 검집 안에서 몸을 떨었다.

'네 주인은 이제 나다.'

적풍이 은은하게 진동하는 전왕의 검을 한 손으로 지그시 부여잡았다. 그러자 이내 신검의 진동이 멈추고 전왕의 검이 본래의 모습으로 돌아왔다.

그렇게 전왕이 검을 진정시킨 적풍이 시선을 들어 어두운 안쪽을 바라봤다.

그러자 어두운 실내 저편에 한 줄기 빛이 보였다. 그리고 그 빛 속에 그가 있었다.

그는 이 어두운 공간에서 유일하게 빛이 들어오는 작은 창가에 선 채 신혈제일성과 그 양옆을 흐르는 아바르 강, 그리고 광활하게 펼쳐진 아바르의 평원을 바라보고 있었다.

적풍은 잠시 빛 속에 서 있는 무황 적황을 응시하다 천천히 그에게 다가갔다. 그리고 그로부터 열 걸음 정도 떨어진 곳에서 걸음을 멈췄다.

"왔구나. 고생했다."

무심한 무황 적황의 말이 흘러나왔다.

그가 한 말이 분명하지만 그의 입이 움직이지 않는 것 같아서 마치 실내 어딘가에 숨어 있는 다른 누군가가 하는 말처럼 느껴졌다.

"살아계시니 뵙는군요."

"음… 내가 죽었다고 알고 살았겠지?"

"그 편이 마음 좋았지요."

적풍이 대답했다.

그러자 그제야 적황의 고개를 돌려 적풍을 바라봤다.

순간 적풍은 가슴 한쪽이 무너지는 것을 느꼈다. 건물 밖에서 적황이 흘러내던 절대적 기운을 느낄 때만해도 적황에 대한 반발심 같은 것을 가지고 있었다.

그런데 실제로 본 적황의 모습은 전혀 그가 기대했던 모습이 아니었다.

'단 노사의 말이 거짓은 아니었군.'

단우하는 돌아오는 내내 길을 재촉하면서 무황의 상태가 예전과 같지 않음을 수시로 언급했었다.

그 몸으로 칠왕의 땅에 대한 대원정은 무리이며 설혹 대원정에 성공한다 해도 그로 인해 무황 적황의 수명이 급격하게 단축될 것을 걱정했었다.

그런데 직접 아버지 적황을 만나고 보니 상황은 단우하가 말한 것 이상으로 좋지 않아 보였다.

얼굴에는 젊은 시절 그의 고난을 말해주듯 칼자국과 주름이 뒤엉켜 있었으며, 근육이 빠져나간 두 어깨는 뼈만 남아 앙상하게 말라 있었다.

더군다나 그의 두 눈에는 일종의 허무감 같은 것이 짙게 배어 나오고 있었는데, 이는 죽음을 앞둔 자만이 보일 수 있는 눈빛이었다.

"미안하단 말을 기대하느냐?"

"기대하며 오지는 않았는데 어쩌면 그 말을 들을 수도 있다는 생각이 드는군요."

적풍이 담담하게 대답했다. 그 순간 적황은 적풍의 눈에서 자신을 향한 동정의 빛을 읽어냈다.

"하아, 소문대로구나."

적황이 나직하게 한숨을 쉬었다.

"어떤 소문을 들었습니까?"

"강하고, 단호하며… 하지만 독선적이라고 하더구나."

"그래서 실망하셨습니까?"

"그래서는 큰 무리의 우두머리가 될 수 없다."

"전 십자성을 이끌고 있지요. 누가 뭐래도 십자성은 강호무림의 지배자입니다. 세상을 지배하는 방법은 여러 가지지요. 그중 전 번잡하지 않은 방법을 택한 겁니다. 물론… 무황께서 원하시는 방법은 저와 맞지 않습니다만."

적풍이 담담하게 대답했다.

"그래서 아바르의 왕좌에는 관심이 없다는 거냐?"

"그렇습니다."

"그럼 왜 내게 왔느냐?"

"죽어가는 부모가 자식을 찾는데 와 보는 것이 인지상정 아니겠습니까? 물론 처자식을 버리고 떠나는 무정한 사람에게는 당연한 일이 아닐 수도 있겠지만, 제겐 당연한 일입니다. 그리고 이 여행은… 제법 즐겁더군요."

적풍이 담담하게 대답했다.

"내게서 아버지의 정을 기대했느냐?"

"설마 그랬겠습니까? 이 피를 아는데!"

적풍이 손을 들어 자신의 손가락으로 자신의 심장을 가리켰다.

"너도 그러하냐?"

적황이 물었다.

그러자 적풍이 잠시 적황을 바라보다가 입을 열었다.

"다행인지 불행인지 제게는 그 정이란 놈이 조금은 숨을 쉬고 있더군요. 제겐 어떤 경우에라도 버리지 못할 아내와 아이가 있습니다. 적어도 그 정도의 마음을 가진 사람이지요."

적풍의 대답에 적황이 묵묵히 고개를 끄떡였다.

"하긴 넌 내 피만 받은 것은 아니니까. 네 어머니는 따뜻한 사람이었지."

"그 사실을 돌아가신 후에 알게 되었지요."

적풍이 말했다.

"음……."

적풍이 어머니 유하의 죽음을 말했을 때 적황은 적풍을 만난 이후 가장 나약해 보였다. 그의 입에서 흘러나온 신음소리는 적황이 내뱉은 소리라고 믿기 어려울 정도로 힘겨운 것이었다.

신음소리, 찌푸린 얼굴, 흔들리는 눈빛… 적풍은 자신이 생각했던 적황의 모습은 허상에 불과하다는 것을 깨달았다.

인간은 결코 신이 될 수 없다. 단지 누군가 성취했다고 믿는 그 일들이 인간을 신처럼 여겨지게 만들 뿐이다. 하지만 눈을 밝혀 바라보면 세상의 수많은 지배자들 역시 나약한 인간일 뿐이다.

적풍은 적황이 유하의 죽음을 아파할 충분한 시간을 줬다.

사실 그리 급한 일도 없었다. 문 밖에서야 수많은 사람들이 문 안쪽에 있는 두 사람의 만남을 초조한 마음으로 지켜볼 테지만 적풍에겐 전혀 급할 것이 없는 시간이었다.

그래서 적풍은 아주 오래전 자신이 남겨두고 온 여인의 죽음에 아파하는 늙은 영웅의 슬픔을 지켜봐줄 여유가 있었다.

그러다 한순간 적황의 시선이 적풍의 눈에 와 닿았다. 그리고 그 순간 적황은 다시 한 번 적풍의 눈에서 동정의 빛을 읽었다.

"날 동정하느냐?"

적황이 이번에는 입 밖으로 소리를 내어 물었다.

"동정 받고 싶으십니까?"

적풍이 되물었다.

그러자 적황이 실소를 흘렸다.

"헛, 동정 받고 싶냐고? 감히 내게 그런 소리를 하는 사람이 있을 줄은 몰랐구나. 그런데 그렇게 기분 나쁘지 않군. 아들이라서 그런가?"

적황이 고개를 갸웃했다. 그러면서도 그의 얼굴에선 미소가 사라지지 않았다.

그러자 오히려 적풍의 부담스러워졌다. 적황의 미소는 그가 적풍을 마음에 들어 한다는 뜻이지만, 그런 감정은 부자의 정을 강요하는 쪽으로 이어질 수 있기 때문이었다.

그리고 그런 적풍의 예상은 우울하게도 정확히 들어맞았다.

"네가 여행한 이야기는 이미 들었다. 오손과 천인총의 강자들을 물리쳤고, 세 아이가 보낸 자객들의 항복을 받았으며… 나의 십대호위 중 세 명에게는 친절한 충고를 했다지?"

적황이 빙그레 미소를 지으며 물었다.

"푸른 호수성에서 전선을 탈취한 것은 말씀하지 않으시는군요."

적풍이 대꾸했다.

"후후, 그렇군. 사실 그게 가장 큰 일이긴 하지. 천 성주는… 나도 함부로 할 수 없는 사람인데. 아무튼 말이다. 네가 이곳으로 오며 한 일들에 대해 이런저런 말들이 많긴 하지만 한 가지 사실은 모두에게 증명되었다."

순간 적풍은 불길한 느낌이 더 강하게 들었다. 그리고 적황이 그 불길함을 확인시켜주었다.

"네가 나를 이어 이 땅의 제왕이 될 능력이 있다는 것, 넌 여행을 하면서 그걸 증명했다. 더군다나… 네겐 두 개의 신검이 있다. 그러니 누구도 네가 내 후계자가 되는 것을 감히 반대하진 못할 것이다."

"반대하진 않겠지만 은밀하게 죽이려 들 순 있겠지요. 끊임없이……."

적풍이 냉정하게 대답했다.

"부인하지 않으마. 이 땅에는 야심가들이 많아. 너의 세 남매도 그러하고… 영주들 중에도 야심을 가진 자가 있지. 특히 삼후 같은 경우는 더더욱. 하지만 그들의 공격은 네가 이 땅의 지배자가 되기 위한 관문이라고 생각하면 될 것이다."

적황은 야심가들의 공격은 큰 문제가 되지 않는다는 듯 말했다.

그러자 적풍도 고개를 끄떡였다.

"그렇긴 하지요. 사실 저도 그런 공격은 별 관심이 없습니다. 날 죽이려 하는 자는 그 스스로가 죽을 테니까요. 그게 누구든."

"아바르를 이끌어가려면 인내와 용서라는 말을 항상 가슴에 품어야 한다. 그래야 이 아바르가 유지돼. 신혈의 땅으로서……."

적황이 충고했다.

그러자 적풍이 고개를 저으며 말했다.

"그래서 안 된다는 겁니다."

"무슨 뜻이냐?"

"그래서 제가 이 땅의 왕이 될 수 없다는 뜻입니다."

"…정말 욕심이 없느냐?"

"이곳으로 오면서 전 아바르를 봤지요. 무황께서 이룩하진 위대한 아바르… 그리고 군림의 시간이 지나면서 싹튼 독선과 아집… 그리고 나약함. 그 모든 것을 봤습니다."

"……."

적풍의 지적에 적황은 눈살을 찌푸렸지만 그렇다고 적풍의 말을 반박하지는 않았다. 그 역시 신혈의 아바르가 변했다는 것을 모르지 않기 때문이었다.

"문제는 그런 자들이 무황의 곁에서 신임을 받으며 권력을 누리고 있다는 겁니다. 또한 아바르의 제왕이 되려면 그런 자들을 다독이고 마음을 얻으려 노력해야겠지요. 이런 아바르… 전 관심 없습니다."

"하지만 아바르는 반드시 네가 필요하다. 그렇지 않으면… 아바르는 결국 멸망할 거야."

"그게 운명이라면 그들은 받아들여야 할 겁니다."

"넌… 신혈족에 대한 책임감이 전혀 없느냐?"

적황이 실망한 표정으로 물었다.

"제가 명계 무림에서 한 일을 듣지 못하셨습니까?"

"물론 들었다. 신혈족을 위해 세운 십자성의 이야기도… 그런데 왜 이곳의 신혈족은 안 된다는 것이냐?"

적황이 따지듯 물었다.

"그들은 이미 모든 것을 가지고 있기 때문입니다. 몰락과 멸망을 스스로 결정할 수 있는 힘, 그걸 가지고 있지요. 단지 야심과 안온함에 물든 나약함이 그 힘을 가리고 있을 뿐입니다. 그런 사람들에게 도움은 필요치 않습니다."

"그들의 힘은 오직 나로부터 시작된 것일 뿐이다. 내가 없다면 그들은 칠왕의 공격을 버티지 못해!"

"과연 그럴까요? 전 그렇게 생각하지 않습니다. 그들은 스스로 힘을 가지고 있습니다. 분명히, 그 힘을 허비하느냐 아니냐의 문제만 남았을 뿐입니다. 제 판단은 그렇습니다. 그리고 전다른 누구의 판단도 아닌 제 판단에 따라 행동합니다. 그래서아바르의 후계자 같은 것은 관심 밖입니다. 그리고 애초에 무황께서도 제가 필요했던 것은 아니지 않습니까? 이놈이 필요했던 거지."

적풍이 허리춤에서 전왕의 검을 풀어냈다.

우웅!

적풍의 손 안에서 전왕의 검이 다시 요동친다.

"전왕의 검을… 포기하겠느냐?"

"조건이 맞는다면 포기하지 못할 것도 없지요."

"조건이라… 순순히 내놓지는 않겠다는 뜻이구나."

"당연한 것 아닙니까? 이 세상에서 가장 귀한 물건을 어떻게아무런 조건 없이 내놓겠습니까?"

"내가 본래의 주인이었다고 말한다면……?"

"그럼 차라리 멸족한 전왕 일족의 무덤을 찾아 함께 묻어줘야겠지요. 애초에 이 검은 전왕족의 신검이었으니까."

적풍의 말에 적황이 대답 없이 물끄러미 적풍을 바라봤다.그러다가 한숨을 쉬며 다시 물었다.

"네가 원하는 조건이란 무엇이냐?"

"첫째, 내 아들의 피를 훔치려 했던 자를 제게 주십시오."

"네 아들의 피? 그… 적사몽이란 아이 말이냐?"

"그 아이의 이름도 알고 계셨군요."

"아들의 아들이 된 아이의 이름인데 기억하지 못할 리 없지. 그런데 그 아이의 피를 원했던 자가 있느냐?"

적황이 조금 놀란 표정으로 물었다.

"십면불 도광, 우하성의 성주이자 삼후 중 이후인 그자가 제 아들의 피를 아주 오래전부터 원했다고 하더군요. 아들의 친부모가 죽게 된 원인 된 자지요. 그런 자가 있는 땅을 위해선 절대 이 검을 내어줄 수 없습니다."

"이후가?"

적황이 믿을 수 없다는 표정으로 되물었다.

"확인이 필요하시면 그건 직접 하십시오. 두 번째 조건을 말하겠습니다. 성을 하나 내어 주십시오."

"성을? 어느 성을 원하느냐?"

욕망을 드러낸 것에 대한 반가움이 적황의 얼굴에 드러났다.

"장소는 제가 정하지요. 적당한 성이 없다면 적당한 장소에 성을 쌓겠습니다."

"아바르의 제왕은 싫다면서 일개 성의 성주는 되고 싶은 거냐?"

적황의 이해할 수 없다는 듯 물었다.

"이 땅에도… 나만의 십자성이 필요할 것 같아서 말입니다. 아바르의 성이 아닌……."

"음… 정말 아바르에는 미련이 없는 모양이구나."

"앞서 말씀 드렸듯이 왕이 되는 것은 제 방식이 아닙니다. 단지 존재하는 것만으로 천하의 신혈을 지켜낼 수 있는 미지의 절대 세력, 그게 제 방식입니다."

"후우… 강호무림에서의 네 방식 말이냐?"

"그렇습니다. 그것이 가장 피를 적게 흘리는 방식이지요. 사람들의 두려움을 이용하는 거지요. 불명의 존재에 대한 근원적인 두려움 말입니다. 아바르에도 도움이 될 겁니다."

"후우! 알겠다. 또 다른 조건이 있느냐?"

"전왕의 검을 받고자 하는 사람은 그 자격을 나에게 증명해야 할 것입니다."

"겨뤄 이기라는 뜻이냐?"

"아닙니다. 솔직히 전 그 누구에게도 패할 생각이 없습니다. 난 다만 신검의 주인이 되려면 검의 선택을 받아야 한다는 뜻이지요. 아시지 않습니까? 신검이 스스로 주인을 선택한다는 사실을!"

"그건… 거의 불가능한 일이다. 나도 검의 선택을 받았다고는 할 수 없으니까."

"그건 제가 상관할 바가 아니지요. 자격을 가진 사람이 나타나기 전까지는 검의 수호자는 제가 될 겁니다."

"검을 내놓지 않겠다는 말과 같은 뜻이구나."

"자격이 없는 사람에겐 이놈을 맡길 수 없다는 뜻이지요."

적풍이 단호하게 말했다.

"알겠다. 일단 생각해 보겠다. 잠시 쉬거라. 저녁에 함께 식사나 하자꾸나. 네 아내와 아이도 함께. 그때 네 형제들과 아바르의 수뇌들을 만나게 될 것이다."

"그러지요."

적풍이 대답을 하고는 문 쪽으로 걸음을 옮겼다.

그러다가 문득 걸음을 멈추고 고개를 돌리며 입을 열었다.

"가장 중요한 조건을 잊었습니다."

"가장 중요한 조건? 앞서 말한 세 가지보다 더 중요한 조건이 있단 말이냐?"

"그렇습니다."

"말해 보거라."

"나와 내 사람들을 위협하는 자가 없어야 합니다. 그런 자들에게 전왕의 검을 건넬 수는 없으니까요."

"하지만 나라고 해서 아바르의 모든 사람을 완벽하게 통제할 수는 없다."

"그럼 달리 말하지요. 나와 내 사람들을 공격하는 자들은 죽게 될 것입니다. 그걸 용납하시겠습니까?"

적풍의 말에 적황의 동공이 살짝 흔들렸다. 그러나 이내 흔쾌히 대답했다.

"물론, 그것이야말로 우리 신혈족의 법칙이니까."

『십자성—칠왕의 땅』 13권에 계속…

초대형 24시 만화방

신간 100%, 샤워실, 흡연실, 수면실(침대석), 커플석, 세탁기 완비

■ 시흥 정왕25시점 ■

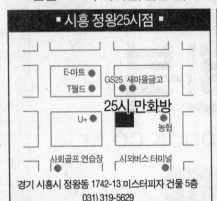

경기 시흥시 정왕동 1742-13 미스터피자 건물 5층
031) 319-5629

■ 강북 노원역점 ■

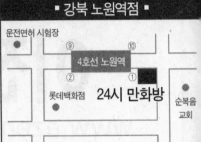

서울 노원구 상계동 340-6 노원역 1번 출구 앞 3층
02) 951-8324 (화용빌딩 3층)

■ 일산 정발산역점 ■

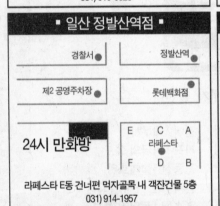

라페스타 E동 건너편 먹자골목 내 객잔건물 5층
031) 914-1957

■ 일산 화정역점 ■

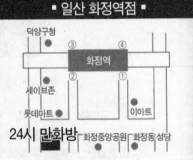

경기도 고양시 덕양구 화정동 984번지 서일빌딩 7층
031) 979-4874 (서일사우나 건물 7층)

■ 부천 역곡역점 ■

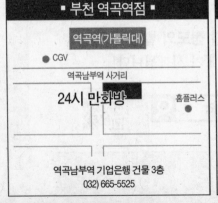

역곡남부역 기업은행 건물 3층
032) 665-5525

■ 부평역점 ■

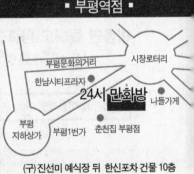

(구) 진선미 예식장 뒤 한신포차 건물 10층
032) 522-2871

이경영 판타지 장편소설

FANTASY FRONTIER SPIRIT

그라니트
용들의 땅
GRANITE

사고로 위장된 사건에 의해 동료를 모두 잃고 서로를 만나게 된 '치프'와 '데스디아'.
사건의 이면에 상식을 벗어난 음모가 있음을 알게 된 둘은
동료들의 죽음을 가슴에 새긴 채 각자의 고향으로 돌아간다.
2년 후, 뜻하지 않게 다시 만난 두 사람은 동료들의 복수를 위해
개척용역회사 '그라니트 용역'을 설립해 다시금 그 땅을 찾게 되는데……

용들이 지배하는 땅 그라니트!
그곳에서 펼쳐지는 고대로부터 이어지는 운명적 만남,
깊어지는 오해, 그리고 채워지는 상처.

『가즈 나이트』시리즈 이경영 작가의 미래형 판타지 신작!

Book Publishing CHUNGEORAM

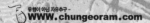

미러클
테이머

인기영 장편소설
FUSION FANTASTIC STORY

MIRACLE
TAMER

이계로 떨어져 최강, 최고의 테이머가 되었다.
그러나… 남은 것은 지독한 배신뿐.

배신의 끝에서 루아진은 고향, 지구로 되돌아오게 되는데……
몬스터가 출몰하기 시작한 지구!
그리고 몬스터를 길들일 수 있는 테이머 루아진!
그 둘의 조합은……?

『미러클 테이머』

바야흐로 시작되는
테이머 루아진과 몬스터들의 알콩달콩한
대파괴의 서사시!!

Book Publishing CHUNGEORAM

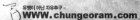

이모탈 퓨전 판타지 소설
FUSION FANTASTIC STORY

용병들의 대지
Road of Mercenaries

이 세계엔 3개의 성역이 존재한다.
기사들의 성역, 에퀘스.
마법사들의 성역, 바벨의 탑.
그리고… 그들의 끊임없는 견제 속에 탄생하지 못한

『용병들의 대지』

전쟁터의 가장 밑을 뒹굴던 하급 용병 아론은
이차원의 자신을 살해하고 최강을 노릴 힘을 가지게 된다.

그의 앞으로 찾아온 새로운 인생!
아론은 전설로만 전해지던
용병들의 대지를 실현시킬 수 있을 것인가!

Book Publishing CHUNGEORAM

유병이(이한 가져오구
WWW.chungeoram.com

FUSION FANTASTIC STORY

텀블러 장편소설

현대 천마록

천하를 호령하고, 전 무림을 통합한
일월신교의 교주 천하랑.
사람들은 그를 천마, 혹은 혈마대제라고 불렀다.

『현대 천마록』

무공의 끝은 불로불사가 되는 것이라 생각했지만
그로서도 자연의 섭리 앞에선 어쩔 수 없었다!

'그렇게 많은 피를 흘렸음에도 불구하고
죽을 때가 되니 남는 것이 없군그래.'

거듭된 고련 끝에 천하랑의 영혼이
존재하지 않게 된 그 순간
그의 영혼은 현세에서 천마로서 눈을 뜬다!

Book Publishing CHUNGEORAM

유행이 아닌 자유추구-
WWW.chungeoram.com

FUSION FANTASTIC STORY

가프 장편소설

시크릿 메즈

SECRET MEZ

─너는 10,000개의 특별한 뉴런을 더하게 되었어.
매직 뉴런, 불멸의 뉴런이지.

실험실 알바를 통해 만난 '6번 뇌'.
우연한 만남은 이강토를 신비의 세계로 이끈다.

『시크릿 메즈』

매직 뉴런을 탑재한 이강토의
정재계를 아우르는 좌충우돌 정의구현!
긴장하라, 당신이 누구든 운명은 이미 그의 손안에 있으니!

"무슨 꿍꿍이가 있는지, 어디 한번 봐볼까?"

Book Publishing CHUNGEORAM

유행이 아닌 자유추구 -
WWW.chungeoram.com